주
야

주
야

다이앤 리 장편소설

나무옆의자

차례

1. Variatio 14

구름이 해를 가리면 순식간에 온기가 사라졌다. 몇 시간이고 내리쬐던 햇볕이 조각구름에 가렸을 뿐인데 해가 감춰진 대기는 그런 인자한 해를 본 적 없다며 시치미를 뗐다. 온기를 머금은 습기도 적어서 해가 감춰질 때면 사방은 돌연 싸늘해졌다. 서걱서걱한 공기는 이미 가을에 접어들었음을 냉랭히 알렸다. 구름이 해를 가리지 않으면 하늘은 속없이 파랬다. 단숨에 뭉실뭉실 생겨나는 구름을 제외한 모든 것이 가을을 알리고 있었다.

내일 추석인데, 동생네 가는지?

어떻게 말해야 감정에 휘감긴 말을 듣지 않을 수 있을지 한 달

남짓 고민한 후 나온 문장이었다. 엄마와 마지막으로 대화를 나눈 건 내 생일날이었다. 그날 엄마가 문자 메시지를 보내왔었다.

주야.

엄마의 메시지는 아주 작게 꽁꽁 구겨서 아주 깊은 곳에 꼭꼭 숨겨 놓은 기대의 마음을 순식간에 떠올리게 했다. 오직 한 단어, 내 이름만으로 기대가 떠오른 걸 보니 구김도 숨김도 영 형편없던 모양이었다. 뭐라고 답할까, 들뜬 마음이 부드럽고 달콤한 단어들을 고르고 있는데 엄마가 바로 다음 메시지를 보내왔다.

뱀한테 물려서 병원에 입원한 지 벌써 보름이 넘었다.

이 짧은 문장 하나에 엄마는 탓할 대상을 여럿 심어 놓았다. 자기를 문 뱀, 하필이면 그 뱀이 독사, 혼자였기에 바로 옆에 없었던 도움, 뒤늦게 취해진 처치, 흡족하지 않은 의료진, 바쁘고 멀어서 병문안을 못 오는 안쓰러운 아들, 이 상황을 모르는 한심한 딸, 알고 싶지도 않은 못된 딸, 아무짝에도 소용없는 나쁜 딸.

이미 답을 알고 있었지만, 엄마의 상태를 묻기 위해 곧바로 전화를 걸었다. 난 화장을 하고 있었다. 생일이라 남편이 레스토랑을 예약해 놓은 터였다. 한 시간 반의 수영과 한 시간의 바이올린 연습을 마친 로야는 느긋한 마음으로 자기 방에서 인형들과 놀고 있었고, 외부 일정을 끝낸 남편은 예약 시간에 늦지 않으려 서둘러 집으로 돌아오는 중이었다. 난 이날 저녁에 입으려고 골라 놓은 드레스에 어울리는 아이섀도를 바르려던 참이었다. 수화기를 들고 심호흡을 했다.

"엄마, 어떻게 된 거야?"

"아침 운동 할라고 둑길 걷는데 발등을 뭐가 톡 쏘는 거라. 보니까 뱀 이빨 자국 두 개가 발등에 선명하이 있잖아. 양말 두꺼운 거 신었는데도 그걸 뚫고 뱀이 물었다 아이가. 어둡제, 사람은 없제. 엄마 죽을 뻔했다. 지나가는 사람한테 119 불러 달라 캐서 병원 왔는데, 응급실에서 여덟 시간 기다리게 하고 아무것도 안 해 주는 거라. 아이고 참말로, 발은 퉁퉁 붓제, 아프제, 엄마 진짜 죽는 줄 알았다. 우째우째 해독제 맞고 이제 열흘 지났다. 아직 걷지도 못한다. 아이고, 니는 엄마가 살았는지 죽었는지 걱정도 안 되더나!"

이야기를 들으며 진심으로 걱정됐지만, 마지막 문장을 듣자 걱정이 싹 달아나고 엄마를 문 뱀이 무지막지하게 야속했다. 도시에서 난데없이 독사라니, 하다못해 뱀까지 엄마의 가여움을 도와주다니, 대체 어떤 요물이길래 엄마로 하여금 보름간이든 열흘간이든 감정을 꾹 눌렀다가 내 생일에 딱 맞춰 확 터뜨리게 하는지, 고개가 저절로 떨어졌다. 엄마를 걱정해야 하는 순간인데 걱정 대신 원망과 억울이 나를 감쌌다. 엄마는 또 성공했다. 날카롭게 성공했다.

죽은 아빠가 생전에 그랬듯 엄마는 특별한 날만 되면 망치는 쪽을 택하고 있다. 당신의 생일이나 아빠의 기일이나 추석, 설, 대보름, 동지, 심지어 당신들의 결혼기념일까지 벼르고 별렀다가 원하는 대로 되지 않으면 무섭게 비난한다. 그러곤 나와 내 가족의 특별한 날은 모조리 잊는다. 이건 심리적으로 효과가 크다. 특별한 날에 비난받거나 망각되는 이의 상처는 더욱더 날카롭고 깊기 마련이니까.

뱀의 독기에 호되게 당한 엄마는 나에게 호된 독기를 뿜어댔고, 나는 엄마가 원하는 대로 호되게 당해 주었다. 원망과 억울을 꾸역꾸역 삼키고 속에 없는 빈말만 혀에 매달아 엄마와의 통화를 끝냈다. 빈말도 힘이 드는지 통화가 끝나자 온몸의 힘이 빠졌다. 입원해 있다는 엄마가 걱정됐지만, 뱀의 독기도 엄마의 입원도 믿고 싶지 않아졌다. 엄마는 끝내 내 생일을 기억하지 못했고—일부러 잊어버렸다고 생각할 만큼 엄마를 미워하진 않는다—나는 아이섀도를 바르지 않은 채 레스토랑으로 향했다. 식사 끝에 식당 측에서 생일 케이크를 준비해 주었다. 촛불을 끄기 전, 소원을 빌라는 로야의 말에 아무것도 원하지 않는다는 소원을 빌고 촛불을 껐다.

내일 추석인데, 동생네 가는지?

그 일이 있고 한 달 후, 아무것도 원하지 않는 마음으로 엄마에게 보낸 메시지였다. 다음 날이 추석이라는 사실을 언급하고, 동생네에 가는지 여부를 묻는 단순한 문장이었다. 내일이 추석인데 멀리 있는 나는 아무것도 못 도와주고 엄마 적적해서 어째요, 라는 자기반성과 연민으로 가득 찬 예년의 문장이 아니었다. 감정을 배제했으니 감정 섞이지 않은 답신이 돌아와야 했다. 논리적으론 그랬다.

엄마는 메시지를 확인하고 나서도 답하지 않았다. 흔한 일이었기에 그냥 넘어가도 됐지만, 다음 날이 추석이었다. 엄마 목소리를 들어야 했다. 듣지 않아도 그만이라고 생각할 수 있는 때가 온다면 좋은 걸까 나쁜 걸까, 전화를 걸면서도 엄마가 받지 않아 이생각에 대한 결론을 미룰 수 있길 바랐다.

"야!! 엄마 아직 병원에 있다! 아이고 참말로, 니가 인간이가!! 해도 해도 너무한다. 엄마 걱정을 우째 이래 안 하노!!!"

듣지 않아도 그만이라고 할 수 있는 때가 온다면 좋은 순간일 것 같았다.

"야!! 엄마가 뭐 해 달라고 캤나? 돈 달라고 캤나!! 전화 한 통하는 게 그래 힘드나!!!"

소리 지르는 엄마는 지금 병원에 있다. 옆에 다른 환자가 없는 독실인가.

"사람들이 왜 딸 전화 안 오냐고, 묻고 또 묻고!! 니 동생은 벌써 몇 번이나 왔다 갔는지 모른다, 이것아!!"

엄마는 내가 동생을 미워하기를 바라는 걸까. 비교하는 까닭을 알고 결과도 뻔히 아는 마당에, 엄만 정녕 그 좁고 가파른 길을 가고 싶은 걸까.

"엄마 혼자 있는 게 안 불쌍하나! 엄마 혼자잖아!! 혼자!!!"

자신을 끌고 다니며 두들겨 패던 남편이 죽은 지 십 년이 지났는데도 혼자 있는 게 불쌍하다는 엄마다. 장성한 자식들이 당신 품을 떠나 잘살고 있어서 자신은 불쌍하다는 엄마다.

"야!! 엄마 혼자 아니가!! 혼자!!!"

지나간 시간을 되돌릴 수 있다면 달리 행동했을까. 그랬다면 사정이 달라졌을까. 확신하건대, 시간을 되돌린다 해도 나는 똑같이 행동했을 것이다. 이것 말고는 다른 것이 없었다. 내가 이 말을 한다면 엄마와 나 사이에 간당간당하게 놓여 있던 다리가 끊어질 수도 있음을 알았다. 알면서도 해야 했다. 내 눈앞에 엄마를 놔둔 뒤 엄마 눈을 똑바로 봤다. 대충 만든 홀로그램이 너무 실감 나서 수화기를 잡고 있던 손이 떨렸다. 해야 할 말이 떨리지 않기를 바랐지만, 가능하지 않은 일이었다.

"혼자가 뭐 어때서. 혼자 있는 게 대수야?"

또렷하지도 않고 높지도 않은 목소리였다. 그러나 어떤 형태로든 엄마에게 꽂힌 모양이었다. 전화기 저편으로 아주 잠깐 침묵이 흘렀다.

"끊어!"

무차별로 퍼부어지던 말이 한 곳에 모이더니 수백 배 늘어난 무게로 날 내려찍는다. '이게 어디 감히 건방지게'를 품은 "끊어!"였다.

"사람은 누구나 혼자야."

마음으로 들은 '건방지게' 때문만은 아니었다. 듣고 싶은 말만 골라 들으려는 엄마에게 피하지 말고 들으라고, 만약에 피하더라도 나의 과녁은 엄마가 생각하는 바로 그것이라고 확인시키는 말이었다.

"끊어! 끊어!! 끊어!!!"

아무리 쏘아도 적이 죽지 않자 뒤에 있는 나무나 하늘에 있는 구름이라도 쏴 버리겠다는 기세로 엄마는 두두두두 쏴 댔고, 그러다 마지막 한 발을 자신이 맞은 것처럼 '헉' 소리를 내며 전화를 끊었다. 그러자 들고 있던 수화기에서 검붉은 침묵이 쏟아져 나왔고, 간당간당했던 다리는 깊은 협곡 속으로 떨어져 산산이 조각났다.

'혼자가 뭐 어때서.'

엄마는 이 말에 상처 받았을 것이다. 가슴이 무너져 내렸을 것이다. 무너진 가슴이 억울해서 옆 사람 뒷사람 건너편 사람 불러 모아 놓고 하소연과 넋두리에 남은 힘을 썼을 것이다. 자신을 향한 관심 덕분에 기운을 추스르고 나면 모든 건 못돼먹은 딸 때문이라고, 돈 들여 시간 들여 공부시켜 놨더니 저 혼자 잘난 줄 알고 당신을 함부로 대한다며 가슴 쳤을 것이다. 쓸데없는 짓을 했다고, 먼저 간 남편 등을 치며 잔소리를 퍼부었을 것이다. 남편의 이른 죽음도 원망했을 것이다. 그토록 증오했던 남편을 막무가내로 그리워했을 것이다. 어딜 둘러봐도 방패막이 없다고, 자신의 처지를 서러워했을 것이다.

듣지 않아도 모든 것이 쩌렁쩌렁하게 들렸다. 엄마는 죄책감을 느끼게 하는 데 선수였다. 어쩔 수 없는 상황을 만들어 놓고 나를 꼼짝달싹 못 하게 했다. 당신이 혼자라는 사실은 어쩔 수 없는 상황을 만드는 만능 도구였다. 혼자이기에, 그래서 불쌍하기에, 당신 기분을 상하게 하는 그 어떤 것도 용납될 수 없었다. 세상의 모든 연민은 당신 앞에서 무릎 꿇어야 했고, 맏딸인 나는 특별히 더 예외일 수 없었다.

'혼자 있는 게 대수야?'

무릎 꿇은 채로 엄마를 대했다면 난 가짜 평화를 유지할 수 있었다. 몰이해의 이해와 무시에 대한 아량과 불공평의 무조건적 수용 등 유지 방법도 꽤 알고 있었다. 다리에 쥐가 나도 무릎 꿇는 법이나 머리가 깨질 것 같아도 조아리는 법 등은 이미 숙련된 기술이었다. 지나치게 숙련돼서 눈 감고도 할 수 있었고, 심지어 꿈에서도 노련한 기술로 그 누구의 비위도 상하지 않게 할 수 있었다. 그러나 쐐기를 박아야 했다.

'사람은 누구나 혼자야.'

비록 내가 아파도 엄마가 아플까 봐 걱정돼 한 번도 못 했던 말을, 엄마를 위해 날 끊임없이 없앤 곳에 외로이 있던 말을, 혼자라서 불쌍하다는 엄마에게, 뱀한테 물려 걷지도 못한다는 엄마에게, 꼭 전해야 했다. 반드시 그 순간이어야 했다.

엄마의 불쌍함을 부정하진 않지만, 그렇다고 전적으로 동의하지도 않았다. 불쌍하기에 어떤 상황에서라도 사랑받아야 한다는 전제는 애당초 성립할 수 없었다. 엄마 자신이 불쌍하다는 건 의견일 뿐 절대적 진리—삶에 절대적 진리가 있겠냐마는—가 아니었고, 불쌍하기에 사랑받아야 한다는 논리는 수많은 오류를 품고 있었다. 엄마는 피상적인 것만을 보고 서둘러 판단하는 버릇을 가진 사람들 눈에는 방패 잃은 가엾은 미망인이나 배은망덕한 자식을 둔 불쌍한 엄마일지 몰라도 내 눈에는 방패를 흉기로 삼고 취약함을 무기로 사용하는 폭군이었다. 내가 기어코 말해야 했던 순간의 엄마는 누가 봐도 취약한 상태였는데, 이는 바로 엄마가 휘두를 수 있는 최고의 무기를 가진 순간이기도 했다. 사실 난 무릎을 꿇고 머리를 조아리려 온 습관이 오랫동안 몸에 배서 엄마가 나에게 한 행동이 폭력이라고 생각하지도 않았다. 오히려 무릎을 꼿꼿이 펴거나 머리를 똑바로 드는 것이야말로 불쌍한 엄마에게 대항하는 폭력이었다.

하지만 이런 행동은 나에게서 사랑을 배우고 있는 아이에게 가르칠 수 없는 것이었다. 불쌍하다는 건 사람의 감정이지 누군가를 정의하는 개념이 아니고, 설령 자신을 불쌍한 사람이라고 생각하더라도 아이에게 자신과 똑같은 감정을 가지도록 강요해선 안 된다. 감정이란 시비를 따질 수 없고 설득이나 강요도 할 수 없다. 내가 로야에게 "내가 널 낳아 줬고, 내 삶을 희생한 게 네 삶이고, 희생하느라 내가 불쌍해졌으니까, 넌 무조건 날 보살피고 사랑해야 해!"라고 소리 지르며 윽박지를 수 없다. 안 되는 걸 알면서도 계속해서 묵인하고 수용하는 건 잘못을 부추기는 것과 다름없다. 난 질리도록 협조했고 동조했다. 엄마가 멈추지 않으면 나라도 멈춰야 했다. 잘라야 할 것과 자르지 말아야 할 것을 분간 못 하는 칼이라면, 건네야 할 것과 건네지 말아야 할 것을 분간 못 하는 다리라면, 잘려야 했다. 언젠가는 잘려야 했다. 이날이 아니라면 다음 날이 될 수도 있었다. 난 해야 할 것을 했을 뿐이었다.

그러나 자르면, 끊으면, 후련해질 줄 알았는데 전화를 끊자 걱정이 물밀 듯이 들이닥쳤다. 내 탓을 하는 엄마가 걱정됐다. 가슴 치며 날 원망하다 뱀의 독기가 당신 가슴에까지 퍼질까 봐 걱정됐다. 끊어진 다리를 향한 원망이 당신 다리에 고스란히 고였다가 그 다리를 썩게 할까 봐 걱정됐다. 나로 인해 엄마가 절망하는 것보다 절망의 부작용으로 당신 신체에 해가 생길까 봐 걱정됐다. 신체가 훼손되는 것은 당신이 참지 못할 테니까. 그건 정말 원한이 될 테니까.

'사람은 누구나 혼자야.'

이 말을 뱉을 때만 해도 난 폭력의 사슬을 끊는 용감한 행동을 하는 줄 알았다. 그런데 그게 아니었다. 나의 용감한 한마디는 엄마의 "끊어! 끊어!! 끊어!!!"를 듣자 순식간에 꼬리를 내리며 무릎을 꿇고 머리를 조아렸다. 그것도 모자라 바닥에 바짝 엎드려 죽을죄를 지었다고 빌고 또 빌었다. 하염없이 빌어도 나의 죄를 사해 줄 사람은 협곡 반대편에 있고, 더는 그 사람이 보이지도 않았다. 산산이 부서진 다리 또한 어둠이 내려앉은 깊은 협곡 아래서 형체를 알아볼 수 없게 됐다.

걱정은 침묵을 만들고 죄책감은 고립을 만들었다. 여덟 살 아이를 둔 여느 엄마라면 경험하기 힘들 침묵과 고립이 나의 엄마로 인해 매분 매초 생겨났다. 걱정은 빛을 없앤 곳에 나를 가두고, 죄책감은 엄마를 대신해서 나를 벌주었다. 차라리 나에게 욕을 퍼붓는 엄마 목소리가 전화기 너머로 들려왔으면 좋겠다는 생각이 들기도 했다. 무엇보다 내 의지와는 상관없이 자꾸만 떠오르는 엄마와의 좋은 기억은 고문이었다. 좋지도 나쁘지도 않은 어중간한 기억마저 좋은 기억과 합세하여 내 등을 후려쳤다. 기세를 불린 좋은 기억은 마치 내가 엄마를 벼랑 끝까지 밀어붙이다 벼랑 아래로 밀어 버린 것처럼 취급했다. 내가 한 행동은 용감한 것이 아니라 사람으로서 해선 안 되는 것이었다며 도의적인 책임을 물었다. 몸집이 거대해진 기억 덩어리는 먹성도 좋았다. 별의별 시답지 않은 기억까지도 다 제 편으로 만들어 날 가혹하게 벌했다. 그렇게 한창 벌 받고 있는데 갑자기 한 줄기 섬광이 지나갔다. 시멘트 바닥에서 빨래를 헹구던 엄마 모습이 떠올랐을 때였다.

"니는 엄마가 이래 고생하는데 공부가 눈에 들어오나!!"

엄마와의 좋은 기억 중 하나였다. 겨울 초입이었고, 고드름처럼 투명한 햇살이 쨍그랑 소리가 날 만큼 날카로웠다. 이 햇살을 닮은 엄마 목소리가 섬광이 지나간 자리를 뚫고 들어왔다.

"니가 그라고도 인간이가! 사람이가!! 엄마는 죽을 동 살 동 고생하는데!!!"

난 오 분 분량의 영어 말하기 원고를 써 놓고 방에서 나오는 중이었다. 영어 수업 시간에 돌아가며 교과서 본문을 읽는 도중 내 차례가 되자 순식간에 텍스트를 읽어 버렸는데, 말하는 속도가 느린 연로한 선생님의 눈엔 이런 모습이 신통방통하게 보였던지 두어 달 후에 있을 교내 영어 말하기 대회에 날 내보내기로 한 터였다. 내가 읽었던 텍스트는 이십 세기 초 디트로이트에서 자동차 대량 생산 라인을 구축하여 미국 자동차 산업에 이바지한 이에 관한 것이었다. 나는 열네 살이었고, 나에게 있어 이십 세기 초는 까마득했고, 디트로이트는 나와는 상관없는 곳이었으며, 미국 산업의 부흥이나 미국인 삶의 질 향상 등은 내가 신경 쓸 바가 아니었다. 그래서 후다닥 읽어 내려갔을 뿐 나에겐 영어를 특출나게 말하는 재능도 없고, 있다고 해도 보여 줄 욕심도, 보였다 해도 평가받을 생각도 전혀 없었다. 그러나 나의 본심을 드러낼 용기는 없어서 선생님의 요구대로 영어 말하기 대회를 준비해야 했다. 주제 선택은 자유였다. 고민하다가 건져 올린 것이 아빠의 밤낚시였다. 진심이 드러나지 않도록, 거짓이 드러나지 않도록, 세심히 수위를 조절해야 했다.

저의 아버지는 과묵하십니다. 표현하시지 않아요. 표현하지 않은 것엔 기쁨도 있고 슬픔도 있고 분노도 있습니다. 여러 가지 감정이 아버지 마음속에 있겠지만 겉으로 드러나지 않습니다. 언젠가 아버지는 밤낚시를 가셨습니다. 아버지는 낚시를 좋아하십니다. 깊은 밤 아무 소리도 들리지 않는 시간에 홀로 하는 낚시를 무척이나 좋아하십니다. 그날도 적막이 감도는 호숫가에서 낚싯대를 드리우고 물고기를 기다리고 있었지요. 시간은 새벽을 향해 가고 아버지는 시장기를 느끼게 됩니다. 준비해 간 휴대용 버너에 불을 붙이고 라면을 끓이기 위해 물을 올렸지요. 물이 막 끓기 시작하는데 낚싯대가 움직입니다. 밤의 중간을 지나고 있어도 입질을 못 봤기에 마침내 움직이는 낚싯대를 본 아버지는 적잖이 흥분했지요. 물고기를 놓치지 않으려고 낚싯대를 잡으며 일어서려는데 다리에 쥐가 나고 맙니다. 추운 날씨에 오랫동안 앉아 있던 탓이었지요. 아버지는 한순간에 몸의 중심을 잃었습니다. 오른손은 낚싯대를 들고 있어야 했기에 왼손으로 바닥을 짚으며 넘어졌는데 그곳엔 펄펄 끓는 물이 올려진 버너가 있었습니다. 그 바람에 아버지의 왼손 엄지는 심한 화상을 입었습니다. 낚시는 그길로 철수해야 했지요. 이 사고로 인해 아버지는 왼손 엄지의 감각을 잃었습니다. 아버지의 왼손 엄지 길이는 짧아졌고 손톱은 영영 자라지 않게 됐습니다. 뭉툭한 손가락 끝과 울퉁불퉁한 피부를 보면 제 마음이 불에 덴 것처럼 쓰라린데 아버지는 단 한 번도 아프다고 하시지 않았습니다. 그 이후로 아버지가 밤낚시를 그만뒀을까요? 천만에요. 아버지는 이번 주말에도 밤낚시를 떠나십니다. 물론 휴대용 버너도 알루미늄 냄비도 라면 한 봉지도 아버지와 함께 갑니다. 그곳에서 아버지는 밤의 적막처럼 과묵하게 낚싯대를 드리우고 홀로 물고기를 기다릴 것입니다.

엄마는 세탁기가 다 한 빨래를 꼭 다시 손으로 헹궈 내는 습관이 있었다. 설거지 후 모든 식기를 반드시 끓는 물에 소독해 내는 습관도 있었다. 집안 정리는 일절 하지 않으면서도 이 두 가지는 무슨 일이 있어도 했다. 반복해서 습관이 된 게 아니라 습관이기에 반복하는, 하지 않으면 자신도 주변인도 큰일 나는 습관이었다. 엄마가 추운 겨울날 시멘트 바닥에 쪼그려 앉아 빨래를 헹구는 모습은 엄마와의 좋은 기억을 더듬다 건져진 것이었다. 엄마와의 좋은 기억이란 엄마가 날 위해 헌신한 기억과 맞닿아 있었다. 내가 떠올린 기억 속의 엄마는 막내 이모부 방직 공장에서 식당일을 하던 때의 엄마였다. 엄마는 분홍색 고무장갑 안에 목장갑을 끼고, 노란색 삼각형과 보라색 마름모와 검은색 사각형이 기하학적으로 그려진 긴 팔 티셔츠를 입고, 금색 단추가 달린 고동색 스웨이드 조끼를 티셔츠 위에 덧입고, 파란색 앉은뱅이 의자에 앉아, 햇살을 등진 채 빨래를 헹구고 있다. 씩씩대는 입김이 하얗게 뿜어져 나온다. 방에서 나오던 나를 본 엄마는 증기 기관차가 뿜어댈 것만 같은 입김을 내뿜으며 소리 지른다.

"니가 사람이가!!"

세탁기가 다 끝낸 빨래를 왜 다시 헹구냐고 엄마에게 물어본 적이 있었다. 그랬더니 엄마는 나를 세상에 둘도 없는 바보 천치 내지 철딱서니라고는 눈 씻고 봐도 찾을 수 없는 철부지쯤으로 취급하며 대답 대신 빨간색 고무장갑을 나한테 집어 던졌다. 바보 천치나 철부지가 되고 싶지 않았던 나는 발밑에 떨어진 고무장갑을 주워 끼고는 엄마를 도와 빨래를 헹궜다. 고생하는 엄마에게 해선 안 될 소리였다고 자책하느라 고개도 들지 못한 채 빨래를 헹궜다. 그래도 그땐 바보 천치나 철부지였지만, 영어 원고를 쓰고 나온 순간의 나는 엄마 눈에 아예 사람으로도 보이지 않았다. 자신은 새벽같이 일어나 아침 식사 배급을 끝내고 한숨 돌릴 틈 없이 얼음장 같은 시멘트 바닥에서 빨래를 헹구고 있는데, 딸이란 인간은 방 아랫목에서 미지의 세계를 여행하다 엉금엉금 기어 나왔으니 기가 막혔을 것이다. 헌신과 희생을 밥 먹듯 하는 엄마를 두고도, 주물 기계를 조작하다 왼손 엄지 한 마디가 숭덩 잘려 버린 아빠를 두고도, 딸이란 인간은 부모의 짐을 떠맡을 생각은 안 하고 제 몫만 챙기고 있으니 억장이 무너졌을 것이다. 누구 하나 당신 편을 들지 않는다고 세상을 원망했을 것이다.

원망으로 가득 찬 엄마의 세상에 있던 나는 모든 게 내 잘못 같았다. 그러니 엄마를 도와야 했고, 엄마에게 사과해야 했다. 내가 엄마 편을 들지 않는다면 엄마의 세상은 영원히 불공평할 터였다. 한없이 도와도 턱없이 부족하다는 비난을 들어도, 엄마의 세상을 공평하게 하느라 정작 나 자신에겐 불공평할 수밖에 없어도, 나는 엄마 편이었다. 같은 편에 있어야 했다. 감히 맞은편에 있을 수 없었다.

좋은 기억의 끝엔 엄마로부터 두어 걸음 떨어진 곳에 서 있는 내가 있었다. 난 뾰족한 가시가 빼곡하게 달린 무거운 기억 덩어리를 잡고 있었다. 정말로 좋은 기억이라면 어떤 상황에서라도 날 즐겁게 해 줘야 할 텐데, 내가 잡고 있는 좋은 기억은 날 아프게 했다. 계속 잡고 있기가 힘들어 그냥 놔 버리고 싶었지만, 그래선 안 될 것 같았다. 대신에 마음 한구석에 나쁜 기억을 끌어모았다. 일종의 균형 잡기였다. 좋은 기억 덩어리가 크고 무거워 이것에 맞먹는 나쁜 기억을 모으기는 쉽지 않을 줄 알았는데, 일단 시작하니 너무 쉬웠다. 힘들여 모으지 않아도 나쁜 기억이 저절로 떠올랐다. 하도 힘차게 떠올라 그것을 보는 내가 신이 날 정도였다. 탄력을 받은 김에 나쁜 기억을 서로 이어 상자를 만들었다. 마음에 드는 상자가 만들어지면 그 안으로 들어가 내가 뱉은 한마디는 정말 불가피했다고 나 자신을 열심히 위로했다. 이 작업은 힘들었지만 그럴싸해 보였기에 저녁 식사 준비를 하면서도, 저녁을 먹으면서도 멈추지 않았다.

기억과의 기 싸움에 갖은 힘을 쓰느라 눈곱만큼의 식욕도 없었지만, 표를 내면 남편과 아이가 걱정할까 봐 실없이 농담하고, 천연덕스럽게 미소 짓고, 억지로 음식을 삼켰다. 평소라면 가장 수월할 일이 가장 힘든 일이 됐다. 쌍둥이 같은 모습으로 사이좋게 붙어 있던 자아와 타아가 슬슬 분리되는 느낌이었다. 자아는 하염없이 슬퍼지고 싶은데 타아는 그래선 안 된다고 나무랐다. 타아에게 혼나지 않으려고 저녁 내내 눈치를 보는 바람에 아이의 잠자리를 봐주며 일과를 마쳤을 즘엔 자아가 슬며시 없어진 느낌이었다. 완전히 사라지기 전에 찾아야 했다. 남편은 아래층 미디어룸에서 티브이를 보고 있고, 아이는 잠들어 있다. 큰 소리만 내지 않는다면 찾을 수 있을 것이다. 메인 층에 있는 파우더룸을 골라 문을 잠근 뒤 변기 뚜껑을 덮고 그 위에 앉았다.

눈을 감고 숨을 고르자 거대한 기억 덩어리 밑에서 뚜껑도 없이 엉성하게 만들어진 자그마한 상자 하나가 보였다. 그 안을 들여다 봤다. 손톱만 한 아이가 동그랗게 등을 만 채 소리 죽여 울고 있다. 나직이 아이의 이름을 불렀다. 아이는 우는 데 정신이 팔려 나의 기척을 알아차리지 못한다. 가만히 아이의 등을 쓰다듬었다. 아이의 어깨가 들썩인다. 살며시 아이를 안았다. 아이는 뒤돌아봤고, 날 보자 그 자리에서 푹 쓰러져선 허리를 꺾어 가며 운다. 저렇게 큰 울음을 안에 쟁여 넣고 지금까지 참느라 제대로 크지도 못한 아이다. 몸을 가눌 수 없을 만큼 울면서도 여전히 소리 내서 우는 법을 모르는 아이를 끌어안고 나도 소리 죽여 울었다. 바닥에 떨어지는 눈물방울이 크고 맑았다. 이제 막 시작한 울음이 이렇게도 크다면 앞으로 흘러나와야 할 울음은 얼마큼일지 짐작하고도 남았다.

내가 온몸으로 느끼는 슬픔은 모든 슬픔의 원형이었다. 태어나고 자라 온 가족은, 근원지거나 발원지인 그곳은, 그곳을 떠났다 해도, 그곳으로 연결된 다리가 끊겼다 해도, 감정의 원형을 제공한다. 모든 기쁨의 원천, 모든 슬픔의 원천이 협곡 아래에 있다. 협곡은 원래 하나였던 곳이 갈라졌을 뿐, 지반은 여전히 연결돼 있다.

"부모와 자식 사이에도 궁합이 있나 봐. 궁합이라는 단어를 쓸 수밖에 없어. 이해 가능한 이치로 이 사이를 설명하기엔 비논리적인 게 너무 많아."

잠자리에 들기 전, 남편에게 뜬금없이 들리는 얘기를 했다. 우린 욕실 거울 앞에서 양치질을 하고 있었다. 내 안에 든 것이 너무 많아 내보내고 싶었고, 한편으론 너무 비워져 조금이라도 채우고 싶었다. 차가운 물로 세수를 세 번이나 했지만 눈은 여전히 부어 있었다. 남편이 조금만 주의를 기울인다면 내 상태가 어떤지 대번에 알아차릴 수 있을 터였다. 남편의 눈치, 난 그것을 바랐다. 확연히 표가 날 정도로 힘들었지만, 세세히 나눌 순 없기에, 착하고 친절한 눈치만이라도 나에겐 족했다. 남편 눈을 똑바로 바라보며 얘기하는 건 자신 없어서 거울 속의 내가 거울 속 남편에게 양치 거품을 뱉으며 별거 아니라는 투로 ─ 당신까지 슬프게 하고 싶지 않다는 마음으로 ─ 말을 뱉었다.

"부모가 자식으로부터 사랑받고 싶다면 부모가 먼저 자식을 제대로 사랑해 줘야 해."

남편은 내 눈을 똑바로 보고 말했다. 깨끗한 입과 맑은 혀로, 내가 무슨 말을 하는지 정확하게 안다는 눈으로, 힘들어하는 나를 이해한다는 미간으로, 혼자 짊어지지 말라는 어깨로, 분명한 메시지를 전해 주었다. 내가 읽은 그의 메시지는 이랬다: 네가 힘들어하는 건 애초부터 네 것이 아닌 짐을 짊어져서다. 처음부터 네 것이 아니었다. 시작이 틀렸는데 어찌 바른 과정이나 옳은 결과를 기대하는가.

그랬다. 애초부터 나는 내 것이 아닌 짐을 졌고, 나의 부모는 짐을 덜어 주기는커녕 어떤 구실을 만들어서라도 나에게 더 많은 짐을 지게 했다. 난 이를 알면서도 내색하지 않았다. 도리라고 생각했다. 특히 엄마는 아빠에게 구타를 당하면서도 생계를 꾸렸던 사람이기에 내가 대신 짐을 지는 걸 당연하다고 믿었다. 나는 어깨가 짓눌려 앞으로 나아가지 못하는 때가 생겨도 힘들거나 아프다는 소리를 안 했다. 심지어 나 자신에게도 안 했다. 의심할 수 없는 도리였다.

그런데 이 도리에 의심이 들기 시작했다. 원인은 죽은 아빠를 대하는 엄마의 태도였다. 엄마는 아빠가 죽은 후 그의 삶을 부정(父情)과 부정(夫情)이 충만했던 것으로 취급하며 아빠를 지극히 평범한 가정의 지극히 평범한 가장으로 미화시켰다. 그에 따라 자신도 지극히 평범한 가정의 지극히 평범한 엄마와 아내가 되어 그에 상응하는 대접을 원했다. 대접이 시원치 않으면 고통의 마돈나가 된 듯 굴었다. 모든 게 지극히 평범해야 했다. 아무 일도 없던 것처럼, 온 마음을 다해 사랑했던 것처럼, 찬란한 어제가 있으니 찬란한 오늘이 있고, 오늘이 부족해서 내일이 있는 것처럼.

엄마는 아빠 때문에 불행한 사람이었다. 함께 사는 내내 엄마의 불행을 목격했고, 나 자신 또한 불행을 경험했다. 내가 집을 떠났을 때도 아빠에 대한 불평과 험담을 끊임없이 전해 들으며 엄마의 불행을 확신했다. 내가 어디에 있든, 어떤 상황에 있든, 엄마는 자신의 불행을 나에게 전달했다. 엄마가 불행하면 나도 불행해야 했다. 그런 나는 행복할 수 없었다. 나는 불행한 엄마가 불쌍해서 아빠를 미워했고, 행복할 수 없는 내 상황이 억울해서 아빠를 미워했다. 아빠가 미워서 아빠를 이해하려는 마음도 먹지 않았다. 난 엄마를 위해서 아빠를 미워하고, 이해할 기회를 포기하고, 심지어 나의 행복도 안중에 안 됐는데, 엄마는 아빠가 없는 지금도 여전히 불행하다고 한다. 자신이 불쌍하다고 한다. 엄마의 불행을 믿었던 나는 이쯤에서 헷갈린다. 아빠가 있어도 불행하고 없어도 불행한 엄마라면 아빠가 불행의 원인이 아닐 수도 있다. 그렇게 되면 아빠를 향한 나의 증오는 옳지 않다. 내가 경험한 아빠는 엄마의 감정에 의해 조작됐을 수도 있다는 사실과 아빠를 향한 나의 증오는 엄마가 나를 조종하기 위해 쓴 수단일 수도 있다는 사실 앞에서 나는 혼란스럽다. 아빠라는 존재는 나의 원 가족 사이에 여전히 있지만 실체는 없다. 아빠의 실체는 죽음과 함께 영원히 사라졌고, 실제 아빠는 그가 살았을 때도 내가 제대로 경험해 보지 못했을 수도 있다.

침대에 누웠더니 나쁜 기억을 이으며 상자를 만들어 가는 작업이 더욱더 쉬워졌다. 이렇게나 쉬웠다니, 나 자신이 놀랄 정도였다. 그러나 놀라는 것도 잠시, 내가 흥분한다 싶으면 잠자코 있던 죄책감이 육중한 가위를 들고 와선 내가 이은 선을 뚝뚝 끊으며 상자를 없앴다. 상자가 없어지자 안에 있던 아이는 겁에 질려 떤다. 끊긴 선들은 어느새 병원 침대에 누워 있는 엄마의 모습을 그려 내고, 그 모습을 본 아이는 순식간에 다 큰 어른이 되어 엄마의 어깨를 안는다. 그런데 아이는 분명 날개 잃은 작은 새 같은 엄마를 안은 줄 알았건만, 어느 순간 엄마는 침대에서 빠져나와 크고 시꺼먼 날개를 단 거대한 형체가 되더니 아이의 어깨를 억세게 눌러 자신이 있던 자리에 아이를 앉힌다.

'너도 당해 봐라, 이것아.'

그렇게 난 엄마 자리에 앉게 되었다. 처음엔 당황했지만, 곧 익숙한 자리임을 깨닫는다. 그러나 금세 낯섦을 느낀다. 엄마는 처지를 바꿈으로써 당신을 더 잘 이해시키기 위해 이 자리에 나를 앉혔겠지만, 엄마의 의도와는 반대로 나는 엄마를 더욱더 이해할 수 없게 된다. 엄마가 더욱더 낯설어진다. 누군가가 나에게 가슴 저미는 말을 한다면 듣고 싶지 않다고 소리 지르며 말을 끊는 대신 이야기를 끝까지 들은 후 왜 그런 말을 하는지, 내가 그 사람을 위해 해 줄 것이 뭔지를 곰곰이 생각해 볼 텐데, 자꾸만 내가 되는 엄마의 자리엔 슬픈 딸이 앉아 있었다. 내가 뱉은 말이 그 정도였나, 그토록 매몰차게 날 밀쳐 내야 했나, 의심이 갔다. 의심 끝엔 날 향한 엄마의 사랑이 겨우 이것밖에 안 되나, 슬픔이 따라왔다. 당신이 내게 준 상처는 모르고 내가 힘들여 겨우 뱉은 한마디에 세상 전부를 잃은 것처럼 구는 엄마의 좁은 마음이, 너무나 원망스러웠다.

쉽사리 잠이 올 것 같지 않은 밤이었다. 잠의 그림자를 가지지 못한 눈이 바깥 풍경을 더듬었다. 키 큰 전나무 위에 달이 걸려 있었다. 크고 밝은 보름달이었다. 달빛이 환해 숲의 정경이 정직하게 보였다. 달빛이 인자하고 달은 장엄해서 저절로 두 손이 모였고, 나는 알지 못해도 달은 알 수 있는 소원을 빌었다. 달에 숙제를 맡기자 잠의 그림자가 찾아들었다.

2. Variatio 15

"도리스가 죽었대. 가 봐야 할 것 같아."

도리스는 남편의 고객이었다. 남편과 나는 상업용 부동산을 전문적으로 취급하는 회사를 가지고 있고, 나는 시장 분석을 남편은 실무 전반을 맡고 있다. 남편은 부동산 외에도 자동차 융자 회사를 지인과 공동으로 운영하고 있는데 도리스는 그쪽을 통해 남편과 연결된 이였다. 남편에게 전해 들은 바로 도리스는 부동산계의 거물이었다. 나는 이재(理財)엔 어둡기도 하고, 내가 알 필요도 없는 얘기를 남편이 언급하는 게 찝찝하기도 해서 도리스가 수백억 어쩌면 수천억 자산가라는 남편의 말을 흘려들었다. 남편과 함께 회사를 운영하지만 대외적인 일은 남편이 하고, 나는 재택근무로 조사 및 분석만 담당하기에 도리스를 만날 일도 없었다. 그런 도리스가 갑자기 죽은 것이다.

"올해 몇이라고 했지?"

그녀가 지병을 앓았다는 사실은 나도 알고 있었다. 나이와 지병은 연관성이 있고, 죽음의 여파를 짐작게 한다.

"아마 일흔셋? 일흔다섯? 가 봐야지. 지금 롤랑이 공황 상태인가 봐. 이래저래 난처하게 됐어. 처리할 것들이 많을 거야."

롤랑은 도리스의 네 번째 남편이었다. 도리스의 수백억 어쩌면 수천억 자산은 세 명의 전남편들이 차례로 물려준 것이었고, 가난한 미장공 롤랑은 부유한 아내의 죽음으로 인해 그녀의 자산을 고스란히 물려받게 되었다. 도리스와 롤랑이 함께한 시간은 삼 년이었다. 그들 사이에 자식은 없었지만, 도리스에겐 아버지가 다른 일곱 명의 자식이 있었다. 새로운 남편을 만나면 새로운 자식을 낳는 식이었다. 도리스가 남편들과는 돈독했는지 모르겠으나 자식들과의 사이는 원만하지 못했다. 그녀가 죽기 반년 전쯤 유언장을 작성했는데, 제일 값어치 나가는 부동산을 현재 남편인 롤랑에게 남긴다는 조항을 썼다고 한다. 그녀의 자산을 관리해 주던 남편은 유언장 작성 시에 함께 있었다.

도리스의 상속인으로서 롤랑은 도리스의 일곱 자식을 두려워했다. 지병을 앓던 도리스가 언제든 죽을 수 있다는 사실보다 그녀의 자식들을 더욱 두려워했다. 그가 도리스의 전남편들처럼 물려줄 재산이라도 있었다면 도리스의 자식들은 외려 그를 두려워했을지도 모른다. 롤랑을 눈엣가시로 보지 않고 어떻게든 그의 눈에 들려고 노력했을지도 모른다. 하지만 롤랑은 이제—도리스가 의도했든 의도하지 않았든—공식적으로 일곱 자식의 눈엣가시가 되었다. 그에게 방패막이 있다면 법적 효력을 가진 유언장밖에 없었다. 그리고 유언장 작성 시 함께 있었던 남편밖에 없었다. 믿을 만한 가족이 없다는 롤랑은 남편을 가족 취급했고, 남편도 롤랑을 보살펴야 할 대상으로 생각했다. 남편은 저녁 식사도 거른 채 롤랑을 보러 갔다. 정작 봐야 할 도리스는 죽고 없었다.

아이를 재우고 남편을 기다리는데 기분 나쁜 찝찝함이 어디선가 기어들어 와 남편이 떠난 자리를 끈적하게 채웠다. 분명 여기에 있어선 안 되는 찝찝함이었다. 도리스의 명복을 빈다는 구실로 측백나무 향초를 피웠다.

밤 열 시가 넘어서 남편이 돌아왔다. 그가 입었던 검정 양복 재킷을 받아 주차장에 걸어 두었다. 집 안으로 들어와서는 안 되는 기운이 남편 옷에 묻어 있을 것만 같았다. 남편을 기다리며 느꼈던 찝찝함보다 수십 배 더한 것이 남편 옷에 배어 있는 것만 같았다.

"미신이라고 생각해도 괜찮아. 그냥 그래야 한다는 생각이 들어서. 이해하길 바라."

내가 어떤 유별난 행동을 한다면 거기엔 그럴 만한 이유가 있다고 믿는 남편은 오히려 고마워했다. 남편은 믿음에 이르면 단순 명료하다. 남편이 남자 친구였을 때였다. 이란 출신 무교인 그가 한국 출신 무교인 나에게 이란이 지금은 이슬람 국가지만 원래는 선하게 생각하고 선하게 말하고 선하게 행동하라는 세 가지의 원칙을 믿었던 조로아스터교의 나라였다고, 이 원칙은 모든 믿음의 근간이라고 말했을 때, 그에게 반쯤 반해 있던 나는 홀딱 반해 버리고 말았다. 그의 말을 들으며 이란 이라크 전쟁 소식을 편파적으로 전하던 미디어와 그들이 전하는 것을 곧이곧대로 믿던 멍청한 내가 떠올라서, 동시에 조로아스터를 말하는 사람이라면 자라투스트라를 몰라도 되는 사람이라고 속으로 호들갑을 떨어서, 얼굴이 붉어졌었다. 그때의 남자 친구는 나의 유별난 행동엔 다 이유가 있다고 믿는 지금의 남편이 되었다.

"가 보니까 도리스가 바닥에 쓰러져 죽어 있는 거야. 흰 천만 덮여 있고."

"병원으로 옮긴 게 아니고?"

"응. 롤랑이 얼른 와 달라고 하도 급하게 말해서 달려갔는데, 아직 시체를 치우지 않았더라고."

도리스는 이제 도리스가 아니라 시체가 되었다.

"집 앞에 경찰차와 구급차가 있어서 뭔가 이상하다 했지만, 시체가 거실 바닥 중간에 떡하니 놓여 있을지 생각도 못 했어."

"롤랑은 어때?"

"많이 울더라. 나도 깜짝 놀랐을 만큼."

남편은 한 번도 입 밖으로 꺼낸 적이 없지만, 마음속으론 도리스를 향한 롤랑의 사랑을 믿지 않았다. 믿거나 말거나 하기엔 삼년이란 시간은 짧다. 그들의 노년은 함께 얻어진 것이 아니다.

"진심으로 슬퍼하는 것 같았어."

사람의 울음이 진심을 보여 주는 거라면, 세상은 얼마나 살기 쉬운 곳인가.

"사인(死因)이 뭐래?"

"도리스가 이런저런 병이 있었잖아. 합병증도 심했고. 어떤 약을 먹었는데 치사량이었나 봐. 현장 감식반이 와서 여기저기 검사하더라고."

잘 사는 방식은 무수하지만, 잘 죽는 방법은 얼마 없는 듯하다.

"집에서 도리스를 돌보던 요양사가 죽은 도리스를 발견했나 봐. 롤랑은 자기가 옆에 없어서 이런 일이 일어났다고 무척 속상해했어. 난 거기 없었어, 그때 없었어, 엉엉 울면서 이 말만 되풀이하더라고."

사건 사고 발생 현장은 중요한 장소이자 순간이다. 존재와 부재가 사건 사고의 원인이자 결과다. 그것에 대한 반응도 중요하다. 관련성이 클수록 반응은 격하거나 냉정하고, 반응 안엔 아귀가 맞아떨어지는 이야기가 꼭 있는 법이다.

"도리스 집은 생각보다 아담했어. 벽엔 온통 그림들이야. 작품 크기도 대단해."

찝찝함의 원인을 알 것 같다.

"배고프지 않아? 뭐라도 먹을래?"

더 찝찝해지기 전에 주제를 바꿔야 했다. 남편의 재킷은 내일까지 집 안으로 못 들어올 것이다.

"아니, 괜찮아. 긴 하루였어. 그냥 잘래."

"뜨거운 물로 샤워하고 자. 피로가 풀릴 거야."

어떤 기운이든 남편 몸에서 씻어 낼 필요가 있었다. 남편을 따라온 것과 남편이 주워 온 것이었다. 우리 집에 있어선 안 되는 것이었다. 향초는 계속 필요했지만, 그냥 놔두자니 위험한 것 같아 끄려고 갔더니 벌써 꺼져 있었다. 또다시 찝찝한 기운이 슬금슬금 올라오길래 위층 침실로 도망쳤다.

침실엔 달빛이 가득 차 있었다. 올려다보니 어제보다 조금 더 먼 곳에 둥근달이 떠 있었다. 기억을 떠올리며 상자 만드는 작업을 시작하기 전에 소원부터 빌었다. 남편의 선한 마음을 위해 빌고, 도리스의 명복을 빌고, 그녀의 일곱 자식을 위해 빌고, 마지막으로 나의 선한 마음을 위해 빌었다. 빌 것이 많아 한참 달을 쳐다봤더니 달 주위의 빛이 천사 날개처럼 보였다.

'내가 비는 선한 마음은 선하다고 자신할 수 있을까?'

일단, 달에 협조를 구했다.

다음 날, 학교에서 돌아온 로야가 사물함 도난 사건에 대해 말해 주었다. 로야는 작은 규모의 사립 초등학교에 다니는데 학칙이 엄격하고 학생 관리도 철저해서 도난 사건이 일어날 수 있는 환경이라고 생각하지 못했다. 사학년에 올라가 사물함을 받게 되었다고 좋아하던 게 바로 한 달 전이었다. 공적인 장소에서 사적인 공간을 가질 수 있다는 사실에 아이는 뿌듯해했고, 사물함 안쪽에 붙일 수 있는 자석들을 사 모으며 나이를 먹어 가는 기쁨에 벅차했다. 로야뿐만 아니라 사학년 모두가 사물함에 대해 자랑스러워했다. 선생님들은 사물함 사용 규칙을 재차 상기시키며 권리와 책임에 대해 알려 주었다. 사물함은 개인용이기에 절대 타인의 것을 넘봐선 안 된다는 것이 제일 중요한 규칙이었다. 아이들은 기쁨이 큰 만큼 책임감도 커서 다들 의젓하게 모범을 보이며 한 달 동안 별 탈 없이 사용해 왔다. 로야에게 없어진 것이 뭐냐고 물으니 사물함 안쪽에 붙이는 자석 장식물이라고 한다. 자기는 자석에 이름을 써 놔서 없어진 것이 없는데 몇몇 아이의 장식물이 몽땅 없어져 버렸단다.

"선생님께 알려 드렸니?"

"응. 엄마, 수학은 오학년 교실에서 하잖아. 거기서 수업 끝나고 우리 교실로 돌아와서 점심 도시락 먹으려고 사물함을 열었더니 이것저것 없어진 거야. 사물함이 복도에 있어서 누가 열어 봤나 봐. 사학년은 아닌 것 같아. 우린 수학 수업 중이었거든."

몇 해 전까지만 해도 사학년들도 사물함 자물쇠를 사용할 수 있었으나 작동법을 어려워하는 아이들이 많아서 오학년이 되어야 허용한다고 한다. 개인 소유라도 유지는 공공의 정직에 맡기는 식이었다.

"선생님께 알렸으니까 어떤 조치가 있을 거야. 복도엔 CCTV가 없지?"

제삼의 눈이 있다면 재발 방지에 좋을 거로 생각해서 물었지만, 사실 범인이 궁금했다.

"로비에는 있는데 복도엔 없어."

너무 캐물은 것 같다.

"우리 강아지, 배고프겠다. 뭘 좀 만들어 줄까?"

일어나선 안 되지만 일어날 수도 있는 일이 도둑질이다. 일어날 수도 있지만 내 아이에겐 일어나선 안 되는 일이다. 이야기를 더 이어 간다면 의도치 않게 아이 머릿속에 깊이 새겨질까 봐, 방향을 선회했다. 아이가 살아가는 세상은 맑고 밝고 아름다워야 한다.

도난 사건이 한 번만 일어났다면 아이가 살아가는 세상은 맑고 밝고 아름다웠을 것이다. 그 후에도 몇몇 소소한 것들이 없어졌고, 급기야 돈까지 없어지는 날이 오고야 말았다. 학교에서 디저트를 판매하는 금요일이었다. 디저트 하나에 오십 센트이고, 이날은 오십 센트나 일 달러 동전을 가지고 와도 되는 날이었다. 로야 반 아이의 오십 센트가 없어지자 아이들은 당황했다. 사물함 자석이나 가방에 다는 열쇠고리가 없어졌을 때도 별 요동 없던 아이들이 디저트를 사 먹을 수 있는 돈이 없어지자 한목소리로 담임 선생님에게 CCTV를 요구하는 상황에 이르렀다. 당연한 순서였다. 사건이 일어났는데도 별다른 조치가 없었으니 일이 커지고야 만 것이다.

아이들이 요동하자 그동안 별말 없던 학부모들도 요동하기 시작했다. 끼리끼리 모여 도난 사건에 대해 수군거렸다. 수군댐은 비밀의 공유였다. 누구와 공유할지는 끼리끼리 모이는 성향에 의해 결정되었고, 무엇을 공유할지는 그룹 내 구성원에 의해 결정되었다. 독이 든 성배를 나눠 마신 것처럼 비밀을 공유한 구성원들끼리는 더욱 돈독해졌다. 불안한 것을 나누며 자신들의 불안감을 달랬다. 그러는 동안 비밀은 합쳐지지 않고 분산되어 더 큰 비밀을 낳았다. 비밀을 공유 받지 못한 학부모들만 평화로운 학교에 다녔다. 자의든 타의든 비밀을 나누게 된 이들은 초조하게 결말을 기다렸고, 누구도 나서지 않는 상황은 안이하게 결말을 미뤘다. 모두 가면을 썼다. 의심하고 겁내고 화내는 민낯을 누구에게도 보이고 싶어 하지 않았다.

동생을 대문 밖에 놔두고 나왔다. 동생은 녹슨 하늘색 대문 아래 쪼그려 앉아 있다. 나를 기다리다가 초조해지면 코를 후벼 파 코딱지를 찾아내 반은 먹고 반은 눈썹에 붙여 놓을 것이다. 파낼 코딱지가 더는 남아 있지 않으면 엄지손가락을 뺄 것이다. 손가락이 발개지도록 빨다 보면 나른함이 찾아올 것이고, 자기도 모르는 사이 잠들 것이다. 햇살은 동생을 따뜻하게 덥히고, 눈썹 위의 코딱지를 말라붙게 할 것이다. 그때쯤이면 난 돌아올 것이다.

대문을 나와 곧장 걷다가 왼쪽으로 꺾으면 작은 삼거리가 나오는데 거기에 구멍가게가 있었다. 가게 주인에겐 아들 둘이 있었다. 큰아들은 나와 동갑인 네 살, 작은아들은 동생과 동갑인 두 살이었다. 그들은 어떤 이유에서 나를 대장으로 부르며 따라다녔다. 부모 몰래 계피맛 종이 과자나 돌사탕이라고 부르던 하얀 사탕을 나에게 갖다주기도 했다. 뇌물을 받은 나는 그럴싸한 대장 노릇을 해야 해서 어느 날 옆 동네 애 하나를 잡아 전봇대에 묶어 놓고 포로 놀이를 했다. 전쟁이나 반공 드라마가 인기리에 방영되던 시절이었다. 이념에 대한 확신은 용맹과 충정이라는 이름으로 추앙되고, 이편과 저편을 구분 짓는 도구로 쓰였다. 이편이 되기 위해선 누군가는 저편이 돼야 했고, 이편 사람은 저편 사람을 처단할 수 있었다. 저편 사람이 이편을 기웃거린다면 응징할 수 있었다.

우리 동네에서 놀던 옆 동네 애를 붙잡아 줄넘기 줄로 전봇대에 묶은 건 구멍가게 형제였지만, 우리 동네를 침범한 옆 동네 애를 어떻게 처리할지는 대장인 내가 결정해야 했다. 묶어 놓은 줄이 느슨해서 허벅지까지 흘러내려 와 있는데도 아이는 느슨한 줄과는 상관없이 겁에 질려 있었다. 금방이라도 울음을 터뜨릴 것 같은 아이 옆으로 나의 결단을 기다리는 형제가 서 있었다. 그들은 던지기만 하면 어디든 날아가서 뭐든 깨 버릴 준비가 돼 있는 까만 짱돌처럼 눈도 깜박거리지 않은 채 나를 보고 있었다. 옆 동네 아이는 나를 보지 못했고 구멍가게 형제는 나를 뚫어질 듯 봤는데, 내 마음은 날 보지 못하는 눈에 시선을 맞췄다. 그러자 내가 지금 뭘 하고 있나, 퍼뜩 정신이 들었다. 구멍가게 형제가 나를 대장으로 대접하여 녹슨 대문에 매달려 그네를 탈 때 제일 먼저 제일 오래 타게 해 주는 것도 좋았고, 알싸함을 남기며 입안에서 허무하게 사라지는 계피맛 종이 과자나 오랫동안 혀로 굴려도 좀처럼 작아지지 않는 돌사탕을 몰래 쥐여 주는 것도 좋았다. 하지만 내가 누리는 권리에 따른 의무 중 하나가 겁먹은 아이를 처단해야 하는 거라면 나와 맞지 않는다는 생각이 들었다. 의무를 거절하려면 권리를 포기해야 했고, 권리를 포기하려면 역할을 그만둬야 했다. 대장으로서 마지막 결정을 내리기로 했다. 심문을 시작했다. 나이부터 물었다. 아이는 기어들어 가는 목소리로 다섯 살이라고 대답했다. 대답하든 안 하든 나는 그 아이를 풀어 줄 생각이었기에 나보다 한 살 많다는 이유로 풀어 준다는 명령을 내렸다. 힘들게 잡은 사냥감을 놓아 주게 된 구멍가게 형제는 실망스러운 기색이었지만, 상황극 안에서 그들은 대장의 지시를 따라야 했다. 물론, 자유의 몸이 된 아이가 자기 동네로 줄달음쳐 사라질 때, 내가 가졌던 대장의 위신과 특별 대우도 사라졌다.

아마 그때쯤이었던 것 같다. 다수는 집단이라는 범위 내에서 자기들만의 믿음을 가지고 있고, 내가 믿는 것은 집단 내의 다수가 믿는 것과 다를 수 있으며, 이곳에선 다수더라도 저곳에선 소수일 수 있다는 사실을 어렴풋이 깨달았던 것 같다. 구멍가게 형제는 내가 그들이 원하는 대로 행동하지 않자 나에게 줬던 특권을 도로 가져가 버렸는데, 나에겐 내가 믿는 걸 행동으로 옮길 자유가 있었다. 나의 행동은 내가 생각하는 정의였고, 내가 믿는 선함이었다. 임의로 만들어 낸 정의나 작위적으로 믿는 선함이 아니라 세상의 탄생 원인이거나 유지 이유가 되는 불가항력의 불문율 같은 것이었다. 사적이지만 공적이고, 현재지만 태고나 미래였다. 던지고, 부수고, 때리고, 피하고, 막고, 고함치고, 악쓰고, 도망치고, 잡고, 숨고, 빌고, 또 빌고, 죽는시늉까지 해야 하는 내 주변의 상황과는 상관없이, 흔들리지 않는 빛으로 오롯이 빛나는 가치였다.

나에겐 우리 동네에서 논다는 이유로 옆 동네 애를 잡을 마음이나 잡혀서 잔뜩 겁먹은 아이를 처단할 마음이 없었다. 내 마음은 내 주위에서 일어나는 일들과 별개인 곳에, 하지만 어떤 이들과는 분명히 연결된 지점에 있었다. 그 지점이 잘 때도 불안하고 깨어 있을 때도 불안한 내 마음을 평화롭게 해 주길 바랐다. 흔들리지 않는 고요한 빛을 누구도 건드리지 않기를 바랐다.

내가 누리던 특권이 없어진 걸 당연하게 생각하면서도 나를 더는 세상에 존재하지 않는 사람처럼 취급하는 형제에겐 무척 억울한 기분이 들었는데, 바로 이 고요한 빛이 그들에 의해 건드려졌다고 느꼈기 때문이었을 거다. 구멍가게 형제가 나에게 공짜로 준 것은 따지고 보면 외상 장부에 적어 놔야 할 것이었으므로 나는 그들에게 빚을 지고 있었다. 그러니 빚을 갚는 건 당연했다. 그런데 단순히 갚아야 할 빚을 갚은 느낌이 아니라 뺏겨선 안 되는 것을 뺏겨 버린 느낌이 들었다. 형제들과의 관계는 계피맛 종이 과자나 돌사탕 따위의 미끼를 주는 대로 받아먹고 그들이 원하는 대로 행동해야 이어지는 거였다. 그들이 원하는 대로 행동하지 않으면 철저한 외면으로 벌을 받게 되는 거였다. 대장이라는 호칭은 그저 허울일 뿐, 실제론 그들 입맛대로 날 조종하고자 했다. 답을 이미 정해 놓고 거기에 맞춰 행동하지 않으면 귀싸대기를 때리거나 기관총으로 쏴 버리는 시뻘건 눈의 어른들이 하는 짓과 별다를 게 없는 짓을 내 또래 친구들이 나한테 했다. 분했다. 그들이 나도 모르는 사이 빚을 지게 한 것도 억울한데, 빚을 눈덩이처럼 불리고, 고리를 쳐서 원금을 갚게 하고, 그것도 모자라 내 안의 고유한 것에까지 손을 뻗쳐 눈 깜짝할 사이에 가져가 버린 것 같았다. 제까짓 게 뭔데, 도로 갚아 주고 싶었다. 모르는 사이에 뺏겼으니 나도 그들 모르게 빼앗아 오면 될 일이었다.

형제가 없는 구멍가게에 도착했다. 형제 엄마가 가게 안쪽에 서 있다가 나를 보고는 아는 척했다. 가게 밖에는 평상 두 개가 작은 복도를 만들며 놓여 있었고, 그 위에는 껌이니 사탕이니 전병 같은 것들이 진열되어 있었다. 나는 오른쪽 평상 옆에서 형제 엄마를 똑바로 바라보며 비스듬히 몸을 돌린 후 두 손을 등 뒤로 가져갔다. 목표로 정한 것은 없었다. 아무거나 손에 잡히는 대로 가져갈 요량이었다. 뭔가가 잡혔지만, 땀으로 축축해진 손은 그것을 놓치고 말았다. 형제 엄마가 보고 있어서 더 긴장됐다. 나는 등 뒤의 손으론 무언가를 줄곧 찾으면서 눈으론 그 엄마를 줄곧 바라봤다. 형제 엄마의 시선을 놓친다면 하던 짓을 들킬 것 같았다. 결국, 뭔가가 잡혔다. 버석거리는 비닐 포장이 느껴졌고, 내 손에 꼭 쥐였다. 이제 뒷걸음질 쳐야 했다. 그대로 뒷걸음질 친다면 형제 엄마는 내가 무슨 짓을 했는지 모를 것이다. 행여나 알아차린다면 형제 엄마가 모른 척할지, 호되게 꾸중할지, 엄마 아빠에게 알릴지 궁금했다. 그래서 뒷짐 진 채 뒷걸음질 쳤다. 햇살을 등지고, 형제 엄마의 시선을 놓치지 않으며, 아무런 제지도 받지 않은 채, 하늘색 대문까지.

대문 아래 잠든 동생의 눈썹은 코딱지가 말라붙어 햇볕에 반들거렸다. 손을 앞으로 가져왔다. 그 손엔 계피맛 종이 과자 하나가 몹시 구겨진 채로 쥐여 있었다. 가져오긴 했지만, 가져선 안 되는 것이었다. 없애야 했다. 누구라도 오기 전에 없애야 했다. 밥상이 파이도록 숟가락을 내려친 후 출근한 아빠가 멀쩡하게 집으로 돌아올지 술에 잔뜩 취해 돌아올지 알 수 없었지만, 아빠와 싸우고 집을 나간 엄마가 언제 다시 집에 올지 과연 집으로 돌아올지 알 수 없었지만, 서둘러 종이 과자를 없애야 했다. 허술하게 포장된 비닐을 벗겼다. 종이 과자 몇 장이 바스락 소리를 내며 발밑으로 떨어졌다. 뒷걸음질 쳐 온 길을 다시 걸어 나가면 하수도가 있었다. 햇살은 이미 골목길에서 사라졌고, 가게 안의 형제 엄마는 보이지 않았다. 무엇에 화가 난 듯 쿵쾅거리며 하수도로 향했다. 하찮게 생각하고 싶은데 하찮지 않은 형제에게 화가 난 것 같기도 하고, 뻔히 알면서도 모른 척한 형제 엄마에게 화가 난 것 같기도 하고, 우릴 놔두고 어딘가로 사라져 버린 엄마나 시뻘건 얼굴로 소리 지르던 아빠에게 화가 난 것 같기도 했다. 갚아 주려다 되레 당한 것만 같아서, 아무도 시키지 않았지만 모두가 시킨 것만 같아서, 화를 내야 하는 대상이 처음부터 잘못된 것만 같아서 화가 난 것 같기도 했다. 사실, 성공했지만 실패했단 걸 너무 잘 알아서, 알면서도 했단 걸 너무 잘 알아서, 부끄러워진 나 자신이 아주 작게 오그라들어야 손가락 끝으로도 짓뭉개질 수 있단 걸 알아서, 슬퍼지기 싫어서 차라리 화가 난 것 같기도 했다. 쿰쿰한 냄새가 나는 하수도에 이르렀고, 구겨진 종이 과자를 그 속에 던졌다.

내가 던져 버린 종이 과자는 시꺼먼 구정물 속에서 금세 흐물흐물 사라졌다.

아이 학교의 교장 선생님을 만나기로 했다. 내가 나서기로 했다. 지난 오 년간 경험해 본 교장 선생님은 적당히 친절하고 대체로 공평한 사람이었다. 놀랍게도 그녀는 도난 사건에 대해 전혀 모르고 있었다. 담임 선생님이 윗선에 보고했을 거로 믿은 것은 순진한 생각이었다.

"이런 일이 드문드문 일어났다면 그냥 지나쳤을 거예요. 짧은 기간에 자주 일어난다는 건 아이의 마음이 감당하기 어려울 만큼 무거워지고 있다는 걸 간접적으로 보여 주는 거죠. 곧 다시 일어날 거예요. 계속 모른 척하면 아이가 느끼고 있을 불안은 해소되지 않아요. 저의 의도는 다른 아이들의 피해를 중지시키자는 것도 있지만, 이 아이의 불안감을 중지시키자는 겁니다. 아직 어리니까 드러내기만 해도 충분히 멈추게 할 수 있어요."

겉으론 불안에 관해서 이야기했지만, 속뜻은 이 일을 저지르는 아이가 내심 들키기를 기다리고 있을지도 모른다는 거였다. 들키고 혼나야만 아이의 불안이 일차적으로 해소될 일이었다. 불안이 도둑질에서 오는지 혹은 다른 이유에서 오는지는, 아이는 알고 아이 부모는 모르는 영역일 것이다.

"제가 이 학교로 부임했을 때였어요. 삼학년 여자아이였죠. 완벽한 모범생이었고, 아이 부모도 완벽했어요. 겉으론 아무런 문제

없는 아이가 학년 내내 도둑질을 했어요. 마치 까마귀가 반짝이는 것들을 모으는 것처럼 탐나는 것들을 모았던 거죠. 아무도 의심할 수 없었어요. 이런 일은 언제나 어디에서나 일어나는 법이죠."

완벽한 모범생 안에 얼마나 많은 것을 숨길 수 있는지 나는 잘 알고 있다. 교장 선생님은 흔한 유형이라 안심할 수 있는 사람이었다. 그녀를 찾은 건 사건 보고를 위해서가 아니라 사건 처리 과정을 알기 위해서였지만, 보람은 있었다. 그녀가 나태한 친절의 가면을 쓰고 우리는 알지 못하더라도 신께선 알고 계시니 인내심을 가지고 기다려 보자고 했다면, 난 로야를 다른 학교로 전학시키는 것까지 생각했을지도 모른다. 교장 선생님은 아침 회의 때 전 학년 선생님들에게 수소문해 보겠다고 나에게 약속했다.

그날 저녁 식사 시간에 교장 선생님과의 면담에 대해 식구들과 이야기를 나눴다. 남편과 아이는 교장 선생님이 여태 모르고 있었다는 사실에 놀라워했다. 특히 아이는 사건 직후 담임 선생님이 교장 선생님께 즉각 알릴 거라고 했다면서 실망스러워했다. 사건이 자꾸 반복된 이유를 알겠다는 눈치였다.

"알리지 않으면 비밀이 새어 나가지 않거나 사건이 축소될 거로 생각한 모양이군."

신중히 스테이크를 자르던 남편이었다.

"오늘도 애들이 선생님한테 CCTV 설치해 달라고 부탁했어."

"그랬더니 선생님이 뭐라고 하셨어?"

"귀중품은 학교에 가지고 오지 말라고 하셨어."

안까지 평범한 사람들의 생각은 끝까지 평이하다. 눈에 보이지 않으면 훔칠 수 없고, 눈에 보이는 것만을 귀중품이라고 생각한다.

"이제 교장 선생님께서 아셨으니까 어떤 조치가 취해질 거야. 네가 원하면 자물쇠를 사 줄 수 있어. 선생님도 허락하실 거야."

"응, 자물쇠 살래. 사용할 수 있으면 좋겠어."

평이한 생각으로 안일하게 일 처리한 대가를 아이들 사이의 믿음이 치르고야 만다. 무고한 믿음은 평이한 생각 옆에 있다가 얼떨결에 값을 치렀다. 믿음이 내야 할 값이 아니었다. 감추고 축소한 어른들이 내야 할 값이었다.

"참, 롤랑 상태가 갈수록 안 좋아지고 있어. 아무래도 우리 집에 불러서 식사라도 함께해야 할 것 같아."

난 막고 싶은데 남편은 자꾸 끌고 들어온다. 내 마음을 알리려면 남편 마음에 상처를 내야 하기에 그러지 않기로 한다.

"언제면 좋겠어?"

"금요일 어떨까? 일찍 식사한다면 다음 날 아침 수영에 지장 없을 거야."

끌고 오는 덴 이유가 있다. 난 그 이유를 이해하지만, 그 이유가 싫다. 그래도 남편 부탁은 들어주고 싶다. 그는 대체로 사려 깊은 사람이니까.

"금요일 괜찮아. 로야, 금요일 저녁에 커뮤니티 센터 캠프 있지? 가고 싶어?"

롤랑이 우리 집에 온다면 아이와 동석시키고 싶지 않다.

"응, 가고 싶어. 사라도 갈 거래."

"그러면 엄마가 보니 이모한테 물어볼게. 울 로야, 학교 끝나고 사라랑 같이 놀게 하다가 캠프에 데려다줄 수 있는지."

"아, 좋아! 그러면 좋겠어."

보니는 확실하고 듬직한 사람이다. 아이가 집이 아닌 곳에 있어야 한다면 보니 집이 제일 적합하다.

"고마워. 롤랑한테 금요일 오후 다섯 시까지 오라고 할게. 간단하게 먹자고. 호사스러운 걸 먹을 상태도 아닐 테니까."

"간단히 할 테니 걱정하지 마."

어떤 기운인지 내 눈으로 직접 확인하는 것도 나쁘지 않다. 어떻게 막아야 하는지 알아낼 수 있을 것이다.

밤, 달은 묵직하게 걸렸고 강은 우렁차게 흘렀다. 스스로 힘내야 할 때 자연은 늘 내 편이 되어 주었다. 내가 옳은지 그른지 판단하지 않았다. 분명히 틀린데도 냉큼 틀린다고 하지 않아서 주눅들 필요 없었고, 옳으면 옳은 대로 묵묵히 지켜봐 줘서 과장하지 않아도 됐다. 틀림없이 틀린데도 옳다고 자꾸 우기는 이, 틀림없이 맞는데도 틀린다고 자꾸 윽박지르는 이, 나를 끊임없이 인위적으로 만든다. 겹겹의 가면을 쓰게 한다.

'내가 끊은 곳에서도 내 편은 있을까?'

다시 바라본 하늘, 달은 훌쩍 멀어져 있었다. 반은 없어지고 반은 차 있는 달이었다.

3. Variatio 16

남편과 내가 커스틴으로 마사지 치료사를 바꾼 건 순전히 낸시가 바빠서였다. 낸시의 일정은 우리 몸 상태에 우호적이지 않았다. 우리는 당장 낸시가 필요한데 낸시는 다섯 달 후에나 우릴 볼 수 있었다. 교통사고 후 나와 남편은 정기적인 치료가 필요했기에 바쁜 낸시를 하염없이 기다릴 수 없는 노릇이었다. 클리닉에서 낸시 대신에 예약해 준 치료사가 커스틴이었다. 나보다 먼저 커스틴을 만난 남편은 희색만면하여 집으로 돌아왔다.

"진짜 훌륭해. 낸시와는 무척 달라. 아픈 곳을 정확히 찾아내서 거기를 집중적으로 마사지해 주는 치료사야. 꼭 만나 봐야 해."

무언가에 쉽게 흥분하는 남편은 내 눈에 늘 경이롭다. 그의 귀여운 흥분과 낸시의 바쁜 일정 덕분에 커스틴을 만나게 됐다.

커스틴을 처음 봤을 때 제일 먼저 눈에 들어온 것은 그녀의 이마와 미간과 입 주위에 팬 깊은 주름이었다. 나와 동년배인 듯하지만 최근 몇 년간의 행보가 시간을 십 년 이상 앞당긴 것처럼 보였다. 가만히 있으면 세상에서 가장 슬픈 얼굴이 되고, 미소를 지으면 세상에서 가장 행복한 얼굴이 됐다. 난 그런 커스틴이 단숨에 좋아졌다.

커스틴을 향한 남편의 칭찬은 과장이 아니었다. 그녀는 집요할 정도로 아픈 곳을 찾는 데 몰두했고, 틀림없이 아픈 곳을 찾아냈다. 그곳을 찾아내지 않으면 그녀의 하루를 망칠지도 모른다는 생각에 내 마음도 그녀의 손끝에 머무르며 아픈 곳을 찾는 데 전념했다. 아픔의 출처를 찾는 숨바꼭질을 하는 것 같았다. 교통사고 후 여러 달이 지났지만, 충격은 몸 구석구석에 은밀하게 숨어 있었다. 찾아내지 않으면 여러 해가 지나서도 불쑥불쑥 튀어나와 나를 괴롭힐 게 뻔했다. 완전히 제거하진 못하더라도 어루만지며 달래 줘야 했다. 혹은 헉 소리가 날 정도로 세게 눌러 혼내 줘야 했다. 커스틴의 손끝은 마치 눈이 달린 듯 숨어 있는 고통을 반드시 찾아내 능숙하게 달래고 혼냈다. 나보다 내 몸을 더 잘 아는 사람이었다.

그날도 고질적인 문제가 돼 버린 왼쪽 등을 어르고 달랜 후 오른쪽으로 옮겨 마사지하는데 어느 지점에 이르자 나도 모르게 외마디 비명을 지르고 말았다.

"괜찮아요?"

그녀가 아프게 한 것이 아닌데도, 마치 자기 잘못인 양 커스틴의 목소리에 미안함이 가득했다.

"좀 전에 누른 곳이 너무 아파서요. 세게 누른 것도 아니었죠?"

"전혀요. 슬쩍 손만 댔어요. 어디였나요? 여긴가요?"

커스틴의 손은 내가 비명을 지른 지점을 찾기 위해 거슬러 올라갔다. 섬세한 그녀의 손은 그 지점을 금방 찾아냈고, 나는 또다시 비명을 질렀다. 숨 쉴 수 없을 만큼 고통스러웠다.

"여기서부터 시작해야 해요. 살살 내려가 볼 테니 아픔의 정도를 느껴 봐요."

목소리는 부드러운데 손끝은 매서운 그녀다. 아니면, 고통이 심해서 그녀의 손끝을 매섭게 느끼는지도 몰랐다. 이런 고통이 내 몸 안에 숨어 있을 거라곤 생각지도 못했다. 더군다나 오른쪽은 멀쩡하다고 여긴 쪽이었다. 약하고 아픈 쪽은 왼쪽이지 오른쪽이 아니었다. 약한 왼쪽을 아끼기 위해 늘 의지한 쪽이었다. 아끼지 않은 쪽이었다.

"무슨 그런 차를 타고 댕기노. 아이고, 얼마나, 얼마나, 마음이 아프던지."

동생네를 다녀온 엄마에게서 나온 첫 문장이었다. 내 전화를 받은 엄마가 인사 대신 한 말이었다.

"가가 얼마나 순하노. 털털대는 차를 타고 댕기도 군말 한번 안 하고."

동생이 어떤 차를 타고 다니는지 나는 알 길이 없었다. 어떤 차여야 엄마 마음을 아프게 하지 않을까.

"언제 뭐 해 달라고 조르기를 하나, 부탁을 하나. 순해 빠져가지고. 일하고 와서도 바로 부엌으로 가는 기라. 며느리는 종일 집에 있으면서 반찬 하나 안 만드는지 싹 다 사 온 반찬이고. 파는 반찬에 조미료가 얼마나 많노. 먹을 기 하나도 없는데, 그것도 접시에 안 담아내고 플라스틱 용기째로 상에 올리는 기라. 아이고 참 내, 기도 안 차대."

누군가를 판단하기는 얼마나 쉽고, 얼마나 매정한가. 잘못한 것만 보는 엄마의 눈은 잘못한 것만 따지는 엄마의 혀를 쉬지 않고 돕는다.

"니 동생이 퇴근하고 와서는 배고프다고 냉동 만두 꺼내서 굽고 있는데, 아이고……. 내 복장이 터지겠나 안 터지겠나. 하기사, 시어머니가 오랜만에 가도 반찬 하나 안 해 놓는 며느린데 지 남편이라고 챙기겠나."

마음이 아프다. 좁은 마음을 듣는 마음이 좁아지지 않아 아프다.

"기관지도 약한 아가 순 인스턴트 음식만 먹어서 몸이 좀 일었더라. 담배도 못 끊고. 운동해야 될 긴데. 시간이 없잖아, 가가. 일이 얼마나 많노. 그날도 열두 시 다 돼가 집에 왔다 아이가."

전화기를 들고 있던 내 손은 특수 제작된 보호대를 끼고 있었다. 로야를 낳을 때 양쪽 손목 인대가 파열되는 바람에 손을 제대로 쓸 수 없는 상황이었다. 로야 몸무게가 느는 것과 비례해 집안

일도 늘어서 내 손목은 나아질 기미를 보이지 않았고, 고통이 가득한 손목을 보호하느라 두껍고 딱딱한 플라스틱 보호대를 맞춰 착용해야 했다. 보호대 때문에 로야가 다칠까 봐 수시로 벗었더니 고통은 날이 갈수록 심해졌다. 아무것도 안 해야 나을 증세지만, 곧 있으면 첫 생일을 맞는 아기를 둔 엄마에겐 가당치도 않은 회복법이었다. 손에 들고 있던 수화기가 천근만근이었다. 엄마는 이런 내 증세를 알면서도 안중에 두지 않았다. 약한 것은 내 손목이 아니라 담배를 피워야 하는 동생의 기관지였다.

"차 바까야겠더라. 니는 누나가 돼서 동생한테 신경 좀 써라. 니 때매 니 동생은 외국서 공부도 못 했다 아이가."

엄마가 과거를 기억하는 방법은 나와는 사뭇 다르다. 사실을 배제하고 감정을 도배한다. 동생은 외국어에 관심이 없었다. 공부에도 관심이 없었다. 동생은 무언가에 관심을 두는 것에 관심이 없었다.

"이번 주 내로 송금할게. 어떤 차를 생각하고 있는지 모르겠지만 보태서 사 줘. 엄마 마음에 드는 거로."

전화를 끊자마자 낮잠에서 일어난 로야가 날 부른다. 울음으로 부른다. 말하고 싶어도 말하지 못하는 로야의 방식이다. 말하고 싶어도 말하지 못하는 나의 방식과 닮았다.

한 달 전에 있었던 내 생일에도 엄마는 아무 말 없었다. 한 달후에 있을 로야의 첫 번째 생일에 대해서도 엄마는 아무 말 없다. 당신 딸의 딸 생일에 대해선 아무 말 없어도, 당신 아들의 딸 생일엔 고모가 됐으면 피아노쯤은 선물해야 한다며 돈을 부치라던 엄마였다. 하얀 박꽃 같은 예쁜 조카가 눈에 아른거려서 두말없이 피아노 대금을 치렀다. 엄마가 말하고 싶은 것에 나와 내 가족을 포함하지 않는다고 해서 내가 투정 부릴 순 없다. 엄마는 불쌍하기에, 희생했기에, 내가 투정 부려선 안 된다. 투정 부릴 수 있는 사람은 엄마뿐이다. 나는 맏이고, 딸이고, 강인하고, 똑똑하기에, 엄마의 투정을 받아 줘야 한다. 엄마에게 의지가 되어야 한다. 난 엄마가 믿는, 약하지 않은, 안 아픈, 오른쪽이다.

엄마가 날 아끼지 않는다고 생각한 적 없었다. 그럴 리가 없기 때문이다. 엄마는 엄마인데 어찌 딸을 아끼지 않겠는가. 그런데 멀쩡하다고 여겼던 오른쪽 등에 극심한 고통을 느끼자 어쩌면 내가 틀렸을 수도 있다는 생각이 들었다. 믿기지 않을 정도로 아파서 놀랐다. 동시에 미안했다. 멀쩡하고 강하다고 여겨서 늘 의지했던 오른쪽이 이런 끔찍한 고통 안에 있을 줄 정말 몰랐다. 그렇게 날 의지했던 엄마도 어쩌면 날 아끼지 않았을지 모른다는 생각이 들자 당황스러웠다. 동시에 편해졌다. 어처구니없지만, 엄마의 무심함이 이해됐다. 무조건 믿고 무조건 편들기 위해선 무심함이 필수 아닌가. 처음부터 날 아끼지 않으려고 계획하진 않았을 테다. 쉽고 편한 쪽으로 마음을 쓰다 보니 무심해졌을 뿐이다. 엄마가 마음을 쓰지 않아 비워진 곳이 보이면 조바심 난 내가 그곳을 재빨리 채워 버리니까, 엄마에겐 빈 곳이 보이지 않았을 테다. 비워 놔도 나로 인해 저절로 채워진다고 생각했을 테다.

'엄마의 무심함을 도운 게 나였다니. 나 또한 나 자신의 한쪽을 무심히 대했다니.'

마사지 치료가 행해지는 방은 작고 어둡고 따뜻하다. 나는 알몸이다. 나를 치료해 주는 커스틴은 별개의 존재가 아니라 나와 연결된 존재다. 그녀는 나의 몸이 돼야 하고, 무방비 상태의 나는 그녀에게 전적으로 의지해야 한다. 작고 어둡고 따뜻한 방은 날 보호하고, 손끝에 눈을 단 커스틴은 내 안에 숨은 고통을 찾아내는 등불이 된다. 내가 아무리 숨겨도, 숨긴 것은 등불에 의해 발견되고, 숨길 필요 없으니, 다 내려놓은 나는, 완전히 발가벗은 채로, 원래부터 그랬어야 하는 형태로, 모든 것을 쏟아 낸다.

컥컥 소리 내야 할 정도로 큰 울음이 쏟아져 나왔다. 내 앞에 커스틴이 있어서 울음을 참을 수 있을 줄 알았는데 오히려 그 반대였다. 내 몸 안의 고통을 나보다 더 잘 아는 커스틴은 나와 함께 울어 주었다. 어린 나를 위해 누군가가 울어 준 적 없어서, 그 마음이 참으로 고마워서, 펑펑 울었다. 다 큰 내가 어린아이처럼 울었다. 이렇게 누구 앞에서 눈치 보지 않고 울어 본 건 난생처음이었다. 지금껏 나는 울 수 있는 상황에서도 울음을 자제하거나, 내 의지와는 상관없이 눈물이 나올 때도 멈추라고 강요받거나, 우는 것 말고는 다른 방법이 없을 때도 심한 죄책감을 느끼며 제대로 울지 못했다. 그게 새삼스레 서러워서 침대 시트를 흠뻑 적시며 울었다. 작고 어둡고 따뜻한 방은 울기에 완벽했다. 한참 후, 난 말간 상태가 되어 그 방에서 나왔다.

나와서 휴대전화를 확인하니 보니로부터 부재중 전화가 다섯 통이나 와 있었다. 마지막 한 통의 문자 메시지는 그녀의 단호한 의중을 확인시켜 주었다.

전화할 수 있으면 전화해 줘.

난 보니를 안다. 다급한 말투가 아니었다. 어떤 소식을 나누고 싶어서 안달 난 투였다.

"마사지 중이었어. 무슨 일이야?"

난 그날 저녁 롤랑과의 식사를 위해 실란트로를 고르는 중이었다. 퉁퉁 부었지만, 아주 말개진 눈으로 실란트로를 고르고 있었다.

"지금 내가 하는 얘기, 믿을 수 없을 거야. 내가 누굴 만났는지 알면 깜짝 놀랄걸?"

보니는 드라마도 좋아하고 뉴스도 좋아한다. 감정과 사실 전달에 능한 사람이다.

"애들을 학교에 데려다주고 나서 운동하러 갔거든. 알다시피 여름엔 짐에 안 가니까 한 석 달 만에 간 거야. 거기서 오랜 친구를 만났어. 그 친구도 거의 열 달 만에 왔대. 이 친구는 전에 거의 매일 운동하러 왔거든. 왜 이렇게 오랜만에 왔냐니까 뭐라는 줄 알아? 작년 말에 교통사고가 났다잖아. 어떤 사고였냐고 물었더니 글쎄, 고속도로에서 사고가 났다고, 아주 큰 사고였다고 그러는 거야. 그때 내 머릿속에 뭐가 휙 지나가서, 혹시 가글라디 진입로 부근에서 자정 가까운 시각에 난 사고 아니었냐고 하니까 이 친구가 너무 놀라는 거야."

실로, 사람이 살 만한 곳만 따지자면 세상은 좁다.

"그러니까, 우리 차 앞에 있던 그 차 주인인 거야?"

"맞아! 이 친구가 그 차 주인이야! 진짜 세상 좁지 않아?"

"괜찮아, 그 친구? 그 친구의 친구는 어때? 차엔 두 사람이 타고 있었어."

"말도 마. 그때부터 지금까지 재활 치료다 뭐다 해서 애먹은 모양이더라고. 오늘에야 짐에 나올 수 있었다니까. 그나저나 이 친구가 널 너무 걱정하더라. 로야랑 함께 있었던 것도 아니까. 다들 괜찮냐고 걱정하며 네 안부를 물었어."

"그 친구가 차선을 바꾸지 않고 우리 차로 직진했더라면, 생각하고 싶지도 않지만 지금 너랑 통화할 수 없었을지도 몰라. 고마운 사람이야. 그 친구가 네 친구였구나."

"응. 그 친구 딸이 사라랑 같이 체조를 했어. 나처럼 애들이 셋이나 있고. 그중에 한 명은 말이야, 자폐증이 있어서 특수학교에 다녀."

보니는 참 잘 나눈다. 그것이 사실이건 감정이건 농장에서 갓 딴 블루베리건, 자기가 가진 게 많다 싶으면 꼭 나누고야 만다. 이미 많이 받았으니 더는 사양하기로 한다. 나도 줘 보기로 한다.

"정말 세상이 좁구나. 한편으론 네가 두루두루 친구를 가진 덕에 이런 소식도 감사히 전해 듣는 거 아니겠니?"

"하하. 말도 안 돼. 난 친구보다는 적을 더 많이 둔 사람이야. 넌 몇 안 되는 친구 중 하나고."

난 솔직해서 소란스러운 보니가 좋다.

"영광이야. 참, 오늘 학교 끝나고 로야 픽업 괜찮겠어? 힘들면 내가 너희 집으로 데려다줄 수 있어."

"아냐. 사라가 로야랑 함께 차에 타면 너무 좋아할 거야. 우리 집에서 간식 먹이고 여섯 시 맞춰서 캠프에 데려갈게. 끝나면 저녁 여덟 시인데, 그때도 식사 중이겠지? 로야는 집으로 데려다줄 테니까 걱정하지 말고 집에 있어. 중요한 자리잖아."

보니가 나의 친구인 것은 사라가 로야의 친구인 것보다 다행스러운 일인지도 모른다. 자랄 땐 변하지만 성인이 되면 사람은 좀처럼 변하지 않는다. 보니는 변치 않을 사람이다.

실란트로는 물에 담가 놓으면 다시 뿌리를 내릴 수 있을 것처럼 싱싱했다. 버터 치킨 커리를 식사 메뉴로 정했다. 상실하여 상심한 이에게 위로가 될 만한 음식을 고르기는 쉽지 않았지만, 아빠 장례식장에서 무엄할 정도로 맛있게 먹었던 시뻘건 육개장을 떠올리자 메뉴 선정이 수월해졌다. 따뜻했으면 좋겠고, 조금이라도 매웠으면 좋겠고, 색깔은 붉었으면 좋겠다. 시간이 지나도 맛있고, 부드러운 식감이면 더할 나위 없겠다. 맵다는 핑계로 눈물을 흘려도 될 테고, 간간하다는 핑계로 하얀 밥을 마구 퍼먹어도 될 테다. 화끈해진 입안을 싱싱한 실란트로로 달래 줄 때, 초록 이파리가 이에 끼면 다 같이 웃을 수 있을지도 모른다. 남은 자들이 사는 방법일 테다.

집으로 돌아와 차에서 내리는데 흰나비 한 마리가 나에게로 날아왔다. 여름, 뒤뜰에 있는 자그마한 채소밭의 푸성귀를 애벌레들이 좋아하길래 몇 장 따먹다가 모두 그것들에 양보했었다. 우리는 자라도 사람이지만, 애벌레는 자라면 나비가 되니까.

모든 것이 변하기도 하고 변하지 않기도 하는 세상에서, 함께 살아가는 방법이니까.

4. Variatio 17

마지막으로 코코넛 밀크를 넣었다. 수그러질 기세 없이 벌겋던 버터 치킨이 코코넛 밀크가 더해지자 온순해진다. 누구를 약 올릴 작정이었던 마음이 누구든 기쁘게 해 줄 마음으로 변한다. 버터 치킨이 뭉근하게 끓는 동안 레드 와인 한 잔을 따랐다. 하늘은 뭐라도 퍼부을 것처럼 컴컴하고, 대기는 뭐라도 쏟아 낼 것처럼 무거웠다.

로야와 사라가 즐겁게 놀길 바랐다. 유치원 때부터 단짝으로 정해진 사라는 감정 기복이 있는 편이다. 단짝으로 정해진 것도 사라가 기분이 고조됐을 때 로야를 향해 적극적으로 애정을 표현했기 때문이다. 감정 기복은 어떤 자극에 둔해질 수 없을 때 생기는 현상인지라 감정 기복이 있는 이들은 사실 예민한 감각의 소유자다. 예민함은 통찰력과 섬세함, 뛰어난 직관으로 이어질 수 있는 반면, 성마름이나 불안, 지나친 주관화로도 이어질 수 있다. 외부 자극에 민감하게 반응하는 성향은 양질의 정보를 수집할 수 있는 동시에 외부 자극을 과중한 것으로 취급하여 감각의 과부하를 초래할 수도 있기 때문이다. 이런 양면성을 가진 예민함을 잘 활용하기 위해선 자신의 지각뿐만 아니라 주변인의 역할도 중요한데, 어린아이일수록 후자로부터 받는 영향이 크다. 대개 아이는 가족 안에서 자신의 감각이 어떻게 발현하고 수용되는지를 처음으로 경험하고, 경험은 시간이 지나며 다양한 형태의 집단으로 이어진다. 개인마다 반응 및 수용 정도가 다르듯 집단도 매한가지다. 어느 집단에서 예민하다고 일컬어지는 것이 다른 집단에서는 섬세하다고 칭해질 수 있고, 어느 집단에서 무난하다고 여겨지는 것이 다른 집단에서는 무례하다고 취급될 수도 있다. 예민함과 둔함은 반대 개념이 아니라 상대적 개념이고, 예민함과 둔함을 정하는 기준은 유연함이라는 뜻이다. 자신이 느끼지 못한다고 상대도 느끼지 못할 거로 생각하거나 혹은 아예 느끼지 말아야 한다고 생각하는 사고방식은 어느 하나 연결되지 않은 것이 없는 유기체로 살아가는 인간에겐 적절치 못하다. 이런 사고방식은 어떤 자극에도 무감각해지는 결과를 낳기도 한다. 균형 잡힌 예민함과 조화로운 무던함, 유기체로 살아가는 인간에게 필수적인 요소일 것이다. 성향이 다르고 감각 사용 방식이 다른 로야와 사라가 여전히 단짝일 수 있는 까닭이고, 부산함에서 평정을 찾는 보니가 나에게 사라를 맡기거나 고요함에서 평정을 찾는 내가 보니에게 로야를 맡길 수 있는 이유다.

와인이 유난히 맛있었다. 저렴한 가격의 오카나간 밸리(Okanagan Valley: 브리티시컬럼비아주 내륙에 있으며 나이아가라 반도에 이어 캐나다에서 두 번째로 큰 와인 생산 지역)산 멜로였다. 어두침침하지만 기온이 낮지 않아 파티오에서 식사할 요량으로 테이블을 준비해 놓았다. 사방은 폭풍 전야처럼 무겁고 고요한데 마시던 와인이 아름다움을 오롯이 발하고 있었다. 정밀한 고요 덕에 내가 누리는 것의 아름다움을 고스란히 느낄 수 있었다.

'술도, 자식도, 이렇게 쉽고 좋은 것을 나의 부모는 참으로 힘들게 대했구나.'

뭐든 힘들게 대했던 그들이다. 기쁘면 큰일 날 것처럼, 행복하면 벌 받을 것처럼 힘겹게 살았던 그들이다. 나 또한 그들의 소심함과 두려움으로부터 마냥 자유로울 수 없지만, 그들이 겪은 힘겨움을 반복할 이유는 없다. 내가 이해해야만 했던 것을 로야가 이해할 필요는 없다. 어떤 대상을 이해할 때 마음이 따뜻해지거나 서늘해진다면, 그건 나의 온도가 아니라 대상의 온도다. 와인 잔을 든 손이 시려 왔다. 훈훈한 줄 알았더니 가을은 가을인가 보았다. 파티오 히터를 틀었다.

오후 네 시가 조금 넘어서 남편이 왔고, 다섯 시가 조금 못 돼서 롤랑이 왔다. 남편이 기술한 롤랑은 일흔의 나이로는 보이지 않는 체격 좋은 사내였는데, 직접 만나 본 롤랑은 정확히 일흔으로 보이는 왜소한 체격의 노인이었다. 아내를 잃은 이를 대하는 적절한 태도—만약에 그런 것이 있다면—로 정중하면서도 따뜻한 인사를 건넸더니 집 찾기가 힘들었다는 불평이 돌아왔다.

"내비게이션이 왼쪽 오른쪽, 오른쪽 왼쪽 자꾸 헷갈리게 해서 길을 잃을 뻔했어. 길이 뭐 이렇게 꼬불꼬불해."

우리 집 찾기가 어렵다는 손님은 처음이었다. 지도에 나오지 않는 신설 동네도 아니고, 강 쪽으로 끝까지 와서 주황색 담장 집을 찾으라는 어설픈 안내에도 누구 하나 헤매지 않고 잘 찾아왔다. 길을 잃어 버릴 뻔했다는 롤랑의 불평은 아마도 아내를 잃어서 나온 모양이었다. 어떤 형태로든 삶의 구심점을 잃은 듯했다.

"먼 길 오시느라 수고 많으셨어요. 안으로 드세요. 파티오에서 식사할 테니 신발은 벗지 않으셔도 됩니다."

신발을 벗지 않아도 된다는 건 그만큼 호의를 베푼다는 뜻인데 롤랑은 고맙다는 인사도 없이 안으로 성큼성큼 들어오더니 곧장 파티오로 향했다. 그는 자리를 안내하기도 전에 스스로 테이블 상석을 찾아 앉았고, 앉자마자 작은 녹음기 하나를 꺼내서 재생 버튼을 눌렀다.

"들어 보라고. 애잔하기가 말도 못 해. 도리스가 얼마나 날 사랑했는지 들어 봐."

녹음기에서 자그마한 목소리가 새어 나왔다. 간간이 들리는 문장이라곤 얼른 전화해 달라는 것뿐이었다. 알아듣기 힘든 메시지 끝에 당신을 사랑한다는 문장이 자그마하게 들렸다. 너무 약해서 한숨 끝에 매달린 소심한 푸념 같았다.

"언제? 진짜 애절하지 않아? 도리스는 나 없인 한시도 못 사는 사람이었어. 사랑한다는 말을 이렇게나 많이 하잖아."

롤랑은 자신이 잃은 것으로 인해 받은 것이 생기자 그 둘 사이에 인위적인 연관성이 없음을, 그의 수혜는 자연스러운 귀결임을 우리를 상대로 설득하고 있었다. 그러나 정작 우리는 그의 수혜가 부당하다고 한 적도 없거니와 도리스의 죽음에 대해 의심한 적도 없었다. 롤랑의 행동은 앞으로 그가 치러야 할 감정적 혹은 법적 싸움을 위한 예행연습 같기도 했다. 그의 초조함을 읽자 즉시 불편해졌다. 찝찝함이 테이블 위로 툭툭 떨어졌다. 로야가 이곳에 없어서 정말 다행이었다. 보니에게 큰 신세를 졌다.

"마리오와 카를로스는 이미 백이십만 불씩 받았고, 킹스는 한 달에 사천 불씩 오 년간 받기로 돼 있어. 사천 불씩 오 년간이면 백만 불의 사분지 일이야. 내가 달마다 내는 게 얼만지 알아? 재산세가 석 달에 삼천 불, 전기세랑 가스비 매달 천 불, 케이블 요금 이백 불. 참, 휴대전화비도 있지. 온통 돈 나갈 데라고. 이런 상황인데도 도리스는 손이 컸어. 지난번에 말이야, 가정부 내보낼 때 만오천 불을 상여금으로 줬다고."

도리스의 일곱 자식이 롤랑을 눈엣가시로 보는 것처럼 롤랑 또한 그들을 눈엣가시로 보고 있었다. 매달 사천 불씩 오 년간 지급된다는 의미가 물질적으로나 정신적으로 얼마나 큰 도움인지 어림짐작도 못 하고 있던 나와 달리 롤랑은 그것의 총액을 계산하고, 총액보다 몇 곱절 더 많은 백만 불 단위에서 손익계산을 하고 있으니, 과연 그의 감정은 격한 상태였다. 내가 느끼던 불편함이 이쯤에서 슬슬 화로 변하기 시작했다. 그의 안 좋은 상태가 상실로 인한 것이 아니라 손실로 인한 것이라면 그를 향한 나의 위로는 선한 명분을 잃기 때문이었다.

"도리스가 죽었다고 자식들한테 알렸을 때 다들 첫마디가 뭐였는 줄 알아? '유언장 어디 있어요?'였어. 유언장 어디 있어요? 유언장 어디 있어요? 그 말밖에 안 해."

그는 같은 문장을 세 번 연거푸 반복하며 앞에 있는 사모사(samosa: 카레 향신료를 넣은 감자 소를 얇게 민 밀가루 반죽에 넣어 튀겨 만드는 인도 음식)를 칠리소스에 연거푸 찍어 먹었다. 와인도 꿀꺽꿀꺽 마셔댔다. 그가 먹고 마시는 모습은 누가 봐도 사흘 전에 아내를 잃은 사람의 모습이라고 보기 어려웠다. 듣고 싶지 않은 이야기가 내 귓속으로 흘러넘쳐 들어왔다.

"도리스를 만나 본 적 없지? 사진 보여 줄게. 한번 보라고. 얼마나 예쁜지. 일흔여덟이라고 절대 보이지 않아."

그의 휴대전화 화면에 희미한 사진이 보였다. 진한 화장과 공들여 손질한 머리와 기이할 정도로 큰 귀고리와 굵다란 목걸이가 먼저 보여서 도리스의 진짜 얼굴은 보이지 않았다. 남편이 도리스의 진짜 나이를 모른 이유를 알 것 같았다.

"주름 하나 없어. 팽팽해. 엘리자베스아덴만 썼다고."

몬트리올 출신인 롤랑의 영어엔 굴곡이 많다. 의지할 만한 가족

하나 없다는 그의 삶도 굴곡이 많을 듯했다.

"봐 봐. 도리스의 보석들. 도리스는 보석을 좋아했어. 지금 내가 한 금목걸이도 도리스가 선물해 준 거야. 열 돈이 넘어. 그녀가 가진 접시들도 모두 로열돌턴이야. 사진 좀 보라고. 백이십 장쯤 되던가."

도리스의 보석들과 접시들을 죄다 사진으로 찍어 휴대전화에 저장해 둔 모양이었다. 초점이 맞지 않아 온통 희미하지만, 분명히 접시고 틀림없이 귀금속인 사진들이 그의 휴대전화에서 쏟아져 나왔다. 더는 참을 수 없었다. 이미 선한 명분을 잃었지만, 계속 그와 함께 앉아 있다간 공범이 될 것 같았다. 마시던 와인 잔을 들고 일어났다. 대화에 끼지 않다가 갑자기 일어난 걸 이상하게 여길까 봐 식사 준비를 하겠다고 묻지도 않은 이유를 댔다.

주방으로 들어오니 밥 냄새가 났다. 냄새가 푸근해서 마음이 놓였다. 아무리 남편이 부탁했어도 거절해야 했던 자리였다. 찝찝함을 덩어리째 집 안으로 끌고 온 어리석음에 한숨이 나왔다. 남편이 바란 건 순수한 위로지 교활한 기회가 아니었으면 했다. 남편은 내 신념이 투영된 사람이고, 내 신념으로 지켜 온 사람이다. 무너지지 않길 바랐다.

뜨끈한 버터 치킨 커리와 따뜻한 재스민 밥을 내와도 롤랑은 감사 인사를 하지 않았다. 난 대놓고 생색내는 사람은 아니지만, 롤랑은 마치 우리가 그에게 큰 빚을 지고 있어서 마땅히 받아야 할 것을 받는 것처럼 굴어서 내심 당황스러웠다. 세상을 각박하게 사는 사람의 전형적인 모습이었다. 가지지 못한 것 때문에 이미 가진 것의 가치를 모르고, 가치를 모르기에 늘 모자란다고 여기는 유형이다.

"기도 안 하고 먹어? 자, 기도부터 하자고. 내가 멋진 기도를 할 테니 들어 보라고."

그의 어린 시절 모습이 테이블 위로 휙 지나갔다. 아무도 어린 그에게 눈길을 주지 않는 장면이었다. 난 눈도 감지 않고 손도 모으지 않은 채 롤랑을 지켜봤다.

"모든 것의 주인인 하느님께, 모든 영광을 하느님께, 아멘. 어때? 간결하고 멋지지? 아, 멋진 기도야."

스스로 칭찬한 뒤 롤랑은 기묘하게 입꼬리를 올렸다. 만족스럽다는 표현인 듯했다. 벌어진 입술 사이로 번쩍번쩍 빛나는 치아가 보였다. 순간, 모든 것이 생경해졌다. 익숙했던 것들이 낯설어졌다. 롤랑이 사는 세상이 나의 세상과 겹치지 않았다면 좋았을 것을, 남편도 한없이 멀어져 보였다. 밥 위에 고기 한 조각을 올려 우물우물 씹어 삼켰다. 내가 알던 맛인지 궁금했다.

"내 나이 일흔이라도 고기를 잘 씹지. 이를 안 해 넣었더라면 못 먹었을 거야. 어금니 하나에 만삼천 불 들었어. 여기저기 다 해 넣었다고. 봐 봐."

롤랑은 입을 크게 벌리더니 정말로 자신의 치아를 보여 주었다. 금니가 수두룩했다.

"앞니 하나 더 해야 해. 이건 구천 불."

처음 방문한 타인의 집에서 타인이 만든 음식을 먹으면서도 관심은 온통 자신뿐인 사람이 사는 세상은 무척 견고하다. 자신을 포함한 그 누구도 단단한 벽을 무너뜨리지 못한다. 이유는 단 하나, 벽 안에 든 자신이 나약하기 때문이다. 철옹성 같은 그들의 생각은 유연하지 않아서 맹목적으로 무언가를 믿는 것에 용하다. 구체적인 것, 물질적인 것, 극단적인 것, 권위적인 것, 가변성과 가능성이 배제된 것, 집단의 것, 억압의 것 등은 그들의 믿음을 굳건하게 한다. 개인이 되는 순간, 그들은 존재 이유를 잃는다고 생각한다. 단 한 번도 고유한 삶을 살아본 적 없거니와 고유하게 살 기회가 주어진다고 하더라도 복종과 강요의 삶을 선호하는 이들이다. 굴욕적인 종(從)을 자처하고 강압적인 주(主)를 선망하는 이들이다.

"도리스 장례식 말이야, 꼭 끝까지 남아야 해. 그 자식들이 싸우려고 달려들 거야. 혼자서 어떻게 감당하겠어? 난 가족이 없잖아."

남편에게 하는 소리였다. 롤랑은 난(naan: 화덕에 구운 납작한 인도 전통 빵)을 커리에 찍어 먹으며 남편과는 눈도 마주치지 않은 채 잊기 전에 할 말을 해야겠다는 투로 툭 내뱉었다. 나의 맞은편에 앉은 남편을 봤다. 남편은 손을 뻗어 내 앞쪽에 있던 실란트로를 한 움큼 집어 자신의 접시로 옮기고선 입안의 것을 삼키기도 전에 롤랑에게 답했다.

"그럼요. 같이 있어 드려야죠."

남편과 롤랑은 장례식 장소와 시간에 대해 논의하기 시작했다. 그러는 동안 그들은 하얀 밥에 벌건 소스를 발라 가며 버터 치킨을 먹었고, 목이 막힌다 싶으면 와인을 마셨고, 입안을 개운하게 하고 싶으면 실란트로를 씹었다. 산 자들이 사는 방식을 충실히 따랐다. 산 자의 결정으로 도리스의 장례식이 로야의 생일에 이뤄지게 됐지만, 산 자는 의례를 따를 뿐이기에 선택의 여지가 없는 듯 굴었다. 가족 아닌 자의 죽음이 자식의 생일보다 귀히 여겨지고 있었다. 삶은 생사를 포함한다. 그러나 나와는 상관없고, 설사 상관있다 해도 연결 짓고 싶지 않은 죽음이 내 가족의 삶을 통제한다는 생각에 다시금 화가 났다. 남편이 원망스러웠다. 그는 찝찝함을 집 안에 들여온 것도 모자라서 내 안에 있는 고유한 것을 생면부지 낯선 이에게 내 의견도 묻지 않은 채 덥석 나누고, 나누는 것도 모자라 소유권까지 제멋대로 이전해 주면서 이제부터 함부로 사용해도 된다고 허락하는 것 같았다.

남편은 종종 권위 앞에서 무조건 항복해 버리는 태도를 보이곤 하는데 혼자서 항복한다면 처세술로 볼 수도 있었다. 문제는 권위가 불합리할수록 무조건 항복하고, 항복할 때마다 내 무릎도 꿇게 하고 내 머리도 조아리게 한다는 점이었다. 이건 항복이 아니라 굴복이었다. 내 자존감을 자기 맘대로 끌어내리는 것도 동의할수 없지만, 대체로 매사에 현명한 남편이 불합리한 권력에 덥석복종해 버리는 건 더더욱 동의할 수 없었다. 동의하지 않아도 이해는 하기에 동반자로서의 예의를 갖춰 이의를 제기하면 남편은 이러지도 저러지도 못하는 자신의 처지가 분해서 나한테 화를 냈다. 화를 내야 하는 대상에겐 못 하니 나한테 화풀이를 했다. 남편의 이런 태도는 유형이라고 할 수 있을 만큼 반복적이지만, 유형의 중단은 남편 안의 원천을 제거해야 가능한 일이기에 내가 뭐라고 할 수 있는 일이 아니었다. 자신의 성마름과 비논리적인 순종은 서로 맥이 닿아 있다는 걸 남편 스스로 인지해야만 감정의 무기화를 그만둘 터였다.

이날 저녁 날씨는 뭐라도 한바탕 쏟아지거나 언제라도 지붕이 날아가 버릴 것 같은데 아직은 아무 일도 일어나지 않은 폭풍 전야처럼 위태롭고 고요했다. 어둠은 매서운 눈빛으로 무겁게 내려앉았고, 바람은 먼 데로부터 음산하게 불어왔다. 테이블을 밝히던 허리케인 유리 안의 촛불이 어지럽게 흔들렸다.

결과적으로 이날의 식사 자리는 롤랑에겐 증명이었고, 남편에겐 습관이었고, 나에겐 치욕이었다. 난 오랫동안 불합리한 것을 무조건 따랐어야 해서 정의롭지 못한 것을 만나면 무척 분노한다. 분노해야 할 것에 분노하지 못해서 정의라는 이름으로 내 분노를 푼다. 어쩌면 어설픈 안티고네일지도 모른다. 권위에 굴복하는 남편과 권위에 저항하는 나는, 사실 맥이 닿아 있다.

롤랑이 떠나고 로야가 돌아왔을 때 집 안엔 부끄러운 기운이 어슬렁어슬렁 돌아다니고 있었다. 특히 남편과 나의 맥이 닿은 곳엔 부끄러움이 득실거렸다. 로야가 캠프 이야기를 전해 줬을 때도 내 마음은 그곳을 문지르고 있었다. 문지르다 번질까 봐 걱정됐지만, 그것밖에 할 게 없었다.

"엄마, 배랑 등이랑 쓰다듬어 줘."

나란히 침대에 누워 아이의 배와 등을 쓰다듬었다. 아이의 달콤한 내음이 내 마음을 달랬다. 아이는 곧 잠들었고, 난 조심스레 침대를 빠져나왔다. 불을 끄자 창밖에 먹구름 사이로 달이 보였다. 달은 소임을 다했다는 듯 저만치 멀어져 있었다. 잘려 나간 손톱 같은 자그마한 초승달이었다.

5. Variatio 18

엄마가 낳은 아기는 자그마하고 쭈글쭈글하고 푸르스름했다. 눈을 감은 채 울지 않았다. 아이 아빠가 누군지 모른다. 엄마가 만나던 어떤 이와의 아이다. 팔다리가 꼬챙이처럼 가느다랗고 머리는 금발이다. 나와 로야는 숨죽여 아기를 보고 있다. 아기가 눈을 뜨려 애쓴다. 그러나 눈을 뜨지 못한다.

"엄마, 젖을 먹이면 나아질 거야."

엄마에게 아기를 건넸다. 젖을 물리자 아기는 힘차게 빤다. 하지만 젖은 나오지 않는다.

'내 젖을 물려야 할까?'

잠시 고민했다.

'아니야. 내가 젖을 먹이기 시작하면 내가 키워야 할 거야.'

나오지 않는 젖을 물고도 울지 않는 아기다. 가엾고 어여쁜 아기다.

눈을 뜨니 아침인지 새벽인지 분간이 안 됐다. 밤인지도 몰랐다. 기이한 꿈을 꿨다. 엄마가 사생아를 낳은 것엔 놀라지 않았지만, 엄마 대신 내 젖을 물리지 않은 건 놀라웠다. 하마터면 물릴 뻔했다. 내 옆에 로야가 없었다면 난 엄마의 사생아에게 젖을 물리고 엄마의 사생아를 키웠을 것이다. 내가 원하든 원하지 않든 습관적으로 그랬을 거다. 로야 때문에 그러지 않았다. 안심하면서도 미안했다.

바쁜 날의 시작이었다. 나는 오전 중에 치과 약속이 있었고, 남편은 오후에 장례식에 참석해야 했으며, 저녁엔 아이의 생일 파티가 있었다. 어렵사리 잡은 치과 약속이라 미룰 수 없었고, 장례식이나 생일은 변경할 수 없는 일정이었다. 밤새도록 내린 비가 그칠 기미를 보이지 않아 오전 열 시에도 어둑어둑한 것을 빼면, 예상했던 대로 펼쳐질 하루였다.

치과에는 일전에 주문해 놓은 마우스 가드를 찾으러 가는 거였다. 난 턱관절에 이상이 생길 정도로 이를 간다. 이를 갈 뿐만 아니라 심하게 악물어서 귀통증과 편두통을 달고 산다. 이런 증세는 교통사고 후 더욱더 심해져서 결국 마우스 가드를 맞추게 됐다. 내 치아 상태를 점검한 치과 의사는 당장 조처하지 않으면 십 년 후에 쓸 수 있는 치아가 하나도 남아 있지 않을 거라고 경고하며 마우스 가드를 서둘러 맞추기를 권했다. 아닌 게 아니라 나의 치아 크기는 아이 것처럼 작고 송곳니는 뭉툭하다. 이를 갈고 악물어 온 지 오래됐다는 뜻이다.

"말씀드렸다시피 연한 재질의 마우스 가드는 쓰기엔 편하지만, 환자분처럼 이를 갈고 악무는 정도가 심한 사람에겐 적합하지 않아요. 이 마우스 가드는 상온에서는 딱딱한데 이렇게 따뜻한 물에 담가 놓으면 말랑해지니까 착용하기 쉬울 거예요. 한번 껴 보세요. 불편하면 조절해 드릴게요."

딱딱한 플라스틱 재질의 마우스 가드가 입안으로 들어왔다. 생각보다 불편하지 않았다. 오래전부터 연한 재질의 마우스 가드를 사용하고 있는 남편이 겁준 것만큼 불편하지 않아서 행여나 내 것이 잘못 만들어진 게 아닌가 싶을 정도였다. 불편하긴 해도 참을 수 없을 정도는 아니었다.

"이를 갈거나 악무는 증세는 대개 심리적인 요인으로 생기죠. 스트레스나 불안, 분노, 짜증, 긴장 등이 원인이 되지만, 환자분처럼 오랫동안 공부하신 분들에게 흔히 생기는 증상이기도 해요. 저도 이를 갈아요."

살며시 미소 짓는 의사의 치아는 여전히 크고 가지런했으며 송곳니도 뾰족했다. 치과 의사는 석 달 전에 둘째를 낳았다고 했다. 자신의 엄마가 물심양면으로 도와줘서 하고 싶은 일을 계속할 수 있다고, 엄마 없는 삶은 상상할 수 없다고, 자신은 세상에서 가장 운 좋은 사람이라고, 마우스 가드 소독제를 챙겨 주며 행복한 얼굴로 이야기했다. 아무리 소소한 잡담이라도 안에 가득 차 있지 않으면 나오지 않는 법이다. 안에 가득 찬 것이 감사와 행복인 치과 의사에게 감사의 인사를 보태 주고 나왔다.

집으로 돌아오니 남편은 이미 장례식에 갈 준비를 마친 상태였다. 그는 로야 생일 파티에 최대한 늦지 않겠다고 약속하며 집을 나섰다. 장례식 후 갈아입으려고 차 안에 걸어 둔 회색 정장이 주차장을 빠져나갈 때 나에게 흔들흔들 작별 인사를 했다.

도리스 장례식이 로야 생일에 치러지는 건 유감스럽지만, 누군가가 태어날 때 누군가가 죽는 것은 조금도 이상한 일이 아니다. 꼭 그래야만 세상은 넘치지도 모자라지도 않게 돌아간다. 세상의 입장에선 유지의 공식이고, 인간의 입장에선 삶의 공식이다. 아빠와 로야도 그랬다. 로야가 오자 아빠가 갔다. 아니면 아빠가 가자 로야가 왔든가. 하물며 생사도 이러한데 이를 악물거나 가는 것쯤은 이상한 축에도 속하지 않는다. 불편하긴 해도 참을 수 없는 일은 아니다.

갑작스러운 이사 결정이었다. 두 해를 못 넘기고 자주 이사하긴 했지만 적어도 졸업식 참석은 가능할 줄 알았다. 집에서 어떤 일이 일어나도 아무렇지 않은 척하며 육 년간 다닌 학교였다. 밤새 축축하게 젖은 베개가 아침까지도 마르지 않은 날이면 내 눈은 순두부처럼 통통 부었다. 내가 신경 쓰지 않으면 친구들도 신경 쓰지 않겠지, 통통 부은 눈으로 선생님께 경례를 외쳤다. 딸이 육 년 내내 반장을 맡아 버리는데도 엄마가 학교로 찾아와서 책상 밑으로 돈 봉투를 전해 주지 않는다고 대놓고 무안을 주던 선생도 있었다. 우리 가족에겐 할 수 없는 일을 억지로 할 수 있는 여력이 없었다. 할 수 없는 건 안 해야 했다. 안 해야 하는 것을 거르고 나면 나에겐 의지가 남았다. 의지는 나를 아늑한 곳으로 데려가기도 하고, 삭막한 곳에 던져두기도 했다. 우리가 살던 동네는 가난했고, 가난한 동네가 늘 그렇듯 애들로 넘쳐났다. 전교생이 오천 명이 넘었다.

초등학교 졸업식을 이 주 남겨 두고 이사한 곳은 부유한 동네였다. 집들은 띄엄띄엄 있었고, 골목엔 아이들이 없었다. 도시의 북쪽에서 남쪽으로 이동했을 뿐인데 마치 딴 세상 같았다. 전학 간 학교는 아주 작았다. 전교생이 고작 사백 명이었다. 이사에 대해 나의 부모는 나와 단 한마디 상의도 하지 않았다. 예전 학교 졸업식에서 받을 상이 수두룩했다. 육 년간 아무렇지도 않은 척하며 이를 악문 결과였다. 이 주만 기다려도 그 결과를 내 손에 넣을 수 있는데, 엄마 아빠의 삶은 이 주를 기다릴 여유가 없었다.

이불 몇 채와 옷가지, 아빠 공장에서 쓰던 철제 서랍장과 작은 티브이, 선반이 달린 낡은 책상, 싸구려 식기가 전부인 세간을 실은 파란색 일 톤 트럭이 동네에 들어섰을 때, 부모에 의해 좌지우지되는 내 삶이 지금까지와는 또 다른 방향으로 흘러갈 것을 직감했다. 엄마가 찾아낸 집은 무슨 가든, 무슨 낙원이라고 이름 붙여진 식당들 뒤쪽에 자리했다. 식당들은 하나같이 석탑이나 분수가 설치된 정원을 가지고 있었고, 하나같이 숯불구이 냄새가 났다. 눈과 코를 황홀하게 하는 고깃집을 지나면 이런 데도 사람이 사나 싶은 골목이 나오는데, 거기에 우리 집이 있었다. 낮은 대문을 밀고 들어가면 대문 바로 옆에 공용 화장실, 미음 자 마당의 위편엔 주인집, 오른편엔 합판 벽을 세워 두 개로 나눈 셋집, 왼편엔 좁다랗고 텅 빈 화단과 시멘트 블록 담장이 있었다. 우린 방 한 칸과 방에 딸린 쪽마루, 마당보다 두 계단 낮은 곳에 있는 부엌을 썼다. 전에 살던 셋집은 가난한 동네에 있었지만, 그래도 방이 두 개였다. 네 식구가 한 방에서 어떤 형태로 살아갈지, 내 마음은 불을 켜도 어두컴컴한 부엌을 닮았었다.

　이사한 이유는 엄마가 큰외숙모 식당에서 일하기로 해서였다. 큰외숙모는 백숙이니 찜닭이니 옻닭이니, 닭으로 이런저런 요리를 해내는 음식점을 운영하고 있었다. 대규모 식당들이 모여 있던 그 동네는 음식 맛이 영업 성공의 열쇠라기보다 얼마나 많은 방을 가지고 있고, 얼마나 흡족한 서비스를 제공하느냐가 성업 관건인 곳이었다. 방을 배정받은 객들은 밀실에서 음식을 먹고 화투를 쳤다. 식당은 등산로로 유명한 산 아랫자락에 있었고, 객들의 대부분은 계 모임 하는 이들이거나 삼삼오오 무리 지어 산을 오르는 등산객이었다. 엄마가 맡은 일은 호객이었다. 엄마는 집 밖에서 일한 적이 없었다. 크리스마스 장식물 만드는 부업을 딱 한 번, 취미에 가까웠던 뜨개질 부업을 딱 한 번 했는데, 그것도 모두 가내 수공업이었다. 그랬던 엄마가 낯선 동네에서, 자신의 올케가 운영하는 식당에서, 사람 업신여기기를 당연시하는 큰외숙모 식구들 사이에서, 호객꾼이 된 것이다.

졸업식을 포기해야 했던 현실은 크리스마스 장식물을 만들거나 뜨개질을 하던 엄마가 호객꾼이 된 현실에 비하면 슬픔의 범주에 넣을 수도 없었다. 내가 체감해야 할 것은 엄마가 감당해야 하는 현실의 무게였다. 난 엄마를 위해, 그리고 더욱더 화가 난 아빠를 위해, 씩씩하고 싹싹해져야 했다. 이사한 날, 엄마가 식당에 가 있는 동안 나는 어두컴컴한 부엌에서 새벽까지 그릇 정리를 했다. 무거운 그릇들을 찬장 깊숙한 곳에 차곡차곡 포개 넣을 때 무거운 감정도 깊은 곳에 차곡차곡 포개 넣고, 가볍고 예쁜 그릇들을 찬장 전면에 배치할 땐 똑같이 가볍고 예쁜 감정들을 전면에 배치했다. 잘 못 찾으면 일부러 만들어서라도 가볍고 예쁜 것들로 전면을 꾸몄다.

이사 후 엄마 아빠의 싸움은 더욱 잦아졌다. 무겁고 버거운 감정으로 이미 힘들었던 그들의 삶은 엄마가 오후 늦게 식당에 갔다가 새벽녘에야 돌아오는 생활 패턴을 가지게 되자 걷잡을 수 없이 엉망진창이 되었다. 아빠는 늦은 시각에 집으로 돌아오는 엄마의 머리채를 휘어잡았고, 어디서 굴러먹다 이제 오냐는 소리를 하며 엄마의 뺨을 후려갈겼다. 엄마 아빠가 집에 있든 없든, 평화와 안정은 우리 집에 없었다. 그들이 집에 있으면 예측 가능한 싸움 때문에 불안했고, 그들이 집에 없으면 발발 가능한 싸움 때문에 불안했다. 나는 학교에서 돌아오면 나와 동생의 도시락을 씻고 저녁을 준비하고 상을 차려 냈다. 타일이 엉성하게 붙은 낮은 부뚜막에서 높다란 방문까지 밥상을 들기가 힘들었지만, 나보다 더 힘든 삶을 사는 부모 앞에서 힘든 내색을 할 수 없었다. 쉬지 않는 티브이 소리, 이유를 알 수 없는 귀싸대기, 목이 컥컥 막히고 숨이 턱턱 막히는 식사 시간, 설거지하며 소리 죽여 울기, 열두 살이던 나의 일상이었다.

그날도 엄마는 집에 없었다. 밤이면 기온이 뚝 떨어지는 초봄이었다. 아랫목은 티브이를 보는 아빠가 차지하고, 나와 동생은 방문 앞 윗목에서 밥상을 펴 놓고 숙제를 하고 있었다. 저녁 시간 전에 숙제하는 건 불가능했다. 난 학교에서 돌아오면 집안일을 해야 했고, 저녁 식사 후에도 할 일이 많았다. 일을 마쳐야 숙제할 시간이 주어지는데 내가 일하는 동안 동생은 혼자서 숙제하는 걸 싫어했다. 내가 동생 숙제를 봐줘야 하기도 해서 우린 늦은 시간에 늘 함께 숙제를 했다. 동생은 낯선 이들 앞에선 부끄럼쟁이여도 내 앞에선 개구쟁이였다. 소소한 농담에도 잘 웃었다. 우린 숙제를 하며 이런저런 얘기를 하다가 깔깔 웃었다. 그 순간, 아빠가 고함을 질렀다.

"이것들이! 조용히 못 하나!!"

우리 앞으로 뭐가 휙 날아왔다. 웃음을 뚝 그치고 고개를 푹 숙이고 죽은 듯이 숙제를 해 나갔다. 소리가 날까 봐 숨도 제대로 못 쉬었다. 그런데 갑자기 아빠가 일어나더니 허리띠를 들고 우리에게 다가왔다. 허리띠가 높게 올라간다 싶던 순간, 등이 화끈했다.

머리도 화끈했다. 허벅지도 화끈하고 종아리도 화끈했다. 동생과 나는 울음소리도 못 내고 온몸이 화끈하도록 맞았다. 웃지 말았어야 했는데, 웃은 게 잘못이었다. 소리 내지 말았어야 했는데, 소리 낸 게 잘못이었다. 어쩌면 존재 자체가 잘못이었는지도 몰랐다. 우린 부모의 삶을 가로막는 장애물인지도 몰랐다. 장애물을 마음 대로 치우지 못해서 이렇게 때리는지도 몰랐다. 아빠는 지칠 때까지 우리를 때렸다. 그렇게 때리다가 우리를 쪽마루로 쫓아냈고, 두 손을 들게 해 벌세웠다. 추워서 이가 덜덜 떨렸다. 이가 딱딱 부딪히는 소리가 너무 크게 들렸다. 방 안에 있는 아빠가 딱딱 소리를 들을까 봐 이를 꽉 악물었다. 동생의 동그란 볼 위로 눈물이 하염없이 흘렀다.

동생을 지켜 주지 못해서 미안했다. 난 벌 받고 있었으므로 손을 내려 동생을 안아 줄 수도 없었다. 할 수 있는 거라곤 함께 우는 것과 아빠가 잠들 때까지 기다리는 것뿐이었다. 기다림 안에 엄마는 없었다. 차라리 엄마가 아주 늦게 오거나 안 오기를 바랐다. 엄마가 온다면 다시 싸움이 일어날 게 뻔했다. 엄마가 우리의 방패막이 돼 주기 위해 싸우는 게 아니라 아빠에게 화난 것이 많아서 싸움을 걸 게 뻔했다. 자신들의 힘든 감정 때문에 우리는 안중에도 없는 엄마 아빠는 밤새 싸울 테고, 그 바람에 우리는 밤새 쪽마루에 나와 있어야 할 게 뻔했다. 그렇게 되면 정말 불편한 밤이 될 거고, 새벽은 어김없이 온다는 사실을 믿지 못하게 될 거고, 나와 동생이 불쌍해질 게 뻔했다. 참는 것밖에 몰라서, 참아야 하는 이유도 모른 채, 또다시 인내의 한계점을 높일 게 뻔했다.

"아빠!"

로야가 환한 얼굴로 그를 안았다. 남편은 회색 정장을 입고 있었다. 아이 생일 파티는 우리가 즐겨 찾는 스테이크 전문 레스토랑에서 치르기로 했다. 어린이 손님은 별로 없는 고급 레스토랑인데 단골인 덕분에 스태프들의 도움을 받아 이곳에서 생일 파티를 열 수 있게 됐다. 로야를 포함하여 모두 여덟 명이었다. 로야가 이 중에서 단 한 명과 관계를 유지하거나 단 한 명과도 이어지지 않는다 해도 이런 자리는 가치 있다. 생일 파티는 어차피 안에 든 것을 보여 주기 위함이다. 내 안의 것이 없어지지만 않는다면, 어떤 형태로라도 가치 있다.

"끝까지 안 남아도 괜찮았어?"

내 옆에 앉은 남편에게 귓속말로 물었다. 남편과 내 자리는 아이들 테이블 옆에 따로 마련했다. 아이들은 셜리 템플을 마시고 애피타이저를 먹으며 얘기를 나누고 있었다.

"분위기가 험악했어. 도리스의 자식들이 잡아먹을 듯이 롤랑에게 덤벼드는 바람에 장례식장 직원이 다들 진정하지 않으면 쫓아내겠다고 했을 정도야."

머릿속에서 그 장면을 상상해 본다. 시뻘건 얼굴의 일곱 자식이 롤랑에게 떼로 몰려가 삿대질하며 목청을 높인다. 대사를 넣어 본다.

'네가 엄마를 죽였어!'

아닌가?

'네가 엄마 재산을 훔쳤어!'

두 번째 문장은 아무래도 장례식장에서 소리 지를 내용은 아닌 것 같다. 그렇다고 첫 번째 문장이 장례식장에 적합한 건 아니지만, 그래도 첫 번째 문장이 그럴싸하다. 눈엣가시 롤랑을 단숨에 공공의 적으로 만들 수 있으니까.

"소동이 일어난 틈을 타서 난 빠져나왔지. 장례식장 화장실에서 옷을 갈아입으려다가 시간이 좀 있길래 잠깐 집에 다녀왔어."

"잘했어."

여덟 명의 아이들은 좋은 매너로 저녁 식사를 즐겼다. 유독 관심에 목말라 있는 한 아이가 잠시 분위기를 어색하게 했지만, 그것도 파티의 일부분, 성장의 일부분이다. 모두가 살랑거리는 봄바람에 팔랑거리는 나비일 필요는 없다. 부나비도 있기 마련이다. 태어남엔 선택이 없지만, 나비가 불빛 속으로 뛰어든다면 그건 나비의 선택이다. 그것도 삶이다.

외부에서 아이 생일을 치른 건 이번이 처음이었다. 지난해까지만 해도 로야의 생일은 늘 집에서 치렀다. 아이 친구들뿐만 아니라 그들의 부모까지 불러 꽤 큰 규모의 파티를 열었다. 일 년에 단 하루, 한적하던 집은 수십 명의 사람으로 북적거렸다. 시끌벅적한 파티가 끝나고 나면 집은 파티 객들이 남기고 간 각기 다른 에너지로 한동안 우리 집이 아닌 것처럼 느껴졌다. 집 안으로 불러들이는 객의 선택을 신중히 하는 편이지만, 아이 생일 파티의 경우처럼 피치 못하게 포함해야 하는 객들도 있다. 쳐들어온 게 아니라 내가 초대해서 온 객들임에도 그들이 떠난 자리엔 이질감이 강하게 남았다. 이질감은 해를 거듭해도 사라지지 않아 벽난로 앞엔 어떤 이의 짜증이, 계단 위엔 어떤 이의 우울이, 피아노 앞엔 어떤 이의 고집이, 거실 기둥 뒤엔 어떤 이의 시기가 그대로 남아 있었다. 여덟 해를 반복한 후, 더는 일부러 복잡한 에너지를 집에 들일 필요 없다는 결론을 내렸다. 우리 집엔 이미 도어 매트가 있다. 내가 그것이 될 필요는 없었다.

트렁크 가득 생일 선물을 싣고 집에 오니 집은 고요하고 변함없었다. 아이와 함께 생일 선물을 열고, 축하해 준 이들에게 감사 메시지를 보냈다. 로야는 장난감 선물 하나를 골라 신나게 놀았다. 디스코 볼이 달린 무대에서 록스타가 된 인형을 가지고 노는 장난감이었다. 무대 옆엔 간단한 음식도 마련되어 있어 요기도 할 수 있었다. 인형 하나로는 모자랐는지 가지고 있던 다른 인형들도 데리고 와서 함께 음식을 나누고 춤추게 했다. 나도 한 역할을 맡아서 장난감 피자 조각을 먹고 있었다.

"아니, 벌써 선물을 연 거야? 뜯지 말고 보관했다가 나중에 열든가, 진짜 필요한 게 아니면 다른 친구한테 다시 선물해 줄 수도 있잖아?"

샤워 후 잠옷으로 갈아입은 남편이었다. 당장의 즐거움은 잘못, 즐거움은 내 것 아님. 어른 잠옷을 입은 어린 남편이었다.

"아빠, 난 이거 좋아해. 장난감 선물은 이거랑 다른 거랑 딱 두 개밖에 없어. 장난감 가지고 노는 거 정말 좋아해."

주눅 들지 않고 분명하게 좋아한다고 말할 줄 아는 아이다. 왜 좋아하는지도 아는 아이다. 수락할 수도 있고 거절할 수도 있는 아이다. 남편이나 나와는 다른 아이다.

"다른 건 봉제 인형이야. 할머니랑 마마니가 보내 준 거. 그것도 정말 좋아."

물론 엄마나 시어머니가 선물을 보낼 리 없다. 내가 매년 그들 이름으로 아이에게 선물해 주는 거다. 엄마는 이날이 로야 생일인지도 모르고, 시어머니는 이곳에 올 준비로 바빠서 전화 축하 메시지를 잊었다. 조모들로부터 축하받지 못해도 아이가 크는 데 지장은 없다. 로야는 남편이나 나와는 다른 부모를 가진 아이다.

"로야, 이제 씻고 자야지? 내일 일어나서 놀아도 돼."

내 말에 아이는 곧장 일어나 팬트리(pantry: 식료품 저장 창고) 앞 통로에 있던 남편에게 굿나잇 뽀뽀를 한 뒤 선물로 받은 봉제 인형을 들고 침실로 올라갔다. 이렇게 유순한 아이를 복잡하고 힘든 통로로 집어넣는 건 잘못이다. 우리가 갇혀 있다고 해서 아이까지 가둘 필요는 없다.

팬트리에서 쇼트브레드 쿠키 몇 개를 꺼내 온 남편이 소파에 앉는다.

"마마준이 터키에 있어. 비자 때문에. 뭐 필요한 거 없냐고 묻던데?"

현재 이란과 캐나다 양국 간에는 공식적인 외교 루트가 없기에 상호 국가를 방문하기 위해선 제삼국을 통해야 한다. 이란에 거주하는 이들에겐 터키가 제삼국이다.

마마준은 바바준이 죽은 직후부터 이곳에 오기를 희망했다. 남편이 죽고 없어진 땅에는 한시도 발붙일 필요 없다는 듯, 당신의 아들딸이 있는 땅에 하루빨리 발붙여야 한다는 듯, 모든 걸 제쳐두고 이곳에 올 준비만을 했다. 메헤란과의 결혼으로 이곳에 정착한 샤디 또한 마마준과 잠시도 떨어질 수 없는 듯 굴었다. 마마준을 이곳에 모셔야 한다고 만날 때마다 얘기했다. 이란인의 캐나다 방문 비자 신청이 까다롭긴 하지만 불가능하진 않기에 남편 가족들은 절차를 서둘렀고, 이제 지문 등록과 건강 검진만 남은 상태였다. 마마준이 온다면 얼마나 오래, 어디서, 어떻게 기거할지에 대해선 누구도 언급하지 않았다. 남편의 부탁으로 마마준에게 보내는 초청 편지를 쓴 나는 마마준의 체류를 위해 구체적으로 논의돼야 할 사안을 다루는 데선 제외되었다. 어쩌면 내가 발언권을 포기해야 이 일은 원만하게 치러질 터였다.

"없어. 마마준 혼자 터키에 가신 거야?"

"응. 여길 빨리 오고 싶어 하셔."

"언제쯤 오실 것 같아?"

"글쎄. 비자 받는 대로 바로?"

남편은 내가 엄마와의 마지막 통화로부터 여전히 회복하지 못했다는 것을, 어쩌면 영원히 회복하지 못할 수도 있다는 것을 몰랐다. 어떻게든 알려야 할 때가 다가오고 있었다.

그날 밤, 비는 지칠 줄 모르고 쏟아졌다. 천둥소리도 한 번씩 들렸다. 빗소리가 커서 지붕이 뚫릴 것 같았다. 아침에 일어나니 온몸이 욱신거렸다. 밤새도록 비에 두들겨 맞은 듯했다. 끙, 신음이 저절로 나왔다. 입안에 무언가가 있다.

'뭐야, 이게?'

뱉어 낸 것은 양쪽 송곳니 부분이 거칠게 움푹 파인 마우스 가드였다. 밤새 빗소리를 들으며 뒤척거린 줄만 알았지 마우스 가드가 손상될 정도로 심하게 이를 갈고 악물었을 줄은 몰랐다. 이를 갈게 하고 악물게 하는 무언가가 내 안에 있다는 건 알았지만, 이 정도일 줄은 정말 몰랐다. 섬뜩했다. 내 안에 든 것이 무엇이든 똑바로 알아야 했다. 알려야 할 때가 아니라 알아야 할 때였다.

6. Variatio 19

"솔직히 말해서 실망이야."

로비를 쓱 훑어보던 남편이 돌연 실망이라고 내뱉었을 때 난 샴페인을 마시며 체크인하는 중이었고, 로야는 내 옆에서 민트와 그린 애플을 우려낸 얼음물을 마시고 있었다. 리조트에 도착한 지 십 분쯤 지났을 때였다.

여덟 번째 칸쿤 여행이었고, 칸쿤에 이르면 적어도 난 전문가였다. 지난해 겨울, 교통사고 때문에 예약했던 휴가를 취소하며 아쉬워했던 마음을 달래기 위해서라도 이번 휴가는 특별해야 했다. 넉넉한 휴가 기간과 예산에 맞춰 어느 하나 부족한 점 없는 리조트를 골랐다. 이 리조트는 개관 때부터 눈여겨봐 왔지만 하루 숙박비가 워낙에 비싸 엄두를 못 내고 있다가 운 좋게도 몇 달 전 리조트 프로모션을 통해 좋은 가격에 예약할 수 있었다. 프로모션 가격이라 해도 상당한 금액이었다. 큰돈을 썼지만, 이 휴가는 교통사고 후유증을 회복하느라 수고한 우리 자신에게 주는 선물이었기에 큰 상을 받는 기분이었다. 이곳에 오기 전부터 로야와 나는 리조트 사진들을 찾아보며 무척 설레었다. 도착해서 실제로 본 리조트는 예상보다 훨씬 더 훌륭해서 내심 뿌듯해하고 있었다. 그런데 리조트에 발을 들인 지 십 분도 채 안 돼서 남편은 실망이라고 한다. 그는 호불호가 분명한 사람이다. 감정을 숨기지 않는다는 뜻이다. 하지만 남편은 내가 리조트 선정에 얼마나 심혈을 기울였는지, 나와 로야가 지금 얼마나 기뻐하고 있는지 누구보다도 잘 아는 사람이다. 감정에 충실한 그야말로 실망스럽지만, 우린 체류할 삼 주 중 단 십 분만을 썼을 뿐이다. 앞으로의 시간을 위해서 그의 기분을 풀어 주기로 했다.

"섣불리 판단하지 말자. 이제 체크인을 마쳤을 뿐이야. 우리에겐 삼 주나 있어. 천천히 평가해도 늦지 않아. 아예 평가할 수 없을 정도로 좋아질 수도 있잖아?"

훈훈한 바람, 친절한 미소, 평화로운 향기, 즐거운 태양, 활기찬 야자수, 너그러운 바다. 내가 보고 느끼는 것들이었다. 남편을 실망하게 한 것은 내가 봤어도 느끼지 못한 것일 테다.

"그래서 말하는 거야. 이런 데서 어떻게 삼 주를 보낼 수 있나 싶어서. 한번 물어봐. 취소하면 어떻게 되는지. 재작년에 갔던 리조트로 가자."

아무리 카리브해가 아름다워도 삼 주간 지내는데 숙소가 좋지
않으면 집을 그리워하기 마련이다. 이런 이유로 우린 늘 오성급
이상, 다이아몬드 네 개 이상, 바다 전망, 널찍한 객실의 숙소를 고
른다. 이번에 선택한 곳은 북미 여행객뿐만 아니라 유럽과 아시아
권 여행객도 장시간 비행을 감수하며 올 정도로 이름난 휴양지였
다. 마음먹고 사치를 부려 보는 신혼 여행객에게도 최고급 휴양지
로 손꼽히는 곳이기도 했다. 무엇보다 투숙객 대부분이 일주일이
나 길어야 이 주간 머무르는 데 비해 우리 체류 기간은 삼 주나 되
니, 이래저래 감사한 일이 아닐 수 없었다. 억지에 가까운 남편의
불만이 이해되지 않았다.

"정확히 어떤 점이 안 좋아?"

남편과 나 사이에 선 아이는 눈으로 바다를 쫓고 있었다. 아빠
눈치를 보느라 자신이 얼마나 들떠 있는지 숨기고 있었다. 나 또
한 기쁨을 꾹꾹 눌러야 했다. 남편부터 달래고 볼 일이었다.

"그냥 이것저것 다. 재작년에 묵었던 리조트가 훨씬 나아."

남편 마음에 들지 않는 건 명확하지 않았다. 어쩌면 모든 것이
다 마음에 들지 않는지도 몰랐다.

"일단 바닷가 레스토랑에서 요기부터 하자. 바닷바람 느끼면서
뭐라도 마시면 기분이 나아질 거야. 오기 전까지 일이 많아서 스
트레스가 쌓였는지도 몰라."

남편에게 신발을 벗게 했다. 하얗고 부드러운 모래를 밟게
했다. 라임을 넣은 시원한 맥주를 마시게 하고, 상큼한 세비체

(ceviche: 날생선과 해조류에 라임이나 레몬, 실란트로, 양파, 고추 등을 다져 넣어 만든 음식)를 먹게 했다. 아이는 이미 허벅지를 바닷물에 담갔다. 저러다 실수인 양 온몸을 풍덩 빠뜨리기라도 할 모양새였다. 아이와 남편을 번갈아 보며 내 기분을 정했다. 아이를 보면 한없이 기쁘고, 남편을 보면 한없이 불안했다. 내 머리 위에서 하얀 갈매기 한 마리가 무심히 날았다. 끝내 한심한 기분이 들었다.

"방으로 가서 샤워라도 할래? 로야 수영복도 갈아입히게 방으로 가자."

남편은 하기 싫은 걸 억지로 하는 아이처럼 객실로 향했다. 문을 열자 고급스럽게 조경된 정원과 푸른 바다가 한눈에 들어왔다. 킹사이즈 침대는 바다를 향해 있고, 바다색을 닮은 커다란 소파 베드가 침대 발치에 놓여 있었다. 널찍한 발코니엔 자쿠지 욕조와 데이베드, 파티오 가구가 여유롭게 배치되어 있었다. 대리석 식탁엔 차가운 샴페인과 솜씨 좋게 만든 디저트와 정갈하게 손질된 과일들이 놓여 있고, 나이트 스탠드 위엔 리조트 로고가 수놓인 하얀 골프 모자와 환영 카드가 우리를 기다리고 있었다. 석 달을 지내도 불편함이 없을 정도로 넓고 아름다운 공간이었다. 불안했던 마음에 금세 확신이 생겼다. 이걸 보고도 기뻐하지 않는다면 문제는 숙소가 아닐 것이다.

"와! 진짜 멋져!"

발코니 문을 열며 아이가 환호성을 질렀다.

"정말 멋진 풍경인데! 어때?"

아침 떨 이유가 없는데도 남편의 심기를 살피며 그의 의견을 물었다.

"나쁘지 않아. 짐부터 정리하자."

기분이 나빠지면 쉽사리 그 기분에서 헤어 나오지 못하는 남편이다. 닦달하면 더욱 구석으로 들어가기에 무심한 척하며 나도 옷 정리를 시작했다.

"내가 할게. 당신은 샴페인 마셔."

남편은 아이스 버킷에서 샴페인을 꺼낸 후 경쾌한 소리를 내며 코르크 마개를 열었다. 그의 기분도 이 소리처럼 단숨에 경쾌해지고 상쾌한 거품처럼 보르르 떠오르면 좋으련만, 그의 얼굴은 여전히 어두웠다. 심심찮게 보아 온 모습이다. 그는 감정에 휩싸이고 말았다.

감정에 휩싸이면 남편은 화낼 만한 상황이 아닌데도 화를 내거나 넘어가도 되는 상황인데도 딴지를 걸거나 한껏 좋아할 만한 상황인데도 꼭 나쁜 점을 집어냈다. 어떨 땐 제풀에 화가 나 문을 뺑차 버리기도 하고, 성난 채로 맨케이브에 들어가 사흘간 두문불출하기도 했다. 이런 경우 나도 그의 행동에 즉각 반응했다면 큰 싸움으로 번질 수 있었겠지만, 남편과 똑같은 감정을 만들 줄 모르는 난 그의 화가 풀릴 때까지 기다려 주는 쪽을 택했고, 그 덕에 쌍방간의 싸움으로 이어지지 않았다. 단순히 화낼 줄 몰라서 기다렸다기보다 나에게 배우자란 어떤 상황에서라도 격려하며 지켜야 할 동반자이지 비난하며 공격해야 할 적이 아니기 때문이었다.

그러나 감정에 휩싸인 남편은 나의 기다림을 공격으로 취급하며 손톱을 세우고 이를 드러내기도 했는데, 남편의 이런 행동은 위협이 아닌 두려움으로 보였다. 손톱과 이로 드러낸 것은 오랫동안 남편이 누르기만 한 무엇이었다. 그가 눌러 온 것을 애꿎은 나에게 분출하는 건 잘못됐지만, 간신히 막혀 있는 마개를 당장 열어서 정확한 대상을 향해 터뜨리라고 강요할 순 없다. 그렇게 했다간 갑자기 터진 압력으로 인해 남편도, 나도, 조준한 대상도 심하게 다칠 수 있으니까. 상쾌한 거품을 보기도 전에 튕겨 나온 마개에 의해 저만치 나가떨어질 수 있으니까. 터뜨린 건 샴페인이 아닐 테니까.

샴페인 잔을 들고 발코니로 나갔다. 적당한 습기와 적당한 열기가 심신을 녹녹하게 했다. 잔뜩 찌푸린 남편을 제외하곤 눈에 보이는 모든 게 밝고 맑았다. 저 빛에 남편을 데리고 나가면 그의 어두운 기운이 싹 없어질 듯했다.

"수영하러 가자. 날씨가 너무 좋아."

아이는 용수철처럼 튀어 올라 잽싸게 수영복으로 갈아입었고, 남편은 짐 정리를 이유로 뭉그적거렸다. 안에서 부르르 끓어오르는 것을 누르며 남편에게 말했다.

"그만두고 나가자. 여기 스노클링 하기도 너무 좋대."

자명하게 좋은 순간인데도 좋은 순간이라고 설득해야 한다니. 모두가 동의하는 좋은 순간은 상상 속에서나 가능한 일인지도 모르겠다. 좋아야 하니까 안 좋은 것도 좋아하는 건 옳지 않지만, 안 좋다고 말해 버리면 모든 걸 망칠 것 같다. 내 안의 것을 눌러 내린 자리에 아량을 채워 넣었다.

"바다에 어떤 물고기가 사는지 궁금해."

궁금한 건 그의 속내였지 바닷속이 아니었다. 그래도 호기심이 남편의 저조한 기분을 간질였는지 남편은 못 이기는 척 수영복으로 갈아입었다. 샌들을 질질 끌며 따라오는 남편과 탱탱볼처럼 튀어 오르며 뛰어가는 아이와 함께 도착한 해변은 실로 아름다웠다. 눈부신 백사장엔 넉넉한 수의 팔라파(palapa: 나무 기둥 위에 마른 야자수 잎을 엮어 만든 지붕을 올린 개방형 구조물)와 투실투실한 코코넛을 단 야자수들이 태양을 쫓아오긴 했어도 뜨거운 햇볕에 익숙지 않은 투숙객에게 한숨 돌리는 공간을 마련해 주었고, 에메랄드빛 라군은 짙은 푸른색의 먼바다와 뚜렷한 경계를 지으며 이곳이 틀림없는 낙원임을 알려 주었다. 햇볕은 뜨겁지만 위협적이지 않았다. 이곳보다 춥고, 이곳보다 복잡하고, 이곳보다 시간이 빨리 가는 곳에서 온 투숙객의 마음을 자상하게 달래는 햇살이었다. 뭉쳤거나 꼬인 마음이 있다면 이 햇살 아래서 스르르 풀어질 것만 같았다. 실눈을 뜨고 바라본 먼바다엔 이슬라 무헤레스(Isla Mujeres: 스페인어로 '여인의 섬'. 멕시코 유카탄반도에서 십삼 킬로미터 정도 떨어진 섬으로 아름다운 산호초로 유명하다.)가 신기루처럼 아른거렸다.

바닷속은 물고기로 가득했다. 수초 가까이 사는 물고기는 수초색을 닮아 검푸르고, 백사장 가까이 사는 물고기는 모래처럼 새하얬다. 노란 꼬리 물고기는 수초와 산호초 위를 새가 날듯 헤엄치고, 유리 물고기는 환영(幻影)처럼 나타났다가 사라지고, 은빛의 바라쿠다는 우리와 마주치면 잠깐 호기심을 보였다가 곧바로 제 갈 길을 갔다. 모래 밑 조개들은 한 번씩 숨을 내쉬며 자신들의 존재를 알리고, 게들은 수시로 뭐에 놀란 듯 다급하게 모래 밑을 파고들며 자신들의 존재를 숨겼다.

"엄마, 물고기가 정말 많아! 너무 좋아!"

아이는 스노클링 호스를 빼내며 환희로 가득 찬 숨을 내쉬었다. 매년 칸쿤으로 휴가를 오게 된 것은 아이 덕분이었다. 로야가 생기기 전 남편과 나는 휴가를 모른 척하며 살았다. 쉬는 것을 경계하고 노는 것을 경멸했다. 휴가는 남의 것이지 우리 것이 아니었다. 남편이 유난히 그래서 좋은 아내가 되고 싶었던 나는 남편을 따라 했다. 아이가 생기자 좋은 부모가 되고 싶었던 남편과 나는 휴가를 떠나기 시작했다. 내가 계획을 세우면 남편이 따라오는 식이었다. 억지로 물에 따라 들어온 남편은 저만치 앞서 헤엄쳐 간다. 고요한 바다만큼 그는 조용했다.

스노클링 후 숙소로 돌아와 저녁 식사를 하러 나갈 채비를 할 때도 남편의 기분은 여전히 저조했다. 남편은 헤드셋으로 음악을 들으며 나와 로야로부터 자신을 떼어 내고는 우리를 아예 없는 사람 취급했다. 내가 한 번씩 괜찮냐고 물으면 입으로는 괜찮다고 하면서도 온몸으로 나를 무시했다. 자신의 감정을 해친 나를 비난하는 그만의 방식이었다. 남편의 이런 태도에 처음엔 내 잘못인가 하여 미안한 마음이 들었지만, 리조트 선정부터 항공 일정, 칸쿤

내 이동 수단, 하물며 짐 싸기까지, 휴가와 관련된 모든 것을 세세하게 준비한 나의 노력을 되돌아본 뒤엔 용납해선 안 된다는 결론을 내렸다. 우리가 휴가를 떠난 이유는 서로를 위로해 주고 응원해 주기 위해서였다. 선한 의도에서 비롯된 것이었다. 그런데 남편의 행동은 감정이 상해 있는 자신이 너무나 중요해서 선한 의도나 다른 구성원들의 기분 따위는 조금도 개의치 않겠다는 위협이었다. 자신을 확대 해석하기 위해선 타인을 축소 해석해야 한다. 난 그가 바라는 크기로 작아질 마음이 전혀 없었기에 그가 해석하는 세계에 들어가지 않기로 했다. 그에게 무관심하기로 했다.

첫날 저녁, 리조트 내에 위치한 멕시칸 레스토랑으로 향했다. 마음 같아선 바닷가 근처에 있는 해산물 전문 식당으로 가고 싶었으나 남편의 취향을 존중해서 멕시칸으로 정했다. 무관심과 무시는 다른 개념이다. 무관심이 상대와 자신의 공존을 염두에 두고 불필요한 문제를 만들지 않기 위해 행해지는 선택적 거부라면, 무시는 공존 관계를 아예 성립시키지 않기 위해 상대를 전면적으로 부정하는 행위다. 무관심의 끝엔 상대와 자신이 어떠한 형태로든 남을 수 있는 반면 무시의 끝엔 상대가 제거되고 자신만 남는다. 남편의 불합리한 태도는 날 당혹스럽게 하지만, 남편이라는 존재를 내 삶에서 제거하고 싶은 생각은 없다. 선택적 거부 뒤엔 내가 사랑했고, 사랑하고, 사랑할 남편이 남기 때문이다. 그러니 난 여전히 남편의 존재를 존중해야 하고, 멕시코 전통 토르티야 수프와 아라체라(arrachera: 소의 제비추리를 라임, 마늘, 소금, 후추 등으로 양념하여 구워 내는 멕시칸 요리)를 좋아하는 남편의 취향을 고려해야 한다. 이런 배려가 남편의 성난 마음을 즉각 풀어줄 리 만무하지만, 내가 만든 가족 안에서 배려는 반드시 지켜야 할 덕목이다. 무엇보다 존재의 전면적 부정은 가능하지 않다.

레스토랑에 들어서자 어도비로 마감된 붉은색 벽이 먼저 보였다. 식당 중간에 분수를 중심으로 다양한 열대식물이 조경된 스페인식 코트야드가 있고, 그 주위로 원목 테이블들이 놓여 있었다. 노을이 질 시간이었다. 코트야드 위쪽에서 은은하게 들어오는 자연 채광이 붉은 벽에 닿자 주위가 아늑해졌다. 우린 탐스럽게 피어난 마젠타 진저꽃 옆에 앉았다.

"부에나스 노체스. 당신들을 도와드릴 라자로라고 합니다."

둥근 얼굴에 둥근 눈과 둥근 코와 둥근 입술을 가진 라자로는 왼쪽 팔에 냅킨을 걸치고 오른손으로는 물을 따르며 푸근한 미소를 지었다. 미소가 온화해서 절로 온기가 느껴졌다. 그의 피부색은 어두운 갈색톤이었는데, 전체적으로 노란빛이 감돌았다. 몸은 둥그렇게 완만했고, 물을 따르는 손은 근면하고 강인했다. 마야인임을 짐작하게 했다.

"마실 것을 드릴까요?"

차갑지만 날카롭지 않고, 부드럽지만 달지 않은 것을 마시고 싶던 나는 배려 차원에서 남편의 의견을 물어보기로 했다.

"뭐 마시고 싶어?"

"당신 마시고 싶은 거로 해. 아무거나 상관없어."

상관없다고 대답하는 남편은 자신의 기분이 상했음에도 상대의 의견을 존중해 주는 성숙한 사람으로 비치길 원했겠지만, 메뉴판도 들여다보지 않고 나와 시선도 마주치지 않은 남편의 진짜 의도는 자기 기분이 이런데도 아내라는 사람은 먹고 마실 궁리를 한다는 질책이었다. 나야말로 그런 그가 상관없었다. 그가 아무리 분위기를 망치기로 작정했다고 해도 쉽게 망쳐질 분위기가 아니었다. 이토록 아늑한 곳에서 이토록 따뜻한 마야인으로부터 받는 친절엔 상상하지 못할 에너지가 있을 법했다.

"백포도주를 마셨으면 하는데, 혹시 추천해 주실 수 있나요?"

"칠레산이나 스페인산 소비뇽 블랑과 샤르도네를 많이 찾으시긴 합니다만, 혹시 멕시코산 화이트 진판델을 마셔 본 적이 있으신지요?"

"아뇨. 어느 지역에서 생산된 와인이죠?"

"바하칼리포르니아(Baja California: 미국 캘리포니아주와 이웃해 있는 멕시코의 주. 캘리포니아반도의 절반을 차지하는 사막 및 스텝 기후 지역)산입니다. 과일 향이 풍부하고 목 넘김이 부드러운 로제와인입니다. 맛보시겠습니까?"

"그럼요. 맛보고 싶어요."

"네, 곧 가져오겠습니다. 그리고 여기 이 숙녀분은 뭐로 할까요?"

어깨끈에 모조 진주가 달린 하얀색 드레스를 입은 아이는 눈을 반짝이며 대답한다.

"전 무알코올 모히토를 마시고 싶어요. 너무 달지 않게 만들어 주시면 감사하겠습니다."

목소리에도 색깔이 있다면 아이의 목소리는 파스텔 같다. 은은하고 부드럽고 튀지 않는다. 공적인 자리에서 아이의 말투는 격식을 차리지만 어색하지 않고, 예의를 차리지만 냉정하지 않다. 상대를 높이면서 자신을 낮출 줄 알고, 무례하게 자신을 낮추는 상대 앞에선 함부로 자신을 내리지 않는다. 아이가 더 어렸을 땐 대부분 아이가 그러하듯 부끄럽다는 이유로 누군가로부터 받은 질문에 제대로 답하지 않던 적이 있었다. 사실, 의사소통을 배워 가는 유아기엔 대답하지 않아도 되는 상황이 있긴 하다. 언어 구사의 시작 단계에 있는 아이들의 말은 더없이 순수하고 창의적이라 어른들은 이 단계의 말을 들어 보길 원하는데, 소통의 개념을 제대로 아는 어른들은 아이에게 느끼고 생각할 기회를 주기 위해 질문하고, 그렇지 못한 어른들은 특정 대답을 듣기 위해 질문한다. 전자는 아이 스스로 답을 찾는 경우고, 후자는 어른이 이미 답을 가진 경우다. 유아기는 이 둘의 차이점을 깨달아야 하는 시기이기에 아이가 굳이 모든 질문에 답하지 않아도 된다. 자기가 원하는 답을 찾거나 상대가 원하는 답을 찾거나, 말을 배우기 시작하는 아이에겐 시간이 걸리는 과정이다. 무엇보다 수많은 말이 세상에 떠돈다고 해서 그 말에 일일이 반응할 필요는 없다. 취학 연령 즈음, 아이는 이 수많은 말 중에 꼭 반응해야 하는 것들을 조금씩 가려낼 수 있게 되었다. 의사소통은 이해를 목적으로 하며 언어는 소통을 위한 도구임을 알아 갔다. 한편, 사용하는 도구가 달라도 이해 가능한 소통이 있고, 같은 도구를 써도 불가해한 소통이 있다는 것 또한 깨달아 갔다. 이에 비하면 격식과 예의에 맞는 대화는 쉬운 편에 속했다. 이미 정해진 형식이므로 질문도 답도 명약관화하기 때문이다. 꼬이거나 뭉친 부분이 없는 아홉 살 아이에겐 더욱더 쉬웠다.

잠시 후 라자로는 얼음을 가득 채운 스탠드 와인쿨러에 와인을 꽂아 왔다. 분홍 장미꽃 색 와인이었다. 한 모금 마셨더니 꽃향기 가득한 계곡과 순박한 토양이 입안을 가득 채웠다. 건기와 습기, 온기와 냉기가 적절히 섞인 곳에서 자라난 포도였다. 멋진 와인이었다.

"놀라운데요."

"감사합니다. 저도 무척 좋아하는 와인입니다."

"소개해 주셔서 고맙습니다. 이걸로 할게요. 메인을 먹을 때도 페어링하겠습니다. 멋져요."

"오늘의 스페셜은 멕시코 스타일의 필레미뇽과 바닷가재 요리입니다. 원하신다면 준비해 드리겠습니다."

"좋네요. 그걸로 하겠습니다. 필레미뇽은 미디엄 레어로 구워 주시면 됩니다."

"저도 오늘의 스페셜로 할래요. 엄마랑 똑같이 미디엄 레어로 구워 주세요. 고맙습니다."

이제 남편 차례였다.

"전 토르티야 수프와 아라체라로 하겠습니다. 굽기 정도는 미디엄으로 할게요."

"네, 좋은 선택입니다. 애피타이저로 유카탄, 모렐로스, 베라크루스 전통 음식들을 조금씩 내오겠습니다. 식사 후엔 테킬라 샘플도 준비해 드리겠습니다. 식후주로 좋은 것들이 있습니다."

친절을 사람으로 정의한다면 라자로일 것 같았다. 훈련된 친절이 아닌 타고난 친절이었다. 남편 때문에 각졌던 마음이 라자로 덕분에 부드러워졌다. 막아도 가려도 새어 나오는 빛 같은 사람이었다.

많은 면에서 훌륭한 식사였다. 다만 우리가 먹은 멕시코 전통 음식들이 죄다 퓨전이라는 점은 아쉬웠다. 유독 이 리조트만 그런 게 아니었다. 근 십 년간 경험해 본 칸쿤 내 각기 다른 리조트의 멕시코 음식들이 한결같이 퓨전식이었다. 얼핏 보면 외부인의 기호를 존중한 태도 같지만, 이면엔 진짜 보여야 할 것은 숨기고 보여 줄 만한 것만 보이는 태도가 감춰져 있었다.

칸쿤이 관광특화도시로 개발되기 시작한 건 멕시코 고도 경제 성장기인 1970년부터였다. 지리적 이점과 천혜의 환경은 이미 외부인에게 매력적인 요소였고, 이를 눈치챈 멕시코 정부는 외국 자본 유입에 실패 없는 프로젝트를 시행하게 된다. 주요 인프라 및 편의 시설은 철저히 외국인 유치에 초점을 맞췄고, 주민 대부분이 서비스업에 종사할 수 있게끔 도시를 재구성했다. 이익 창출을 위해선 고대 마야 문명도, 수천 년에 걸쳐 형성된 산호초도, 지역민의 품성도 모두 상품화해야 했다. 그뿐 아니라 삼백여 년의 스페인 식민 지배나 19세기 중반 미국과의 전쟁으로 땅의 절반 이상을 빼앗긴 역사도 외부인에게 거부감이 들지 않도록 보여 줘야 했다. 혁명과 영웅, 애환과 비탄을 노래하던 마리아치(mariachi: 멕시코 민요를 연주하는 소편성 악단)는 잔잔한 향수와 흥겨운 사랑을 노래했고, 노골적 유혹과 가시적 관능으로 자유와 독립을 표현하던 하라베 타파티오(jarabe tapatío: 멕시코 전통 모자 춤) 댄서들은 단순한 스텝과 순수한 몸짓으로 평화와 안정을 그려 냈다. 비록 마약 거래와 살인 사건과 돈세탁과 저임금의 악순환이 소위 평화롭고 안전하다는 칸쿤에서 끊임없이 일어나도, 외부인은 파란 하늘과 푸른 바다와 하얀 모래와 친절한 미소만을 봐야 할 뿐이다. 내부 결속력을 다지는 것은 외부인의 인정(認定)이 아니라 내부인끼리의 약속이다. 칸쿤이 자리한 유카탄반도는 외부인에겐 접근 용이한 지상 낙원이요, 내부인에겐 생활 터전이다. 누구도 쉽사리 내팽개칠 수 있는 대상이 아니다.

식사 후 메인 수영장 위쪽에 있는 테라스 바로 갔다. 밤바다와 보름달이 바로 눈앞에 있었다. 달빛이 너무 밝아 바다 위 물결이 손에 잡힐 듯했고, 달은 너무 커서 있는 곳이 지구가 아닌 듯했다. 크고 둥근 달은 바다를 힘껏 끌어당겨 바다는 만조였고, 나와 아이도 달에 힘껏 당겨져 목을 빼서 달을 봤다. 이런 강한 인력에도 남편은 꿈쩍 안 했다. 달과 나와 로야로부터 멀찌감치 떨어져 혼자만의 세상에 있었다. 인력도 거부하는 그의 구심력이었다. 반면에 그의 화는 강한 원심력에 의해 사방으로 뿜어져 나왔다. 그는 고요했지만 귀청이 떨어져 나갈 정도로 시끄러웠고, 극도로 수동적이었지만 극도로 공격적이었다. 숨기고 있어도 다 보였다. 씁쓸한 뒷맛을 남긴 퓨전 멕시코 음식에 차라리 후한 점수를 주고 싶었다. 음식이 진짜 모습을 숨긴 이유는 타인에게 심한 자극을 주지 않기 위해서였는데, 남편이 진짜 모습을 숨긴 이유는 타인에게 심한 자극을 주고 싶어서였다. 위협적인 감정을 드러내 놓고 숨김으로써 타인에게 두려움을 느끼게 하고자 함이었다. 위협의 의도가 뻔히 보이는데도 그걸 무턱대고 수용한다면 위협한 자와 위협당한 자 모두에게 책임을 물을 수 있다. 휘영청 밝은 보름달 아래서 카리브해 파도 소리를 배경음으로 남자 하나와 여자 하나가 서로 삿대질을 해 가며 목청 높여 싸운다면 극적인 장면이 연출되겠지만, 드라마를 좋아하지 않는 나는 로야와 손을 잡고 오손도손 얘기를 나누며 숙소로 돌아왔다. 남편은 실망한 듯 우리 뒤에서 냉기를 뿜으며 터벅터벅 따라왔다.

잠자리에 누웠다. 아이는 햇빛과 스노클링 때문에 피곤했는지 곧장 잠이 들었다. 남편은 귀에 헤드셋을 꽂고는 베개를 들었다 놨다 뭉쳤다 폈다 하며 침대에서 뒤척거리다가 발코니로 나가더니 거기에 있는 야외 데이베드에서 그날 밤을 보냈다. 달이 밤새 그를 지켜보았고, 바닷바람이 간혹 그를 흔들었다.

오전 열 시, 태양이 이마 위에 떴는데도 남편은 일어날 생각을 안 하고 발코니 데이베드에서 벽을 향한 채 모로 누워 자고 있다.

"아빠, 배고파. 아침 먹으러 가자, 응?"

로야와 내가 느지막이 일어난 시각은 여덟 시였다. 남편이 일어나기를 기다리던 두 시간 동안 햇볕은 이미 뜨거워졌고, 복도에선 하우스 키퍼들이 청소 카트 끄는 소리가 벌써부터 들렸다. 우린 태양과 바다를 즐기러 왔지 객실을 즐기러 온 게 아니었건만, 남편은 자꾸만 원치 않은 상황에 우리를 꾸역꾸역 밀어 넣었다.

"열 시가 넘었어. 더 잘 거야?"

로야가 채근해도 꿈쩍하지 않는 남편에게 다가가 말을 걸었다. 기상 여부를 물은 게 아니었다. 어떤 감정이든 그 감정으로 로야와 나를 휘감지 말라는 명령이었다. 그가 가진 감정은 로야와 내가 동의하는 감정이 아니었다. 따라서 연민을 느낄 수 없었다. 공감할 수 없는 감정을 휘감은 그는 한 발짝도 물러날 생각 없다는 듯 뾰족한 방패를 휘둘렀고, 그것도 모자라 자신이 휘감은 감정을 그물망으로 만든 뒤 나와 로야가 그 망에 걸려들길 기다리고 있었다. 그가 있는 곳이 전쟁터라면 주도면밀하게 덫을 놓고 언제든 적을 공격할 태세를 갖춘 그를 이해했을 것이다. 하지만 그가 있는 곳은 누구라도 오고 싶어 하는 지상 낙원이고, 그의 곁엔 나와 로야가 있다. 전쟁터에 있다고 믿는 그는 우리도 싸우길 바라지만, 나는 그럴 생각이 조금도 없다.

"계속 더 자고 싶으면 난 로야랑 아침 먹고 올게. 룸서비스 시켜줘? 뭐라도 먹을래?"

꿈쩍도 안 하던 그가 슬쩍 뒤척이더니 짜증 가득한 말을 뱉어 냈다.

"밤새 한숨도 못 잤어! 자게 좀 내버려 둬!!"

기가 막혔다. 해가 머리 위에 뜰 때까지 조용히 기다려 준 로야와 내가 그의 잠을 방해하기라도 했단 말인가. 달빛이 방해했단 말인가, 바닷바람이 방해했단 말인가. 자기를 둘러싼 모든 것에 비난의 화살을 쏘아대는 그는 혼자 있고 싶은 게 분명했다. 그가 원하는 대로 내버려 두기로 했다. 괜히 건드렸다가 그가 쏜 화살에 치명상을 입을 수도 있었다.

리조트 내 뷔페식당으로 향했다. 바닥도 벽도 테이블이나 의자도 모두 흰색이었다. 매끄럽게 움직이는 직원들의 유니폼도 흰색이었다. 바닷바람과 햇살을 느끼기 위해서 테라스에 앉았다. 테라스 주위의 열대 식물들은 싱그러웠고, 곳곳에 심긴 야자수 사이로 에메랄드빛 바다가 반짝였다. 모든 게 상쾌하고 명료했다.

꼬깃꼬깃 구겨지고 똘똘 뭉쳐 있는 남편이 머리 뒤쪽에서 떠올랐다. 방에서 나올 때만 해도 그가 우리를 공격하고 있다고 생각했는데, 감미로운 바닷바람과 너그러운 햇살을 느끼자 그가 일부러 우리를 아프게 하려고 꿍한 상태에 있는 건 아닐 거라는 생각이 들었다. 그는 어쩌면 우리가 그의 저조한 기분에 영향 받지 않도록 자신을 분리하고 있는지도 몰랐다. 자신은 아프더라도 우리까지 아프게 하지 않으려고 최선을 다하고 있는지도 몰랐다. 이런 생각이 들자 얼른 식사를 마치고 그를 보러 가고 싶어졌다. 내 앞에 있던 선인장 주스를 단숨에 마셨다. 로야는 킹크랩 살을 발라

내는 중이었다.

"엄마가 도와줄까?"

"아니. 발라내기 쉽게 돼 있어. 엄마, 먹어 봐."

열심히 발라낸 살을 내 입에 쏙 넣어준다. 그러게, 이런 아이를 일부러 아프게 할 리 없지.

"아빠도 왔으면 좋았을 텐데. 많이 졸렸나 봐."

"가는 길에 스무디 주문해서 가지고 갈까? 아빠가 좋아하는 거로."

"응! 그러자! 아빠는 아침에 신 걸 안 먹으니까, 바나나랑 코코넛 주스 넣어 달라고 하자."

그렇다. 일부러 아프게 할 리가 없다. 자기가 아프다고 남까지, 남이 아니라 가족을 아프게 하는 사람이 어디 있으려고. 방으로 가기 전 카페에 들러 방금 구운 크루아상을 픽업하고, 주스 바에 들러 파파야와 바나나, 코코넛 주스, 치아 씨를 넣은 스무디를 주문했다. 햇살이 우리의 발걸음을 반짝반짝 밝히고, 파도는 짝짝짝 응원해 주었다.

방에 도착하니 남편은 여전히 발코니 데이베드에 누워 있었다. 열한 시가 훌쩍 넘은 시각이었다.

"아빠, 스무디 마셔 봐. 크루아상도 가지고 왔어. 날씨가 정말 좋아. 얼른 먹고 나가자. 수영장에 가자."

아이가 남편을 대하는 태도는 마치 아픈 이를 간호하는 듯했다. 모든 것을 알지 못해도 아이가 감지하는 것은 정확했다. 어떤 이유에서든 남편은 아파하고 있었고, 아이는 본능적으로 아픈 이를 돌보고 있었다.

"좀 더 잤어? 스무디 마셔 봐. 신선한 코코넛 주스로 만든 거야."

발코니에 더운 기운이 훅 올라왔다. 정오에 가까워진 모양이었다.

"입맛이 없어. 샤워할 테니까 수영장 갈 준비 해. 나가자."

어기적거리며 일어난 남편은 선의를 베풀 듯 수영장에 가자고 한다. 선의든 악의든 상관없었다. 드디어 남편이 동굴 밖으로 나오고 있었다.

"여기 오십 미터 수영장이 있어. 거기로 갈까?"

"어디든 괜찮아. 샤워하고 나올게."

남편은 쪼그라져 있었다. 어둡고 침침한 것이 남편을 씹다 버린 것 같았다. 남편은 버석해져 있었다. 어떤 거대한 것이 남편의 내부를 다 빨아먹은 바람에 남은 건 거죽밖에 없는 듯했다. 남편을 이렇게 만든 무언가는 흡족할 정도로 남편의 기운을 섭취했기에 한동안은 남편을 내버려 둘 것이다. 말라비틀어진 껍데기 같은 남편은 이제부터 원기를 회복해야 할 것이다. 남편에게 실망을 안긴 것이 리조트라도, 한 치 앞도 안 보이는 깜깜한 곳에 남편을 가둔 것이 그 무엇이라도, 난 리조트나 그 무엇을 원망하지 않을 것이다. 적어도 이 낙원 안에선 그러지 않을 것이다. 씩씩하게 수영장으로 향했다.

지어진 지 삼 년째 접어든 리조트는 어딜 봐도 말끔하고 세련됐다. 시야를 가리지 않는 나지막한 선들이 건물의 높이를 결정하고, 눈부신 흰색이 건물의 외벽을 마무리했다. 온통 흰색이라 둥둥 떠다니는 구름 같을까 봐 안정감을 주는 원목 구조물이 곳곳에 설치돼 있었다. 이 구조물 또한 일정한 간격으로 가로 선을 유지했는데, 시선을 좌우로 유인하는 가로 선은 공평하고 넓은 마음이 들게 했다. 리조트 바닥은 라임스톤과 콘크리트가 주를 이뤘지만, 적소에 잔디와 목조 산책로를 조성해 놓아 자연을 잊지 않았음을 알렸다. 그 덕에 이구아나와 게코 도마뱀이 흔히 눈에 띄었다. 모든 것이 정갈하고 조용했다. 심지어 각양각색의 열대 식물이 자라는 정원마저도 일정한 규칙을 따르며 전체적 조화에 힘썼다. 누구에게나 차분하게 다가갈 분위기를 조성하기 위해 누군가가 고군분투한 흔적이 역력했다.

리조트엔 여러 종류의 수영장이 있었다. 각종 이벤트가 열리는 큰 규모의 메인 수영장이 바다 바로 앞에 있고, 객실에 딸린 수영장, 객실과 객실을 잇는 수영장, 건물과 건물 사이의 수영장 등, 보이는 곳마다 수영장을 설치해 놓아 휴가 온 기분이 들게 했다. 리조트가 확보한 대지 면적도 넓어서 투숙객은 개인 공간을 충분히 보장받았다. 좋은 곳을 먼저 차지하기 위해 조급해할 필요가 없었다. 흥겨운 이벤트를 원하면 메인 수영장으로 가면 되고, 조용한 휴식을 원하면 건물 사이의 수영장으로 가면 되니 소음에서도 자유로울 수 있었다.

우리가 선택한 수영장은 건물 사이에 있는 오십 미터 길이 수영장이었다. 폭은 넓지 않지만, 길이가 국제 규격이라 남편과 아이가 수영하기에 안성맞춤이었다. 수영장 옆으로 비스마르크 야자수가 일정한 간격으로 심겨 있고, 수영장 끝엔 신선한 과일과 채소로 주스와 스무디를 만들어 주는 주스 바가 있었다. 주스 바 옆에는 점심때마다 셰프들이 파에야나 철판구이를 즉석에서 요리해 주는 야외 라운지가 있고, 거기서 얼마 떨어지지 않은 독채 건물 안에는 어린이 전용 수영장이 딸린 키즈클럽이 있었다.

수영장 한쪽 변에 모던한 디자인의 카바나와 라운지체어들이 가지런히 놓여 있었다. 중간 즈음에 있는 카바나를 골라 짐을 풀었다. 남편과 아이의 수영 도구들, 아이와 내가 읽는 책들, 자외선 차단 지수 육십짜리 선스크린, 점심 먹으러 갈 때 수영복 위에 걸쳐 입을 옷가지들, 그리고 주스 바에서 가져온 코코넛 세 개. 걸어도 한참 걸리는 오십 미터 길이 수영장 가엔 우리 식구뿐이었다. 일상의 궤도를 이탈한 이들이 우리뿐만은 아닐 텐데, 마치 우리만을 위해 완벽하게 준비된 낙원에 초대된 듯했다. 믿기지 않는 현실이었고, 눈에 보이는 비현실이었다.

이번 휴가의 가장 큰 목적은 교통사고 후 일상의 눈치를 보느라 마음 놓고 회복할 수 없었던 심신에 여유로운 휴가를 줘서 일상이 가진 고집스러운 영속성을 끊는 것이었다. 사실 이건 명목일 뿐 기대는 아니었다. 휴가는 일상을 중지시키긴 해도 내재한 습성까지 중단시키진 않는다. 관성의 법칙이다. 모든 걸 잊게 할 만큼 아름다운 곳에 와서도 당장의 즐거움은 잘못이고 즐거움은 내 것이 아니라 여겨 스스로를 벌주는 남편도, 만삼천 킬로미터 떨어진 곳에 있는 엄마를 떠올리며 자진해서 걱정을 만드는 나도 관성의 법칙을 따르고 있다. 비껴간다고 피해지는 것이 아니다. 일상엔 잘못이 없다. 문제는 마음이다.

고급 휴양지에서 다들 고상한 부자처럼 보이는 사람들 틈에 섞여 반짝이는 수영장 옆 시원한 그늘에 앉아 달콤하고 차가운 코코넛 주스를 마시고 있는 나를 엄마가 봤다면 쯧쯧 혀를 찼을 것이다. 아이고 참 내, 기막혀했을 것이다. 그래도 내가 꿈쩍 안 하면 불쌍한 엄마는 모른 체하고 저 혼자만 부귀영화를 누린다고 고래고래 소리 질렀을 것이다. 그래도 분이 안 풀리면 땅에 떨어진 코코넛을 주워 나한테 냅다 던졌을 것이다.

있을 법한 현실이라, 마음이 무거워졌다. 그렇다. 비껴간다고 피해지는 게 아니다. 일상엔 잘못이 없다. 문제는 마음이다.

"당신도 들어와. 물이 정말 깨끗해. 해수 수영장인 걸 알고 여길 온 거야? 훌륭해. 정말 훌륭해."

아이와 함께 쉼 없이 천팔백 미터 수영을 마친 남편이 가쁜 숨을 내쉬며 말한다. 그의 얼굴이 눈부신 햇살을 닮았다. 마침내 밝은 곳으로 나온 모양이었다.

"엄마, 나도 코코넛 주스!"

수영핀을 벗으며 자리에 앉는 아이의 몸은 차가우면서도 뜨겁고, 말랑하면서도 단단하다. 생명의 에너지가 넘친다. 코코넛을 던져대던 엄마가 아이를 보자 눈을 흘기며 슬그머니 사라진다.

"울 로야, 돌고래 같았어."

"하하. 여기 진짜 좋아. 우리가 훈련하는 수영장보다 두 배나 더 긴데, 하나도 안 힘들어. 너무 좋아!"

"네가 좋아하니까 엄마는 더 좋아. 당신, 배고프지 않아? 아무것도 안 먹었잖아. 저기 라운지에서 파에야 만드는 모양이던데 가져다줄까?"

"아냐. 당신 여기 있어. 내가 갈게. 두 접시 가져올까? 나눠 먹게?"

내가 사랑하는 남편으로 돌아왔다. 화를 내는 남편도 내가 사랑해야 하는 남편이 맞지만, 그의 화는 합리적인 이유에서 비롯된 합리적인 반응이 아니었다. 불합리의 최전방에서 그를 향한 나의 관용은 외로웠다. 평상시엔 참으로 달콤하고 부드러운 남편은 이렇게 한 번씩 욱하는 성질을 부려서 날 당황스럽게 한다. 그래도 다행인 건 감정에도 생존 주기가 있어서 격한 감정이 지속하진 않았다. 언젠가 남편이 자신의 욱하는 태도에 관해 고민하길래 이야기를 나눠 본 적이 있다. 그가 자각하고 있다는 사실이 신통해서 최대한 친절하고 따뜻한 말로 대화를 이어 갔는데, 대화는 다음과 같은 남편의 결론으로 끝났다.

"그러니까 말이야, 난 이런 성격을 가지고 있으니까 당신이 나쁜 상황을 안 만들면 되는 거야. 당신은 나보다 더 침착하고 더 친절하고 더 현명한 사람이잖아. 나쁜 상황을 만들지 않겠다고 약속해 줘. 그게 나를 도와주는 거야. 그리고 내가 셧다운 되는 게 물리적으로 당신을 공격하는 것보다 훨씬 낫지 않아?"

그는 자신을 회복 불가능한 불치병 환자나 복구 불가능한 피해 자쯤으로 취급했다. 따라서 나는 최선을 다해 그를 보살펴야 하는 치료사나 무한한 보상을 해 줘야 하는 피해 복구단 단장쯤 되어야 했다. 병자와 병자를 돌보는 이, 아플 수 있는 자와 아플 수 없는 자, 채권자와 채무자. 난 어렸을 때부터 이런 관계에 너무나 익숙 해져 왔기에 잘못이라고 생각하지 않았다. 오히려 그와 부부가 된 건 운명이라고 생각했다.

"이거 좀 봐. 바닷가재가 이렇게 많이 들어간 파에야는 처음 봐. 훌륭해. 진짜 멋진 곳이야."

남편이 들고 온 파에야 접시에 두툼한 바닷가재 꼬릿살이 수북 이 쌓여 있었다. 큼지막한 새우와 가리비 패주도 많아서 밥알이 안 보일 정도였다.

"코코넛 더 가지고 올까? 주스 바에 싱싱한 코코넛이 산더미처 럼 쌓여 있어."

남편과 풍요로움은 친한 친구가 아니었다. 남편과 성장 또한 그 리 친한 친구가 아니었다. 이런 남편은 나에겐 가장 친한 친구다. 친구끼리는 닮아서, 닮지 않아서, 친해진다.

점심을 먹은 후에 바다로 향했다. 바다는 어제보다 훨씬 더 여유 로운 모습으로 우리에게 다가왔다. 더욱더 푸르렀고 더욱더 잔잔 했다. 해변 카바나는 널찍하고 쾌적했다. 우리 카바나를 담당한 안 토니오는 우리가 무엇을 원하는지 우리 자신보다 먼저 알았다. 날 렵하지만 교활하지 않았다. 그저 진심으로 우리를 편하게 해 주고 싶은, 친절의 감각이 우리보다 훨씬 더 발달한 이였다.

전날처럼 스노클링을 했다. 바닷속 모습이 그새 친숙하게 느껴졌다. 전날 봤던 불가사리는 밤새 꼼짝 안 했는지 여전히 같은 곳에 있었고, 전날만 해도 우릴 보면 깜짝 놀라던 줄무늬 큰눈도미는 우리와 마주쳐도 무심히 지나쳐 갔다. 남편이 전하던 긴장감이 사라져 바닷속이 더욱 친숙해진 면도 있었다. 친숙함은 믿는 마음을 만들고, 믿는 마음은 모험심을 간지럽혔다. 조금 더 먼 바다로 나가 보기로 했다. 겁먹을 필요는 없었다. 아무리 멀리 나간다 해도 리조트에서 쳐 놓은 경계 부표는 넘지 않을 작정이었다. 파도는 잔잔했고, 해변에서 일어나는 즐거운 소음은 물속까지 들렸으므로 길 잃을 염려는 없었다.

물 위에 떠다니던 모자반 뭉치가 얼굴 쪽으로 밀려와서 고개를 돌리려는데 발밑으로 큼지막한 무언가가 지나가는 걸 봤다. 느린 속도로 재생되는 듯한 움직임이었다. 크기가 꽤 큰 가오리였다. 크고 움직임이 유려해서 위엄과 신성이 느껴졌다. 가오리는 나의 경외감을 느꼈는지 유유한 날갯짓으로 자기를 따라오라는 신호를 보냈다. 나는 가오리를 홀린 듯 따라갔다. 남편과 아이에게 알리고 싶었지만, 그들은 보이지 않았다. 가오리를 발견한 곳은 수심이 얕았다. 햇살이 수월하게 바닥을 짚고 다녔다. 빼곡하게 내리쬐는 햇살은 수초 사이에서 헤엄치는 가오리와 수면에서 헤엄치는 나 사이의 거리감을 잃게 했다. 손을 뻗으면 가오리를 만질 수 있을 것 같았다. 가오리는 내가 따라다니는 것을 알고도 나에게 무관심했는데, 이런 가오리의 태도를 날 수용한다는 뜻으로 받아들였다.

바닷속 생명체들끼리는 서로를 지나쳐도 아는 척을 안 했다. 모르는 척하는 게 바닷속 예의나 규칙인 듯싶었다. 그런데 서로를 데면데면하게 대하는 생명체들이 사는 곳은 뜨악하게 느껴질 정도로 옹기종기 모여 있었다. 바다는 육지보다 광활할 텐데, 사는 모양새가 육지에서와 비슷했다. 서로를 무심히 대해도 서로를 가까이 둬야 하는 것처럼 보였다. 무관심이 관심으로 변할 땐 분명한 이유가 있었다. 생사에 관한 것이 아니라면 무관심은 그들이 사는 방식이었다.

그쯤에서 가오리를 놓친 것 같다. 까마득한 높이의 빌딩 위에서 바닷속을 보고 있는 듯, 내가 있던 곳은 깊은 바다였다. 경계 부표가 날 막아서 멈춘 곳이었다. 해변에서 나는 소리도 들리지 않았다. 이렇게 멀리까지 올 생각이 없었던 나는 흠칫 놀라 해변을 향해 황급히 헤엄쳤다. 바라쿠다 두 마리를 지나치자 아이와 남편이 보였다. 그들에게 가오리 본 얘기를 자랑스럽게 했다. 난생처음 바닷속에서 가오리를 봐 놓고는 가오리를 따라가다간 길을 잃을 수 있으니 조심하라는 얘기도 했다. 아이는 자기도 가오리를 찾아볼 거라고 기쁨에 찬 얼굴로 말했고, 남편은 이런 멋진 곳에 오기를 정말 잘했다고 발에 묻은 모래를 털어 내며 말했다. 저 멀리 이슬라 무헤레스에서 불빛이 아스라이 반짝였다.

저녁, 내가 느끼는 기쁨이 허황하지 않아서, 누릴 자격이 있다고 믿겨서, 등과 옆구리가 훅 파인 드레스를 입고 허리를 꼿꼿이 세우고 바닷가 레스토랑으로 갔다. 전날과 마찬가지로 화이트 진판델을 곁들여 바닷가재를 먹었다. 달은 여전히 크고 밝았다.

이날 밤 꿈을 꿨다. 켈로나(Kelowna: 캐나다 브리티시컬럼비아주 남쪽 내륙 도시로 오카나간 밸리와 오카나간 호수를 끼고 있다.)로 이사하기로 갑자기 결정하면서 살던 곳을 떠나기로 했다. 가족 없이 나 혼자였기에 결정은 어렵지 않았다. 친구들이 무척 서운해했다. 슬퍼하는 캐리와 보니의 얼굴이 클로즈업되어 보였다. 특히 보니가 너무 많이 울어서 이사를 결정해 버린 게 너무나 미안했다. 눈물이 가득 고인 보니의 눈 밑에 주근깨가 가득했다. 내가 아는 보니보다 스무 살쯤 어린 나이였고, 나는 보니보다 두 살이 많았다. 보니를 꼭 안아 주고는 길을 떠났다. 나에겐 짐도 없고 차도 없었다. 무작정 걸어서 켈로나로 가야 했는데 출근 중인 듯한 사람들의 행렬을 따라가다가 길을 잃었다. 그때 눈앞에 대로가 나타났고, 대로를 무단 횡단하여 하얀색 대형 트럭을 찾아냈다. 내가 타고 가야 할 사십 톤 트럭이었다. 트럭 안엔 앳돼 보이는 운전사가 운전석에 앉아 있었다. 그는 나를 보자 이제 막 운전면허증을 따서 장거리 운전은 자신 없다며 우물쭈물했다. 초조해하는 운전사가 안돼 보여 내가 운전하기로 하고, 그를 뒷좌석에 태웠다. 운전석에 앉은 나는 창문을 가리고 있던 캘리포니아 셔터를 열어젖혔다. 쾽한 햇살이 휑한 거리를 비추고 있었다. 난 출발하기로 마음먹었고, 시동을 걸었다. 그르렁대는 트럭 엔진 소리가 들리자 머릿속이 하얘졌다. 어디로, 어떻게 가야 하는지 전혀 몰랐다. 뒷좌석의 운전사는 어느새 잠들었다. 그제야 이사 결정이 잘못되었음을 깨달았다.

'켈로나라니.'

켈로나는 캐리의 고향이다. 캐리는 지금의 남편을 만나기 전까지 켈로나 밖으로 나가 본 적이 없었다. 밴쿠버로 이사 오고 나선 어쩔 수 없는 경우가 아니라면 고향을 방문할 일을 되도록 만들지 않는데, 그 이유는 여전히 고향에 살고 있는 부모 때문이었다. 지난여름, 고등학교 동창회 때문에 고향을 찾았던 캐리는 한 치의 어긋남 없이 부모와의 어긋남을 경험하고 돌아와 당분간 그쪽엔 눈길도 주지 않을 거라고 발개진 눈으로 말했다. 나와 보니와 함께한 점심 식사 테이블에서였다. 우리 셋은 아이들 학교에서 만나 아이들끼리의 관계와는 상관없는 관계를 만든 친구 사이다. 그런 부모가 있을 수 있다는 사실을 자신의 남편을 통해서 간접적으로 아는 보니는 나지막이 말하는 캐리 대신에 분통을 터뜨렸고, 그런 부모가 있을 수 있다는 사실을 직접적으로 아는 나는 눈물이 그렁그렁한 캐리를 꼭 안아 주었다.

잠자리에 들기 전, 캐리와 보니에게 칸쿤의 아름다운 햇살과 바람을 보낸다는 메시지와 함께 해변에서 찍은 풍경 사진을 전송했었다. 더위를 좋아하는 캐리는 풍경에 감탄하며 뜨거운 태양을 만끽하고 오라는 답신을, 더위를 싫어하는 보니는 뜨거운 태양 아래서 삼 주간 멋지게 살아남길 바란다는 답신을 보내왔다. 둘 다 '사랑을 담아서'라는 문구가 끝인사였고, 더 많은 사진을 보내 달라는 부탁도 똑같이 했다. 일상 궤도에선 이탈했지만, 이탈한 곳에서 만들어지는 궤도에 함께 오르고 싶은 이들이 있다는 건 감사한 일이다. 그러나 켈로나라든가, 이사라든가, 친구를 슬프게 하거나 어떤 이유에서든 후회할 일을 일부러 만들었다는 건 꿈이라도 어처구니없었다. 일상이 가지는 어처구니없는 영속성을 일탈한 곳에서도 이어 가는 모양이었다.

남편의 감정이 정상 궤도에 오르자 삼 주는 순식간에 지나갔다. 하루하루가 축복이요 기쁨이었다. 리조트에서의 일상은 단조롭지만 풍요로웠고, 친절한 스페인어에 둘러싸인 우리는 언어가 주는 즐거운 리듬감에 매일매일 흥겨웠다. 여타 투숙객보다 더 오래 묵은 덕분이기도 했고, 흥겨운 마음이 순수한 친절을 낳기도 해서 우리에게 친절을 베푸는 직원들과도 친근한 교류가 생겼다. 그들은 우리에게 또 오라고 초대했고, 우리는 꼭 그리하겠다고 약속했다.

휴가의 마지막 날은 디아 데 무에르토스(Día de Muertos: 스페인어로 '망자의 날'. 시월 삼십일에서 십일월 이일까지 망자를 기리는 멕시코 기념일)였다. 리조트 곳곳에 아름다운 오프렌다(ofrenda: 망자의 사진, 음식, 꽃 등으로 꾸민 제단)가 설치되었고, 멀리서도 눈에 띌 정도로 넉넉히 꽂힌 금잔화가 제단을 환히 밝혔다. 생과 사가 한데 어울리고 죽음과 부활이 당연시되는 의식이었다. 경계 자체가 무의미해져서 세상은 더 평화롭거나 더 넓어 보였다. 팡 데 무에르토(pan de muerto: 스페인어로 '죽음의 빵'으로 망자의 날을 대표하는 빵이다. 흔히 손가락뼈 모양이 빵 위에 장식되며 설탕이 뿌려져 있다.)와 테킬라를 나누며 경건하면서도 유쾌한 시간을 가졌다. 기억 속에서만 존재할 수 있다는 믿음은 기억하지 못하면 존재하지 않는다는 위로도 주기에 나는 이 기념일이 축제처럼 느껴졌다. 이 밤이 지나면, 집이었다.

7. Variatio 20

엄마와 아빠가 내 졸업식에 왔다. 난 고등학교를 졸업하는 것 같았다. 입을 헤 벌리고 있는 엄마와 아빠의 얼굴엔 눈알이 없었다. 검은 구덩이 두 개가 눈이 있어야 할 곳에 있었다. 아빠는 시든 꽃다발을 들고 있었는데, 마치 누군가의 무덤 앞에 있던 꽃을 가져온 듯했다. 엄마는 아빠 뒤쪽에서 사선 방향으로 몸을 틀어 내 쪽이 아닌 딴 데를 보고 있었다. 그들과 내가 있는 곳은 교실처럼 보였다. 친구들과 그들의 부모가 나누는 대화가 윙윙거리며 들렸다. 교실은 사람들로 북적댔고, 내 시선은 나의 부모에 고정돼 있었다. 난 그들이 무언가를 말하기를, 어떤 행동이라도 하기를 기다렸지만, 그들은 아무 말도, 아무 행동도 하지 않았다. 뻥 뚫린 시선으로, 영혼 없는 사람처럼, 간혹 공기 때문에 몸이 흔들리는 것처럼, 그렇게 내 앞에 서 있었다. 아빠가 나에게 주려고 가져온 시든 꽃다발은 나에게 전해지지 않았다. 꽃다발을 못 받았다고 상심하지 않았다. 검은 구덩이를 눈으로 달고 있으면서도 그걸 모르는 나의 부모가 언제라도 이 사실을 알게 될까 봐, 그렇게 되면 나의 부모가 슬퍼질까 봐, 그게 걱정돼 상심할 겨를이 없었다. 생물학자로서의 아빠를 꿈에서 본 후 처음으로 아빠를 봐서, 어떤 상태로든 나의 부모가 내 졸업식에 와 줘서 고맙기까지 했다. 아무 반응 없는 내 부모의 얼굴을 보니 뒤죽박죽인 나의 감정을 여전히 알아차리지 못하는 게 분명했다. 놀랍지 않다고 꿈에서도 생각했다.

칸쿤에서의 마지막 밤에 꾼 꿈이었다. 이 꿈은 집에 도착하자마자 전화 응답기를 살피게 했다. 메시지가 와 있다는 표시로 응답기가 반짝이고 있었다. 다른 일은 다 제쳐두고 재생 버튼부터 눌렀다.

안녕하세요. 수잔입니다. 일전에 있었던 사물함 분실 사건에 관해 알려 드리려 전화했습니다. 말씀을 전해 들은 후 기도했지요. 그러자 빠른 응답을 주셨습니다. 바로 며칠 후 한 학생이 학생의 부모님에게 자백했고, 부모님은 곧바로 저희에게 알려 왔습니다. 저희는 이 학생이 지금까지 가져간 물건들을 모두 되돌려 줄 것과 이 일에 관련된 모든 학생들에게 빠짐없이 사과하는 것으로 후속 조치 했습니다. 로야에게도 사과해야 하는데 결석 중인 것으로 알고 있습니다. 잘못을 저지른 학생은 진심으로 뉘우치고 있습니다. 그래서 저는 학생의 명예를 위해 이 아이에게 사과받은 학생들은 사건에 관해 누구와도 이야기하지 말 것을 당부했습니다. 제 당부를 들은 모두가 부모님을 제외한 다른 사람들과는 이야기하지 않겠다고 약속했습니다. 로야와 로야 부모님께서도 이 점을 양해해 주시리라 믿습니다. 다시 한 번 사학년 전원에게 귀중품은 학교에 가져오지 말라고 상기시켰다는 점도 알려 드립니다. 유혹 대상이 있으면 잘못된 일이 생기기도 하니까요. 시간이 걸리긴 했지만 제 선에선 최선을 다했음을 알려 드립니다. 로야 부모님께서도 좋은 결과를 위해 기도하셨고, 그에 대한 응답을 함께 얻었다고 믿습니다. 어디에 계시든 신의 은총이 함께하길 바랍니다. 나중에 학교에서 뵙겠습니다.

이 메시지 말고 다른 메시지는 없었다. 부재중 전화도 없었다. 오직 한 사람만을 기다리던 우리 집 전화기는 결국 그 사람의 소식을 듣지 못했다. 칸쿤에서 단 하루도 엄마를 생각하지 않은 날이 없었다. 맑은 날에도, 천둥이 치는 날에도, 소나기가 오는 날에도, 바람이 부는 날에도, 엄마는 햇살과 번개와 비와 바람 사이에 있었다. 하얀 모래 위에서도, 산호초 옆에서도, 야자수와 보름달 아래서도, 엄마는 나와 함께 있었다. 내가 초대하지 않아도 엄마가 불쑥 나타나거나 한참 안 보인다 싶으면 내가 어떻게 해서든 엄마를 찾아냈다. 엄마는 슬픈 얼굴이거나 화난 얼굴이었다.

그 얼굴을 보는 나는 미안하면서도 억울해서 끊임없이 엄마를 달래고 얼렀다. 아무리 달래거나 얼러도 엄마의 감정엔 변화가 없었다. 그러나 이런 냉담한 엄마는 미안하고 억울한 내 마음이 만들어낸 거였다. 실제 엄마는 안 그럴 수도 있었다. 엄마가 날 다시 안 볼 것처럼 소리 질렀지만, 그건 약한 몸 상태가 빚어낸 약한 마음 때문이었지 정말로 안 보겠다는 뜻이 아닐 수도 있었다. 내가 고작 한 소리는 "사람은 누구나 혼자"였다. 감성적으로도 이성적으로도 난 맞는 말을 했을 뿐, 결코 패륜을 저지른 게 아니었다.

엄마는 감정적인 사람이다. 감정이 널뛰는 때가 있더라도 다시 평정을 찾을 수 있는 건 널뛰는 감정을 의지가 괴고 있기 때문이다. 뇌 이상 등으로 감정 조절이 어려운 경우도 있겠지만, 대개의 감정은 장기간 지속할 수 없다. 분노나 슬픔이 지속한다면 그럴 만한 이유가 있어서다. 의지가 바로 그 이유다. 엄마가 "끊어! 끊어!! 끊어!!!"라고 해서 나는 엄마 말을 들었다. 이 시점에서 다시 수화기를 들 수 있는 사람이 끊으라는 명령을 내린 사람인지, 아니면 명령을 따른 사람인지, 감정은 몰라도 의지는 안다. 그래서 나는 기다렸다. 메시지도 없고, 부재중 전화도 없는 것을 확인한 나는 걷잡을 수 없는 절망에 휩싸이고 말았다. 엄마는 감정적으로 "끊어! 끊어!! 끊어!!!"라고 한 게 아니었다. 그건 엄마의 의지였다.

칸쿤으로 떠나기 전, 엄마에게 글 하나를 보냈었다. 편지가 아닌 수필이었다. 지금껏 엄마와 나 사이의 소통은 쌍방향 대화가 아니었기에 엄마를 청자로 두고 나를 화자로 두는 건 소용없는 일이었다. 엄마가 어차피 듣지 않을 거라면 개인적인 편지 대신 일반적인 읽을거리를 제공해 주는 게 나아 보였다. 엄마는 뭐든 읽는 것을 좋아한다. 읽는 것도 듣는 것처럼 자기가 좋아하는 것만을 골라 읽지만, 청자가 없는 글에서 엄마 자신이 저절로 청자가 된다면, 그건 엄마를 위한 글이다. 활자화된 것을 읽지 않고선 못 배기는 엄마의 습성을 알기에 나는 사실로 채워진 글을 엄마에게 보냈다. 엄마가 읽고도 연락하지 않는다면, 엄마는 내가 쓴 글을 인신공격으로 받아들였거나 뜬금없는 소리로 받아들였을 것이다. 다시 말해, 지나치게 관련됐거나 아무런 관련이 없다고 생각했을 것이다. 내가 엄마에게 보낸 건 단순한 사실이 아니라 진실이었고, 내가 연락을 기다리며 궁금해했던 것은 엄마의 진실 수용 여부였다. 불분명한 독자를 대상으로 썼지만 분명한 청자를 품은 글의 내용은 대충 이랬다. 인륜이든 천륜이든 모든 관계는 상호작용에서 비롯되거늘, 고착된 엄마에게 차마 요구할 수 없어서, 고착되게 만든 이가 나일지도 모른다는 비난으로부터 자유로울 수 없어서, 참 힘들다. 나는 갓 태어났을 때부터 시뻘건 아빠의 얼굴과 젖은 솜뭉치 같은 엄마의 얼굴을 봐 왔다. 너무 겁에 질리면 울음도 나오지 않음을, 그 말도 안 되는 시기에 이미 알았다. 처참한 현장을 반복적으로 목격하면 아무런 잘못이 없는 이라도 상해를 입게 된다. 그리고 어쩔 수 없이 관련자가 된다. 끔찍한 현장의 유일한 목격자가 어린아이라면, 어린아이가 목격자의 자리에서 끌려 내려와 피해자로 짓밟힌다면, 이 아이가 입은 상해는 상상할 수 없을 정도로 심각해진다. 하지만 아이는 현장에 대해서 아무에게도 이야기하지 않는다. 아이는 피해자와 가해자를 향한 연민이 커서 그들에 관한 이야기를 누구에게도 하지 않는다. 자신에게조차 말하지 않는다. 아이는 이것을 입 밖으로 꺼내는 순간 흉이 될 거라는 생각과 자신이 주체할 수 없을 만큼 불쌍해지리라는 생각과 발설 시엔 피해자든 가해자든 고발자든 그 누구도 무사하지 못하리라는 생각 때문에 이야기하지 않는다. 아이가 이야기하지 않으니 부모는 모른다. 부모는 알아야 하지만, 끝까지 모르고, 알고 싶어 하지 않는다. 부모의 고통이 그들 부모로부터 물려받은 것이라 해도, 개인이 아니라 시대와 사회에 책임이 있다 해도, 소화하기 힘들어 그냥 다 뱉어 버렸다고 해도, 그래선 안 되는 것이었다. 아이의 지성이 현장 파악, 복구, 보수, 피해자와 가해자 사이의 절충, 협상, 협박에 빼앗겨선 안 되는 것이었다. 참상을 이해하고 피해자를 보듬고 가해자를 위로하는 것에 아이의 감성을 낭비해선 안 되는 것이었다. 막고 맞는 행위에 아이의 체력을 소모해선 안 되는 것이었다. 과거에 결코 그래선 안 되는 일이 일어났다면, 결코 그래선 안 되는 일이라고 현재에 알게 되었다면, 현재는 그 과거를 잊어선 안 된다. 아이가 자라서 성인이 되었다고 해서, 할머니 할아버지가 되었다고 해서, 아니면 아예 죽고 없어졌다고 해서 잊을 수 있는 일이라 치부해선 안 된다. 사적인 역사나 공적인 역사나 매한가지다.

원본은 여러 문단으로 이뤄졌지만, 숨은 맨 처음에 한 번 들이 쉬고 맨 마지막에 한 번 내쉰 글이었다.

엄마와의 소통이 불통이더라도 단절된 적은 없었다. 엄마는 내가 보낸 메시지를 무시하거나 오해해도 차단하지 않고 받아 왔다. 받은 메시지를 어떻게 쓰는지는 엄마 소관이었다. 쓰레기통에 버린다 해도 내가 보낸 메시지가 갈 곳이 있다는 사실에 안심했다. 반대의 경우도 마찬가지였다. 필요하든 불필요하든 엄마가 보내주는 메시지를 단 한 번도 막은 적 없었다. 엄마로부터 받은 메시지가 무의미하더라도 엄마가 딸에게 보낸 메시지니까, 보낸 의도는 사랑임을 의심하지 않았다. 말은 허공을 더듬어도 의중은 마음을 보듬는 거라고 믿었다. 그러니 어떤 수위라도 받아들였다. 단절을 상상할 수 없었다. 그래선 안 되는 일이고, 그럴 수 없는 일이었다.

지금, 침묵으로 엄마가 나에게 전하는 메시지는 이랬다: 네가 말 한마디 잘못하거나, 잘난 척하거나, 다 큰 성인으로서 엄마를 대하면 어떻게 되는지 똑똑히 보여 주겠다. 그동안 감지덕지 받은 메시지가 절절히 그리워질 거다. 내 눈에 띄지 않는 곳에 처박혀 있어라. 눈에 띌 생각일랑 하지 마라. 예전처럼 내 앞에서 벌벌 길 생각이 아니라면 네가 있는 곳에서 한 발짝도 나오지 마라. 구형 기간은 너한테 달렸다. 네가 있는 곳이 유배지다.

엄마의 침묵은 분명한 거부였다. 글을 보낸 뒤 엄마의 반응을 기다리면서도 솔직히 난 거부를 예상했다. 그러나 엄마가 거부했다는 사실을 수용하는 건 주저되었다. 아니, 두려웠다. 진실을 외면하는 건 진실을 말한 나를 외면하는 거였다. 엄마가 나를 외면했다는 사실을 수용한다면, 난 정말 내팽개쳐지는 거였다. 날 내치면 내가 아는 진실은 나와 함께 사라질 테니까, 그렇게 되면 엄마가 원하는 진실만이 남을 테니까, 엄마는 거부를 택했다.

모든 걸 파악했지만, 내가 파악한 것을 현실로 받아들이고 싶지 않았다. 엄마가 진실을 외면한 것처럼 나 또한 진실을 외면하고 싶었다. 하지만 내 의사와는 상관없이 진실은 거기 있었다. 엄마는 너를 끊었다, 너는 끊겼다. 진실의 목소리와 표정은 분명하고 단호했다. 너무나 분명하고 단호해서 그것의 존재를 의심할 수도 없고 부정할 수도 없었다. 사실을 편집할 줄 알아서 선택적으로 수용하거나 거부할 수 있는 엄마의 진실이 차라리 부러웠다. 나의 진실은 타협을 몰랐다. 진실을 덮지 않고 확 까발린 바람에 난 내팽개쳐졌고, 끊기게 됐다. 진실을 밝힌 대가였다. 하나 남은 부모를 잃게 됐다. 스스로 고아가 됐다. 자진해서 비극을 탄생시켰다.

잠을 자고 나면 여독도, 날 휩싸고 있는 비통함도 조금은 풀릴 줄 알았다. 하필이면 꿈을 꿨다. 꿈에서 엄마를 봤고, 엄마가 나에게 무슨 말을 한 것 같은데 자고 일어나니 전혀 생각나지 않았다. 그토록 애타게 찾던 엄마를 꿈에서 봤는데 깨어 보니 진전 없는 현실이라 더욱더 답답한 기분이 들었다. 스스로를 가둬 놓은 벽이 너무 두껍고, 담이 너무 높아 탈출할 엄두가 안 났다. 시간이 갈수록 출구는 점점 더 좁아지고 멀어져 갔다.

일상은 내 상태와는 상관없이 무덤덤하게 굴러갔다. 남편과 아이의 평화로운 일상을 위하여 나는 그들 앞에선 새털처럼 가벼운 미소를 짓고, 뒤에선 천근만근의 눈물을 흘렸다. 그들이 내 곁에 없을 때면 기회를 놓치지 않고 울었다. 눈물은 결코 마르지 않을 것처럼 나왔다. 엄마의 상실은 엄마의 부재보다 훨씬 더 비참한 경험이었다. 부재 시엔 상상으로 엄마를 내 곁에 둬둘 수 있었지만, 상실 후엔 아무리 엄마를 잡으려 해도 잡히지 않았다. 내가 필요할 때 있어 주지 않았던 부재의 엄마라도 그 당시 장면엔 엄마와 내가 함께 있지만, 엄마가 나를 끊은 후의 장면엔 나만 있었다. 엄마는 떠났다.

예상도 했고 상상도 했지만, 실제로 경험하니 도저히 헤어 나오지 못할 정도로 슬펐다. 가슴이 뜯겨 나간 듯한데 여전히 슬픔을 느껴야 했다. 통곡이 절로 나왔다. 수시로 눈물이 쏟아져 나왔다. 눈물이 너무 나와 몸 안에 있는 수분이 다 빠져나가는 느낌이었다. 수분이 부족하다 싶으면 와인을 마셨다. 두 잔 정도 마시고 나면 붉은 눈물이 흘러나왔고, 세 번째 잔엔 아빠가 보였다. 아빠는 오래전에 죽었지만, 날 떠났다는 생각은 안 들었다. 엄마를 붙잡아 둘 수 없어 무의식이 저편에 있는 아빠를 부른 모양이었다. 와인보다는 애프터눈 티를 마실 만한 시간에 아빠를 술잔 안에 둬두고 다그쳤다. 아빠가 이편에 있었을 땐 한 번도 해 보지 못한 다그침이었다.

'기가 막힌다, 아빠. 이렇게 힘들어도, 속절없이 약해지는 모습을 가족에게 보여 주고 싶지 않은데, 내가 겪는 힘겨움을 나눠 주고 싶지 않은데, 아빠 도대체 뭘 믿고 그토록 자주 보여 주고, 그토록 많이 나눠 준 거야? 뭐가 그리 떳떳했어? 마셨던 술 안에 용기라도 들었던 거야? 그렇게 마신 용기를 써야 할 데가 가족이었어? 내 술잔엔 용기가 없어. 겁만 잔뜩 들었어. 도대체 아빠 뭐가 그리 당당했던 거야!!'

굵은 눈물방울이 연신 떨어졌다. 허리가 꺾이도록 울었다. 끅끅 소리 내 가며 울어도 내 등을 토닥여 주고, 내 어깨를 안아 주는 이가 없었다. 천애고아라도 기댈 친구는 있을 텐데, 내 곁엔 그런 친구도 없었다. 그럴 만한 친구들은 한없이 먼 곳에, 나를 끊은 이가 사는 곳에 있었다. 그곳으로 돌아갈 가망성은 없지만, 내가 끊김으로써 돌아갈 수 있는 곳이 아예 없어진 느낌이었다. 간당간당했던 다리를 끊는다는 뜻에 이런 것까지 포함될 줄은 몰랐다. 내가 가진 허물이 기하급수적으로 늘어나는 바람에 내 허물을 감싸 줄 친구들도 몽땅 사라진 것 같았다. 그들이 사라지지 않았더라도 내가 형벌을 받는 탓에 그들이 날 보러 오거나 내가 그들을 보러 가는 일은 불가능해진 것만 같았다. 고향도, 고국도, 영원히 사라진 것만 같았다. 뿌리가 잘린 것만 같았다. 잘려서, 말라죽을 것만 같았다.

그러나 이대로 고사할 순 없었다. 죽을 이유가 없었다. 살길을 찾아야 했다. 마음이 동하지 않으면 아이 학교 일엔 일절 관여하지 않던 나는 아무도 나서는 사람이 없어 공석으로 비어 있던 학급 리에종(liaison: 프랑스어로 '연결'이라는 뜻. 여기선 교직원과 학부모 사이의 소통을 원활하게 돕는 역할을 말한다.)을 맡아 학교와 학부모들을 두루두루 살폈다. 다음 달이면 정신없이 바빠질 우리 회계사를 도와주기 위해 연말 정산도 미리 준비하고, 회사 고객들을 위해 내년 상반기 부동산 시장 동향도 꼼꼼하게 살폈다. 삼 주 휴가 동안 자신의 여동생이 보고 싶었는지 주말마다 샤디 부부를 초대하고자 하는 남편의 바람도 자상하게 챙겼다. 모든 걸 자진해서 했고, 타인의 요구를 내 것보다 우선시했다. 내 것에 전념할 틈을 만들지 않았다.

하루를 일주일처럼 썼다. 열심히 시간을 끌어다 써도 마음의 짐은 덜어지지 않았다. 아무리 좋은 일을 해도 난 여전히 나빴다. 세상 모든 이가 날 좋은 사람으로 봐도 엄마가 보기에 나쁜 자식이라면, 그런 거였다. 잘난 자식은 부모를 떠나고 못난 자식이 효도한다고 입버릇처럼 말하던 엄마였다. 다 알지만, 너무 잘 알지만, 누가 봐도 선한 일을 하면 나의 비참함이 줄어들지 않을까, 아주 조금은 좋은 사람이 되지 않을까 하는 희망을 저버릴 수 없었다. 뭐라도 해야 했다. 외적으로 정의되는 자신에게 정성을 쏟아야 했다. 내적으로 정의되는 자신은, 한없이 나빴다.

그날도 샤디와 메헤란과 함께 저녁을 먹기로 한 날이었다. 남편과 아이가 수영하러 간 동안 두 잔의 와인을 미리 마시며 애피타이저와 메인과 디저트를 준비하고, 울컥할 때마다 눈이 빨개지도록 울었다. 틈날 때마다 울어야 했다. 내가 아무리 노력해도 내 안의 것은 갈수록 무거워져서 어떤 식으로든 몸 밖으로 빼 줘야 했다.

그렇게라도 하지 않으면 익사하거나 압사할 것 같았다. 남편과 아이가 없는 동안 모든 불을 끄고, 절절한 가사의 노래를 크게 튼 채, 힘껏 울고, 한껏 무너진 뒤, 그들이 돌아올 때쯤 세수를 하고, 가벼운 화장을 하고, 환하게 불을 켜고, 감정을 건드리지 않는 경음악을 틀었다. 마치 난기류를 뚫으며 높은 상공을 날던 비행기가 착륙 전에 기내 등을 켜고 경음악을 트는 것과 비슷한 방식이었다.

이날의 애피타이저는 칵테일 소스를 곁들인 타이거 새우, 메인은 퀴노아를 곁들인 농어구이, 디저트는 베리 소스를 곁들인 바닐라 아이스크림이었다. 여느 때처럼 남편을 상석에 앉히고—상하 개념의 상석이 아니라 관계 및 위치상 중간 자리—로야와 나는 샤디와 메헤란을 마주 보는 자리에 앉았다. 자주 봐도 화젯거리가 풍부한 사람이 있는가 하면 본 지 오 분도 안 되어 대화거리가 소진되는 사람도 있다. 메헤란과의 대화는 샤디와 얘기하는 것보다 편했다. 고를 수 있는 주제도 다양했고, 어딘가에서 턱턱 막히는 법도 없었다. 그의 영어가 능통해서만은 아니었다. 샤디도 일상적인 의사소통은 영어로 가능했고, 막히는 데가 있으면 나의 이란어가 그곳을 뚫었기 때문에 나와 샤디 사이의 소통에 원칙적으론 문제가 없었다. 문제는 없었지만, 인풋과 아웃풋이 너무 뻔해서 흥미를 느낄 수 없었다. 인풋을 해도 아웃풋이 안 나오는 경우가 허다했고, 이런 인풋이라면 저런 아웃풋이 나와야 하는 게 인지상정인데 반대의 수를 내놓는 경우도 잦았다. 아예 인풋을 이해 못 하는 경우도 많았다. 대화 참여자가 대화 전부를 이해할 필요는 없다. 하지만 이해 여부를 떠나 인풋도 아웃풋도 자기와는 무관한 것처럼 대하는 그녀의 태도는 의아스러웠다. 나보다 네 살 어린 샤디는 흡사 스물네 살이나 서른네 살쯤 어린 사람처럼 행동했다. 그녀를 과소평가하는 것이 아니라 그녀 스스로 그렇게 보이길 원했다. 그녀만의 세월 역행 방법이었다. 그러니 식탁에 오르는 대화들이 그녀에게 흥미롭지 않을 수도 있었다. 하지만 그녀를 흥겹게 하자고 마냥 인조 손톱이나 명품 아웃렛 얘기만을 할 순 없었다.

대화에 흥미를 잃는다는 건 대화 상대에게 흥미를 잃는다는 것과 상통한다. 서로 흥미 없는 사람들끼리 매주 마주 앉아서 식사를 나누고 이야기를 나누는 일을 가족이라는 명분 아래 행하고 있었다. 그중에서도 남편이 제일 열성적이었다. 평상시에도 큰 그의 목소리는 샤디 부부와 함께 있으면 더 커졌다. 남편이 없다면 샤디도 메헤란도 나에겐 완벽한 타인인데, 남편 또한 인연으로 맺어졌을 뿐 피 한 방울 안 섞인 타인인데, 친엄마로 인해 무거워질 대로 무거워진 마음을 매단 나는 타인들로 구성된 가족 안에서 가족 행세를 하느라 요리를 하고 술잔을 들고 웃음을 피우고 농담을 날렸다. 나를 제외한 모두가 달콤한 것을 좋아해서 준비한 디저트를 다들 순식간에 해치우는 바람에 차와 쿠키를 내왔다. 슬슬 떠나라는 신호를 보낸 터였는데, 메헤란이 흥미로운 소재 하나를 꺼냈다.

"아편을 할 때 말이에요, 차를 마시는 게 보편적이었대요."

실론티를 마시면서 이런 생각을 해낼 정도로 메헤란의 마음이 우리와 함께 있는 식탁으로부터 멀리 떨어진 곳에 있든, 아니면 지금 있는 곳이 너무 황홀해서 이런 생각을 하든, 어쨌든 나에겐 흥미로운 소재였다.

"아편과 차는 같이 붙어 다니는 아이템이라는 느낌이 들어요. 동인도 회사니 아편 전쟁이니, 역사 때문이더라도 이 둘은 늘 함께 있는 것 같아요. 그래서인가요?"

샤디가 연장한 속눈썹이 너무 많이 빠졌다고 무슨 대수인 양 이란어로 이야기를 늘어놓기 시작했던지라 메헤란이 꺼낸 소재가 짐짓 반가웠다. 속눈썹 얘기도 재밌을 수 있겠지만, 슬픔의 늪에 빠져 코와 입만 간신히 내놓은 내가 다루고 싶은 소재는 아니었다. 마지막 참은 숨을 시누이의 인조 속눈썹 얘기에 써 버린다면 허무할 것 같았다.

"그런 것보다 일반적으로 아편을 즐기는 방식이 그렇대요. 아편을 할 때 차를 마셔야 한다고 하네요."

난 알지 못하는 영역이므로 이런 얘기는 정보 습득과 비슷하다.

"그렇군요. 그나저나 아편이나 차는 배고픔을 해결한 후에 올 수 있는 것들이죠. 이 두 가지를 동시에 즐긴다는 건 어떤 면에선 기호를 극단까지 밀어붙인 건지도 몰라요."

차를 마시지 않던 내가 와인 잔을 내려놓으며 말했다.

"아무것도 모르면서 함부로 말하지 마. 배고파 본 적 있어? 배고프면서도 아편을 찾아야만 하는 사람들이 있다고."

식탁에 떨어진 쿠키 부스러기를 손가락 끝으로 꾹꾹 눌러 치우던 남편이 정색하며 나에게 말했다.

"응, 그런 사람들도 있겠지. 내가 말하는 건 일반적인 의미에서의 기호야. 아편이나 차를 생필품에 넣을 순 없잖아?"

샤디 부부가 오기 전부터 마셨으니까, 나는 네 잔째 와인을 마시고 있었다.

"그만해. 적합한 주제가 아니야. 당신은 무슨 말을 하는지 모르고 있어. 알지도 못하면서 함부로 말하지 마."

남편은 노여워하고 있었다. 당장 이야기를 그만두라는 표정이었다. 내 눈과 귀를 의심했다. 아무리 네 잔째 와인을 마시며 한 말이더라도 말실수했다는 생각이 들지 않았고, 말실수했다손 치더라도 실수를 즉각 단죄하려는 남편의 태도를 이해할 수 없었다. 남편이 내 말을 잘 못 알아들었나 싶어서 다시 한 번 말했다.

"오해한 모양인데, 난 일반적인 개념을 말하고 있어. 아편과 차가 없어도 생명은 유지돼. 그걸 생필품보다 선호하는 사람도 있겠지만, 난 평균적 생존 방식을 말하는 거야."

"그만하라고 이미 말했어."

어이가 없었다. 어디서 어떻게 잘못됐는지 감도 안 왔다. 메헤란과 샤디의 얼굴을 보니 모호한 표정을 짓고 있었다. 나와 남편 사이에선 모호한 입장이더라도 이곳을 얼른 떠나고 싶은 마음만은 분명했다. 다행히 로야는 멀찍이 떨어진 커피 테이블에서 그림을 그리고 있었다.

"불고기 먹고 싶다고 했죠? 다음 주말에 우리 집에서 불고기 먹어요. 상추쌈 싸서 말이죠. 김치도 곁들이고, 소주도 구해 볼게요."

환장할 노릇이었다. 마음에 없는 소리를 하고야 말았다. 순전히 남편 때문이었다. 내가 더 노력하면 그의 기분이 풀릴 줄 알았다.

"오, 기대되네요."

메헤란은 준다고 덥석 받는 사람이 아니다. 갑자기 이상해진 분위기를 전환하려는 내 뜻을 현명하게 알아차린 승낙이었다. 겉으론 그들을 위해서 또 한 번의 주말 저녁 식사를 정했지만, 이건 오로지 남편을 위해서였다. 도대체 내가 뭘 잘못했길래, 얼마나 빚진 게 많길래, 또 이렇게 무마하는 자리를 만들어야 하는지 알 수 없었다. 누가 억지로 떠민 것도 아니었기에 난 무척 억울했다.

샤디와 메헤란이 떠난 후 남편은 아래층 맨케이브에 들어가 나올 생각을 안 했다. 로야의 잠자리를 봐준 뒤 남편이 있는 아래층으로 내려갔다. 난 엄마 때문에 이미 지칠 대로 지쳐 있었다. 남편마저 날 힘들게 하다니, 푹푹 꺼지는 느낌이었다. 더구나 나는 수시로 슬픔의 늪에 빠져 버리는 상태에도 불구하고 남편의 청을 들어주느라 한 달 내내 주말마다 샤디 부부를 초대했고, 이날 식사도 그런 자리였다. 하지만 그런 쩨쩨한 계산은 생각만 해도 맥쩍어져서 아예 염두에도 안 됐다. 사정이 이래도 남편이 나 때문에 화가 났다면 이유를 살펴야 했다. 이유를 알아야 화를 풀어 줄 수 있을 것 같았다. 남편 옆에 앉아 나지막이 물었다.

"아까 말이야. 내가 뭘 잘못했지? 정말 몰라서 그래. 이유를 알면 내가 제대로 사과할 수 있을 것 같아."

남편은 눈도 깜빡이지 않고 티브이 화면을 응시하고 있다.

"말할 기분 아니야. 그냥 좀 내버려 둬."

남편의 이런 반응은 정말 이해할 수 없다. 이해되지 않으니 설득될 리 만무하다.

"아무리 생각해 봐도 난 일반적인 개념을 말했을 뿐이야. 당신을 화나게 할 말은 아니었다고 생각해."

"진짜 왜 이래!!! 그냥 좀 내버려 둬 달라고!!! 왜 말귀를 못 알아들어!!!!"

남편은 신고 있던 슬리퍼를 벗어 던지며 두 발을 구르고 두 팔을 공중으로 마구 휘저었다. 얼굴이 붉으락푸르락하면서 험악한 인상이 되었다. 그가 뿜어내는 기운이 너무 세서 옆에 있던 난 세게 얻어맞은 느낌이었다. 우리가 처한 상황이 어떠하든, 도저히 용납할 수 없는 행동이었다. 곧장 그곳에서 나왔다. 단 일 초도 같은 공간에 있고 싶지 않았다.

침대에 누웠다. 불을 켜지 않아 어둑했지만, 희미한 어둠마저 힘들어 눈을 감았다. 눈을 감자 남편이 성난 목소리로 발을 구르며 팔을 휘젓는 모습이 재현됐다. 화가 나면 문을 차기도 하고 소리를 지르기도 하고 자신의 동굴로 들어가기도 했지만, 몸을 이용해 분노를 표출하는 건 처음 봤다. 이런 감정 상태를 만든 것이 나라는 사실이 믿기지 않으면서도, 도대체 어떤 점이 그를 자극했는지 알 길이 없었다. 일반적인 개념을 개인적으로 해석하는 건 자연스러운 일이다. 어떤 면에선 비판적 사고를 통해서 꼭 개인적 해석을 해야만 하는 일이다. 하지만 남편의 격한 반응은 비판적 사고에서 비롯된 이성적인 행동으로 볼 수 없었고, 내가 이해할 만한 해석도 주지 않았다.

남편과 나는 지금껏 원만한 흐름을 따르며 좋은 관계를 유지해 왔다. 혹 불면 없어질 허물보다는 착하고 실한 알맹이만을 봐 왔기에 우리 둘은 그 어떤 부부보다도 튼튼한 결혼 생활을 유지해 왔다고 자신했다. 겉으로 보이는 것들엔 눈곱만큼도 신경 쓰지 않았다. 다른 사람은 못 봐도 나는 볼 수 있는 남편의 내면을 귀히 여겼다. 뭇사람들이 중요시하는 배경에는 콧방귀도 뀌지 않았다. 평생의 반려자로 삼기 위해선 배경보다는 내용이 중요했다. 배경은 배경일 뿐 핵심이 아니기 때문이다. 그런데 이날 저녁 남편의 행동은 나의 믿음을 약하게라도 삐걱거리게 했다. 동반자 관계에서 서로에게 기쁨이 되는 일보다 더 중요한 것은 서로에게 힘이 되는 일이다. 어떤 이유에서건 상대를 무력하게 한다면 동반의 의미도 무력해진다.

'자기와 생각이 다르다고 단칼에 아내의 입을 막는 행동은 어디서 나온 걸까? 아내는 맘껏 신경질을 부려도 되는 대상이라고 생각하는 걸까? 당연하다고 생각한다면, 난 어떡해야 하는 걸까……'

엄마와도, 남편과도, 그 누구와도, 나는 소통에 이르면 배려를 최우선시했다. 상대를 막거나 뒤틀거나 후려치지 않았고, 내가 앞서거나 뒤처지거나 일부러 드러눕지도 않았다. 속도와 강약 조절에 늘 최선을 다했다. 내가 들으면 좋은 말은 상대에게 아끼지 않았고, 내가 들으면 싫은 말은 최대한 아꼈다. 상대를 아끼는 건 나를 아끼는 것과 같았다. 아낌없이 아끼기 위해서 배려는 필수요건이었다. 그런데 엄마나 남편은 이런 배려를 잘못 이해하는 듯했다. 엄마는 배려를 굴복으로 생각하는지 늘 당신이 이겨야 하는 대화를 했고, 남편은 배려를 복종으로 생각하는지 간혹 제멋대로 휘두르는 대화를 했다. 둘 다 양방향의 대화가 아니었다. 그들은 뭐든지 나에게 쏟아 낼 수 있지만, 나는 그럴 수 없었다. 뭐든지 쏟아 낸 것을 무조건 받는 대가로 나는 그들에게 무조건적 이해를 줘야 했고, 그들은 내가 준 무조건적 이해를 날 함부로 대하는 도구로 사용했다. 안 그래도 걸핏하면 눈물이 쏟아지던 중이었는데 이날 밤은 비극적 요소가 총망라된 것 같았다. 베개가 흠뻑 젖도록 울었다.

'울다가 잠드는 것. 나의 가장 오래되고 가장 익숙한 것.'

너무 서러웠다. 이렇게 되지 않으려고 그토록 고군분투했는데, 출구 없는 미로처럼, 뫼비우스의 띠처럼, 같은 자리를 맴돈 것 같았다. 내 의지로 될 수 없는 것들에 사지가 묶인 것 같았다. 단 한 번의 생인 것이 절망스러웠다.

남편이 옆자리에 누웠다. 난 등을 돌리고 모로 누워 있었다. 내 등 뒤로 높고 두꺼운 벽이 세워져 있는 듯 남편은 나에게 다가오지 않았다. 나 또한 그것을 건드리지 않기 위하여 몸을 웅크린 채 소리 죽여 울었다. 소리도 못 내고 울자니 너무 억울했다. 그들은 짜증이나 화를 전유물로 삼는데 난 우는 것도 말하는 것도 맘대로 못 하는 상황이었다. 배려를 이따위로 취급하는 세상이 원망스러워 흐느껴 울기 시작했다. 옆에 있던 남편이 꿈쩍거렸다. 움찔했는지도 몰랐다.

"미안해. 그렇게 화낸 거, 잘못했어."

'그렇구나. 내가 표를 내야 아픈 줄 아는구나.'

자신의 감정에 지나치게 휩싸인 이들은 좀처럼 타인의 감정을 느끼지 못한다. 자신이 느끼는 아픔은 타인의 아픔보다 언제나 더 큰 법이고, 자신이 너무 아프기 때문에 그 누구도 이들을 아프게 해선 안 된다. 이들을 비난하거나 비판하는 건 금지 목록 일 순위고, 칭찬과 아첨은 추천 목록 일 순위다. 세상은 이들 중심으로 돌아가기에 주위 사람들은 이들을 축으로 움직여야 한다. 그러므로 이들이 사는 세상엔 다른 세상이 있을 수 없다. 이들 세상이 단 하나의 유일한 세상이다. 이들 세상에 발 들였다면 이들 규칙을 따라야 한다. 규칙을 거스르는 자는 누구라도 적이다.

"당황스러웠어."

"미안해."

"당신은 모르겠지만, 난 정말 최선을 다하고 있어. 내가 지금 어떤 상황인지 말을 안 했으니까 당신은 모를 수밖에 없어. 말할 수 있는 때가 올 거야. 다만, 당신이 알아 둬야 할 게 난 정말 노력하고 있다는 거야. 당신이 상상하는 것 이상으로 노력하고 있어."

"알아."

상황을 모르는 남편이 안다고 한다. 난 할 말이 없다. 아직은 말할 때가 아니다. 내가 잠자코 있자 남편이 말한다.

"고마워. 그래도 내가 화나면 그냥 내버려 둬. 그게 최선이야."

또다시 남편은 감정적 금치산자가 되기로 한다. 성장하지 않으면 성장통은 그저 고통이라는 노랫말을 들은 적이 있다. 아프니자라지 않겠다고, 마흔일곱 살의 그는 선언한다. 화가 나면 그냥 내버려 두라는 부탁 안엔 마음에 들지 않으면 화를 내겠다는 으름장이 포함돼 있다는 걸 안다. 으름장을 포함한 부탁은 억지라는 것도 알고, 좀 더 나아가면 협박이 된다는 것도 안다. 알지만 모른 척해 주는 게 "더 침착하고 더 친절하고 더 현명한 사람"이 감당해야 할 몫이라면, 참 한심한 세상에 살고 있다는 생각이 든다. 내버려 두라는 남편을 내가 언제까지 기다려 줄지, 아니면 아예 기다리지 않을지, 남편은 모른다. 어렴풋이 알 것 같은 나는 눈물을 쓱쓱 닦아 낸 뒤 잠을 청했다. 남편은 이미 코를 골고 있었다. 난 코가 막혀 한참을 뒤척인 후 잠이 들었다.

8. Variatio 21

아침에 일어나니 안개가 자욱했다. 늘 눈앞에 있던 강이 보이지 않자 무서워졌다. 준비도 없이 구름 속에 들어와 버리는 바람에 언제 떨어질지 모르겠는 느낌이었다. 한 치 앞도 안 보여 더듬거렸다. 그러다 어딘가에 발이 닿았다. 거긴 페그니츠강을 눈으로 더듬던 언덕이었다.

뉘른베르크에 도착한 지 나흘째였다. 잘츠부르크에서 아우크스부르크를 들르지 않고 곧바로 뉘른베르크로 왔다면 계획대로 이틀을 묵은 뒤 이미 베를린에 있을 터였다. 원래 이틀만 묵으려던 일정이 나흘로 늘어난 건 순전히 유겐트헤르베르게(Jugendherberge: 유스호스텔을 뜻하는 독일어) 때문이었다. 추위에 떨던 열아홉 살의 배낭 여행객에게 깨끗한 침구의 독방과 풍성한 아침 식사와 눈만 마주치면 활짝 웃어 주는 직원들의 친절을 하루 삼십 마르크도 안 되는 가격에 누릴 기회는 놓치기 싫은 사치였다. 참기 힘들었던 아우크스부르크의 겨울비를 뉘른베르크의 환대를 핑계 삼아 나흘째 피하고 있다. 참는 것을 참지 않기 위해 여행하는 것처럼, 참지 못하면 다른 곳으로 떠나는 게 내 배낭여행 방식이었다.

배낭여행을 시작하기 전 뮌헨에서 보낸 한 달은 그칠 줄 모르던 눈과 내 방에 있던 쥐가 뇌리에 너무 강하게 남아서 일부러 까마득한 시간으로 밀어 놓았다. 정성 들여 기억해 보면 북적이는 마리엔플라츠에서 느꼈던 나른함이라든가 썰렁한 노이에 피나코텍에서 느꼈던 강렬함도 있지만, 나에게 뮌헨은 견뎌야 하는 대상이었다. 도시를 온전히 느끼기에 난 너무나 부족했다. 내 체력은 누그러질 기세 없는 추위를 견디기에 부족했고, 내 용기는 방구석에서 불쑥불쑥 나타나는 쥐를 견디기에 부족했으며, 내 독일어는 사람들의 무뚝뚝한 합리성을 견디기에 부족했다.

여러 면에서 부족하기만 했던 나는 뮌헨을 떠나 잘츠부르크로 배낭여행을 시작했을 때 비로소 적당히 용감한 여행자가 되었다. 없던 용기가 갑자기 생겨난 건 아니고, 억지로 참아 가며 어느 한 곳에 머물 필요가 없어지자 덜 부족해 보이게 됐을 뿐이었다. 참지 않아도 되는 마음은 호기심까지 데리고 온 모양인지, 지도를 펼쳐 선택한 새로운 여행지가 아우크스부르크였다. 아우크스부르크를 끼워 넣은 건 모차르트 아버지 때문이었다. 어떤 이유에서인지 레오폴트 모차르트의 생가를 꼭 봐야 할 것 같았다. 그의 출생에 대해서 아는 바가 전혀 없었지만 그는 나를 아우크스부르크로 이끌었고, 그곳에서 견딜 수 없을 만큼 차가운 겨울비를 만나는 통에 생가는 가 보지도 못한 채 서둘러 뉘른베르크로 왔다.

강을 따라 산책하는 게 일과가 됐지만, 나는 여전히 산책의 이유를 모른다. 이곳 사람들은 산책할 때 개를 동반하지도 않고, 얘기 나눌 이를 동행하지도 않고, 팔을 휘저으며 운동하지도 않는다. 어딘가로 가기 위해서도 아니고, 무언가를 하기 위해서도 아닌, 오로지 산책을 위한 산책을 한다. 아무 목적 없이 홀로 걷는다는 의미를 모르는 나는 사람들의 발자국을 따라 걸으며 낯선 기분을 느낀다. 확실히 나는 이곳 사람이 아니다. 안개가 너무 짙어 산책을 포기하고 전날 책을 읽었던 언덕에 앉았다. 찌뿌둥한 날씨 때문인지 산책로에 인적이 없다. 강은 있어야 할 곳에 있겠지만, 전혀 보이지 않는다. 그때였다. 보이지 않는 강을 더듬거리며 찾는 내 눈앞에 아빠가 나타났다.

"니 돈 쓰지 말고 아빠 돈으로 가라. 암 보험 깼다. 공부하고, 여행하고, 충분할 기다. 우리 딸, 처음으로 외국에 가는데 아빠가 보내 줘야지."

뮌헨에서 한 달간 지낼 홈스테이와 한 달간의 독일어 연수와 한 달간의 배낭여행을 위해서 돈을 모아 온 건 아홉 살 때부터였다. 처음부터 뮌헨은 아니었고, 처음부터 독일은 아니었다. 시작은 유럽이었다. 저축이 쌓이면서 나의 관심이 집중되자 독일로 정해졌고, 이런저런 연유로 뮌헨으로 정해졌다. 그러나 단순히 유럽이 아니라 독일이어야 하는 이유와 반드시 내 돈으로 가야만 하는 이유는 분명했다. 항공권 결제만 남은 상태에서 엄마와 아빠에게 공지하듯 내 계획을 알리고 난 며칠 후, 아빠가 날 당신 앞에 앉히더니 예상 밖의 말을 한 거였다. 부모의 도움은 일절 기대하지 않았다. 내 눈에 비친 나의 부모는 늘 가난했으므로 그들의 도움을 받는 건 선택 사항이 아니었다. 비록 곧 있으면 누추한 공장 사택을 떠나 강이 내려다보이는 넓은 평수의 아파트로 이사하지만, 사는 곳을 바꾼다고 해서 사는 방식을 바꿀 엄마 아빠가 아니기에 날 위한 경비는 당연히 내가 마련해야 했다. 무엇보다, 아홉 살 때부터 이 여행을 준비했다. 준비하는 동안 나는 설렜고, 부지런했고, 한눈팔지 않았다. 십 년간 차근차근 준비했으니 충분하다고 생각했다. 그런데 난데없이 아빠가 기대하지 않았던 호의와 예상하지 못했던 선의를 베푼다. 난 당황했다.

"아빠, 괜찮아. 내가 모은 돈으로 가면 돼. 암 보험을 왜 깼어? 중요한 거잖아. 다시 들 수 있으면 들어. 내 돈으로 할 수 있어."

"암 보험 깨면서 이런저런 생각이 들더라. 그래도 우리 딸 뒷바라지하는 건데, 내가 깼다. 아빠가 해 주고 싶네. 이걸로 가라."

이미 한잔 걸친 아빠는 불그스름한 얼굴로 나에게 하얀 봉투를 내밀었다. 봉투 두께가 두꺼웠다.

"아이고 인간아, 니가 보험 들었나? 내가 쎄가 빠지게 일해서 보험 들어 준 걸 지가 생색낸다. 아이고 넘사시러버서. 드는 건 내가 들었는데 왜 지가 맘대로 깨고 난리고."

아빠 뒤쪽에서 사선 방향으로 앉아 있던 엄마가 혀를 차며 말했다. 의외의 호의에 당황한 난 엄마 말을 듣자 잔뜩 주눅이 들었다. 내 앞에 놓인 하얀 봉투는 손대선 안 되는 것이었다. 그것은 미끼가 될 수도 있었다. 며칠 전 아빠가 했던 말을 되뇌며 주눅 든 어깨를 바르게 폈다.

"니는 아무것도 모른다. 엄마는 아빠캉 같이 잘라고도 안 한다. 엄마는 맨날 니 방에서 안 자나? 니도 인자 알 건 알아야제."

어깨를 바르게 편 채로 내가 중학생일 때부터 엄마에게 들었던 말도 떠올리며 머리를 꼿꼿하게 세웠다. 그랬더니 저절로 주먹이 쥐어졌다. 주먹 안에서 오기가 만져졌다.

"저 인간, 인간도 아이다. 밤새도록 발가벗겨 놓고, 못살게 굴고. 뭐 하지도 못하면서. 내가 진짜 죽지 못해 산다. 아이고 참말로. 내 속에서 천불이 난다."

이런 얘기는 엄마의 비밀무기였다. 나는 겨우 중학생이었고, 기껏해야 고등학생이었다. 엄마가 아빠 험담을 자꾸 해서 내가 듣기 힘들어하면 엄마는 내밀한 부분을 쏙 끄집어내 보여 주며 날 얼어붙게 했다. 얼어붙은 난 꼼짝달싹 못 하고 엄마 얘기를 들을 수밖에 없었다. 마치 들어가선 안 되는 곳에 억지로 끌려 들어가 보고 싶지 않고 듣고 싶지 않은 것을 고스란히 보고 듣는 듯한 경험이었다. 엄마는 늘 이랬다. 뭐든 자신 안에 담아 두기 버거우면 무슨 수를 써서라도 나와 나눴다. 자신이 해결해야 할 내밀한 것도, 자신이 소화해야 할 힘든 감정도 꼭 나와 나눴다. 사실 나눈다는 표현은 너무 완곡하다. 엄마는 나에게 쏟아 냈다. 날 때리기만 했지 내밀한 부분은 전혀 나누지 않던 아빠마저 이제 막 성인이 된 나에게 저런 말을 했을 때, 내가 하나의 인격체로서 가질 수 있는 최소한의 것, 이를테면 마음속의 작은 방, 얇은 벽, 좁은 문, 낮은 담, 가는 선은 영영 가질 수 없는 것이 되었다. 최소한의 것은 그들과 나를 구분 짓는 최후의 방어선이었다. 구분선이 없어진다면 나는 그들에게 종속되거나 합병되는 거였다. 결코 원치 않는 일이었다. 그들에게서 도망쳐야 했다. 아홉 살 때 이미 떠날 생각을 했지만, 도망칠 생각은 아니었다. 떠났다가 돌아올 요량이었다. 그들이 나에게 폭력을 행사할 때도 도망칠 생각을 안 했다. 폭력을 당하던 난 적어도 그들에게서 분리된 존재였다. 분리됐으니, 그들은 날 그렇게 대할 수 있었다. 하지만 최후의 방어선이 무너진 이상, 나는 그들의 일부거나 그들과 동체였다. 서둘러야 했다. 그들에게 어떤 구실도 남겨선 안 됐다. 모든 것은 자력이어야 했다.

'하지만, 아직 멀었구나.'

성인이 됐고 혼자 힘으로 떠났으니 난 충분히 준비된 줄 알았다. 그런데 아니다. 턱없이 부족하다. 눈앞에 나타난 부모의 환영만 보고도 숨이 덜컥 막히고, 사지가 순식간에 묶인다. 용감한 여행자는 어디에도 없고, 견딤을 피해 다니는 도망자만 있다. 도망자는 무뚝뚝한 사람들 틈으로, 쌀쌀한 날씨 속으로, 혼자만의 공간 안으로 숨어들지만, 무뚝뚝한 사람들이 관심을 보여 주기를, 쌀쌀한 날씨가 따뜻해지기를, 혼자만의 공간이 사람으로 채워지기를 바라고 있다. 실컷 도망 와서는 도망친 곳에서 바랐던 것과 똑같은 걸 바라고 있다. 기껏 도망쳤는데, 도망쳐야 했던 곳으로 되돌아간 느낌이다.

'잡히길 바라서 도망친 걸까?'

거기서도 여기서도 내가 바라는 건 관심과 온기와 애정이라니. 너무 많은 것을 바라는 걸까, 아니면 바라지 않는 법을 배워야 할까, 혹은 이미 주어졌어야 하는 것을 바라는 나에게 세상이 너무 많은 것을 바라는 건 아닐까. 모르겠다. 정말 모르겠다. 한 치 앞도 안 보인다.

등골이 서늘해졌다. 안개 사이로 로야가 나타났다. 보이지 않는 강을 더듬던 내 눈앞에 로야가 나타날 줄 몰랐다. 로야는 아홉 살이다. 떠나기로 다짐했던 내 나이다. 그때를 어제처럼 기억하는 나는 행여나 로야도 이런 다짐을 할까 봐 두렵다. 나의 해맑은 아홉 살 로야가 날 두렵게 한다.

'네 속을 들여다볼 수 없구나.'

왜 하필 안개가 껴서는, 왜 하필 강이 안 보여서는, 왜 하필 그 언덕을 떠올려서는, 나의 해맑은 아홉 살 로야를 두려운 존재로 만드는가.

'그래서, 최소한의 것을 없앤 걸까?'

"하이, 허니."

갑자기 들린 남편 목소리에 잠깐 숨이 멎을 정도로 놀랐다. 순식간에 현실로 돌아왔다. 롤랑을 만나러 리치먼드에 갔던 남편이 생각보다 일찍 집에 왔다. 거리도 멀고, 말이 많은 롤랑을 상대하려면 오후 늦게야 돌아올 줄 알았다. 남편은 자그마한 검정 상자와 벨벳 재질의 남색 주머니를 들고 있었다.

"도리스의 보석이야. 롤랑이 부탁해서 감정 받아 봤는데, 전부 합해서 삼천 불이 좀 안 된대. 이건 당신이 가져도 돼."

남편이 나에게 내민 건 조잡한 디자인의 은반지였다. 검게 변해서 은반지인 줄 알아봤다. 크기가 커 발가락에나 맞을 치수였다. 가치를 따지자면 하찮지만, 의미를 따지면 하찮지 않은 선물에 마음이 놓였다. 남편이 어물쩍 가져왔던 찝찝함이 고작 이런 거라면, 나의 염려는 기우에 불과했다. 도리스의 일곱 자식을 두려워하며 롤랑이 지켜 온 도리스의 보석이 겨우 이 정도라면, 롤랑의 걱정도 기우에 불과했다. 도리스가 롤랑에게 물려준 부동산은 리치먼드에 있는 물류 창고인데, 올해 들어 경기가 나빠지면서 상업 부동산의 가치도 하락하는 바람에 물려받은 창고가 얼마에 팔릴지 알 수 없게 됐다. 사겠다는 사람도 별로 없었고, 사고자 하는 사람이 있어도 턱없이 낮은 가격을 부르기 일쑤였다. 제값에 판다 해도 은행 빚을 갚고 세금을 내고 나면 롤랑이 가질 수 있는 금액은 그리 크지 않았다. 버는 것보다 쓰는 것을 좋아하는 롤랑은 이 돈을 일 년 안에 다 써 버릴 수도 있었다. 그가 무엇을 하든 나와는 상관없지만, 얼마 안 되는 보석과 자질구레한 로열돌턴 식기를 애지중지하는 그는 교활함과는 거리가 먼 사람임이 분명했다. 남편 또한 도리스를 도왔던 것처럼 순박한 마음으로 롤랑을 돕고 있음이 틀림없었다. 나에게 주어진 은반지는 그날 식사에 대한 보답이라고 생각하기로 했다. 다행이었다. 선한 의도만 남았다.

"고마워."

이 말이면 충분했다.

"아, 그리고 마마준이 다음 주 수요일에 오신대. 샤디가 표를 구했대."

어째 덜컥거림의 연속이다. 이틀 전에 샤디와 메헤란을 불러 저녁을 먹었을 때, 아무도 마마준에 대해 이야기하지 않았다. 얼떨결에 정해 버린 불고기 저녁 식사 약속을 바로 두 시간 전에 샤디에게 문자로 확약했을 때도 샤디는 주말에 보자는 소리만 했지 마마준에 대해선 일언반구 하지 않았다. 마마준이 온다면 얼마나 오래, 어디에서, 어떻게 지낼지 누구 하나 상의한 적 없었다. 하지만 마마준은 만사 제쳐두고 이곳에 오는 준비만을 했고, 당신의 준비가 완벽했는지 예상보다 훨씬 빨리 캐나다 비자를 받고 비행기 표를 구한 모양이었다. 물론 이에 대한 경비는 나와 남편이 담당했다. 초청 편지도 내가 썼었다. 여러 사정을 고려해서 초청 편지에 명기한 체류 기간은 삼 개월이었고, 시기는 여름이었다.

시어머니는 언제든 이곳에 올 수 있다. 당신이 원한다면 우리와 함께 살 수도 있다. 하지만 지금은 아니었으면 좋겠다. 엄마든, 시어머니든, 지금은 모계와 관련된 모든 것이 버겁다. 초청 편지에서 제안한 것처럼 여름에 온다면, 여름이 너무 멀다면 한 달 뒤라도 지금보다는 나을 듯한데, 바로 다음 주라니 막막하다. 짙은 안개 속에서 헤매다 막다른 벽에 부딪힌 것 같다. 아무리 둘러봐도 안개를 걷어 낼 방법은 보이지 않는다. 아무래도, 이번에도, 안개가 걷힐 때까지 기다리는 수밖에 없는 듯하다.

아니다. 방법이 있다. 남편에게 말해야겠다. 그는 들어야 할 것이다.

9. Variatio 22

 침실 층엔 방이 다섯 개지만 손님용으로 마련해 놓은 방은 없다. 자신과 타인 사이에 필요한 경계에 대해 잘 알지 못했을 적엔 우리 세 식구와 관련 없는 사람들도 손님으로 여겨 며칠씩 몇 주씩 혹은 몇 달씩 침실 층에 있던 손님방을 쓰게 했었다. 그들 중엔 체기 없는 공존이 가능했던 이도 있었지만, 우리가 허용하는 범위 이상의 것을 당연한 듯 요구하여 마치 침범당한 기분이 들게 한 이도 있었다. 사실 전자든 후자든 마냥 편하진 않았다. 가족끼리라도 각자의 영역을 보장받고 싶을 때가 있기 마련인지라 낯선 이들과의 동거는 어떤 경우라도 쉽지 않았다.

 살다 보니, 피치 못할 상황은 본인의 확고한 의지만 있으면 잘 생기지 않거니와 생겼다고 해서 무조건 수락할 이유도 없다는 것을 알게 되었다. 하고도 안 하느니만 못한 일은 처음부터 안 하는 게 낫고, 타인의 감정을 해칠까 봐 두려워 행한 일은 결국 자신의 감정을 해치게 된다는 것도 깨달았다. 어찌 보면 가장 이기적인 방법으로 이타주의를 실행하는 식이었다. 그러나 이것은 논리적으로나 가능할 뿐 현실적으론 어려워서 되도록 불편한 동거를 피하는 방법을 찾게 됐다.

우리가 피한 방법은 손님방을 침실 층에서 없애고, 우리 가족이 이용하는 주요 생활공간과는 별개인 지상층에 침대방을 마련한 것이었다. 손님방이 아니라 침대방이라고 부르는 이유는 빈둥거리던 여분의 침대와 창고가 되어 가던 여분의 침실을 쓸모 있는 것처럼 둔갑시켰기 때문이었다. 그럴싸하게 꾸민 침대방을 손님방으로 취급하면 우리도 여느 사람들처럼 까탈스럽지 않게 살아가는 것으로 보일 수 있고, 통상적인 개념에서 친절한 사람으로 분류될 수 있으며, 멀리 떨어져 사는 남편과 나의 직계 가족을 늘 우리 안에 품고 사는 모습으로 비칠 수 있을 것 같았다. 더군다나 침대방이 있는 층은 별도의 출입구와 별도의 세탁실과 화강암 카운터탑이 설치된 주방과 넉넉한 크기의 화장실이 있어서 누가 봐도 게스트의 편의를 호화롭게 배려해 주는 호스트로 보일 수도 있었다. 즉, 내부 공간이지만 외부 시선을 의식했다는 뜻이다.

과연, 삶은 논리적으로만 펼쳐지는 게 아니다. 아무리 확고한 의지가 있어도 피할 수 없는 상황이 있음을 현실은 당당히 보여 준다. 침실 층에 손님방을 만들어야 하는 상황이 생겼다. 우리에게 주어진 시간은 닷새였다.

"밑에 있는 침대방을 쓰시게 할 순 없어. 그건 말이 안 돼. 우리랑 같은 층에 계셔야지."

남편은 흥분하는 것 같기도 하고 걱정하는 것 같기도 했다.

"당신이 생각하기에 제일 적합한 곳으로 정해. 어렵지 않은 일이야."

침실 층엔 서재로 쓰는 방이 하나 있었다. 편하게 책을 읽으려고 데이베드도 들여놓았기에 손님방으로 전환하기에 안성맞춤이었다. 걸리는 게 있다면 화장실을 로야와 같이 써야 한다는 점과 이 방이 우리 침실과 벽 하나를 사이에 두고 있다는 점이었다. 마음에 걸리더라도 남편이 원한다면 그가 원하는 대로 해 주고 싶었다. 내가 힘든 것보다 남편이 힘들어하는 모습을 보는 건 더 힘든 일이다.

"샤디 말로는 우리 집에선 잠만 주무실 거래. 샤디네가 방이 두 개뿐이라서 마마준을 모실 수 없나 봐. 대부분 시간은 샤디랑 있다가 여기선 잠만 주무실 거라니까 당신이 신경 쓸 일은 없을 거야. 식사도 샤디네에서 할 거야."

시어머니가 이곳에 오는 이유는 샤디 때문이었다. 샤디는 하루라도 빨리 마마준을 자기 곁에 두기를 원했다. 마마준의 캐나다 방문 비자 신청을 여섯 달 전에 했으니, 그땐 샤디가 이곳에 정착한 직후였다. 딸이 엄마를 찾는 건 이상한 일이 아니고, 누구라도 오고 싶어 하는 이 도시에 자신의 엄마를 초대하는 것 또한 이상한 일은 아니다. 그러나 결혼 후에도 영주권을 기다리느라 메혜란과 열 달 동안 떨어져 지내다 부부로 함께 산 지 겨우 두 달이 지난 시점에서 자신의 엄마와 함께 있으려고 안달하는 건 내가 가진 사고방식으론 이해하기 어려웠다. 남편이 둘러대듯 이란 정국이 불안하기 때문이거나 모녀 사이가 유난히 긴밀하기 때문이거나, 어쨌거나 내가 세세한 것을 몰라야 평화로운 공존이 가능할 형국이었다. 다 몰라도 괜찮은데 시어머니의 체류 기간만큼은 알고 싶었다. 원래 계획대로라면 날씨 좋은 여름을 함께 보낼 터였으나 본격적인 우기로 접어든 철에 오시니 시어머니는 날씨 혜택을 전혀 볼 수 없었다. 더구나 바꿀 수 없는 일정으로 이미 빽빽하게 채워진 연말 연초이기도 해서 시어머니가 우리 생활 패턴으로 지낸다면 당신은 지루해질 수도 있고, 피곤해질 수도 있었다. 그렇게 되면 한쪽은 미안한 마음 때문에, 다른 한쪽은 섭섭한 마음 때문에, 하루하루 보내는 시간이 힘겨워질 수도 있었다. 말은 샤디네에서 대부분의 시간을 보낸다고 하지만, 그건 말뿐임을 알고 있기도 했다.

"마마준이 얼마나 계실 예정이지?"

"글쎄. 한 석 달?"

"그러면 내년 일월 말이네? 잘됐네. 일월 중순에 마마준 생일이랑 당신 생일이 있으니까 함께 축하할 수 있겠다. 올해 크리스마스는 모일 가족이 많아서 풍성하겠어. 날씨가 궂어 걱정이긴 하지만, 마마준이 개의치 않으신다니 그것도 다행이고."

"그러게. 그렇게 보면 참 좋은데, 한 가지 걸리는 게 있어. 마마준이 이렇게 갑자기 오실 줄 모르고 밀라드의 휴가 신청을 승낙해 버렸어. 밀라드가 십이월 중순부터 삼 주간 독일로 휴가를 떠나고 싶다고 얼마 전에 말하길래 그러라고 허락했거든. 알다시피 밀라드가 워낙 기동력이 좋아서 회사 일에 큰 도움이 되잖아. 이 친구가 없는 동안 내가 무척 바빠질 거야. 이 말은 샤디가 어머니를 안 보살피면 당신이 어머닐 보살펴야 한다는 뜻이야."

시어머니는 예순여덟이다. 거동이 불편하지도 않고 지병도 없다. 보살핀다는 뜻이 정확히 무엇을 포함하는지 알 수 없어서 식사를 차려 주거나 말동무를 해 주는 것이겠거니 했다.

"괜찮아. 내가 할 수 있는 선에서 하면 돼. 참, 서재에서 책을 좀 빼내야 해. 무거운 책들은 당신이 도와줬으면 좋겠어."

"물론이야. 주말에 하는 거로 해. 그나저나 요즘 엄마는 어떠셔? 통화는 했어?"

"끊어! 끊어!! 끊어!!!" 이후로 엄마와 통화한 적이 없다. 칸쿤으로 떠나기 전이었으니 벌써 두 달이 넘었다. 이렇게 오랫동안 엄마 목소리를 듣지 않은 건 태어나서 처음이다. 남편의 질문에 드디어 올 것이 왔다는 생각이 들었다.

"최근엔 못 했어. 사실, 엄마랑 사이가 좀 그래."

어렵게 한 말이지만, 쉽게 알아들을 남편이다.

"그렇구나."

"그렇게 됐어. 의도하지 않았다고 할 순 없어. 어쩌다 보니 그렇

게 된 건 아니지만, 순전히 내가 자처한 것만은 아니라서 엄마한
테 선뜻 연락하기가 어렵네. 엄마도, 나도, 시간이 필요해."

"그렇게 말하지 마. 부모님께 없는 건 시간뿐이야. 엄마한테 전
화해. 다시 기회를 드려. 당신이 풀어 드려야지. 모질게 굴지 마."

남편과 대화를 나누던 때는 저녁 식사 후였고, 남편은 냉동고
앞에, 나는 남편과 마주 보며 카운터탑에 기대서 있었다. 우리 집
냉동고는 냉장고와 쌍둥이 같은 모습으로 나란히 붙어 있다. 남편
이 부모에게 없는 건 시간뿐이라고, 모질게 굴지 말라고, 인정 넘
치는 말을 했을 때 나는 남편에게 정나미가 뚝 떨어졌다. 냉동고
앞에 있는 남편이 나와는 다른 온기를 가진 사람처럼 보였다. 남
편은 자신의 어머니를 모셔야 하는 상황에서 양가 형평성을 맞추
기 위해 그저 예의상 말했을 수도 있었다. 하지만 남편의 말은 뾰
족한 창이 되어 나의 명치를 정확하게 찔렀다. 그랬다. 부모 자식
관계를 객관화하는 건 세상의 시각으로 보면 모질게 구는 거였다.
어떤 부모든 부모라는 단어가 가지는 일반적인 개념에 포함될 수
있고, 자식은 자신의 부모를 그 개념에서 빼내선 안 되는 거였다.
일반적인 개념을 개인적으로 적용한다면 불효막심한 거였다.

나를 끊은 엄마에게 다가가기 어려워서, 다가갔다가는 엄마의
화를 더 키울 것 같아서, 그 화가 수그러들 때까지 기다려야 할 것
같아서, 그래서 시간이 필요한 건데, 엄마에게 없는 건 시간이라
니, 나는 뭘 해야 하는가. 두 달 전의 일이 박제된 것처럼 아무것도
변한 게 없는 지금, 엄마에게 다시 기회를 준다는 것은 예전처럼

머리를 조아리고 무릎을 꿇어야 한다는 뜻인데, 엄마를 아프게 하지 않기 위해서 나는 계속 아파야 한다는 뜻인데, 남편은 정녕 내가 그러길 바라는 것인가. 모르니 이런 말을 하는 거겠지. 안다면 이런 말을 할 수 없겠지. 모진 건 내가 아니라 세상이라고 하겠지.

"있잖아, 꼭 해야 할 말이 있어."

저녁 식사 후 꼭 단 것을 찾는 남편이 냉장고 문을 열었을 때, 나는 말을 하기로 했다. 내 말을 듣고 쓸쓸해진다면 단 것이 그를 달래 줄 수 있었다.

"응? 뭐?"

남편은 크림퍼프 몇 개를 꺼냈다.

"엄마가 나한테 화가 많이 나 있어. 칸쿤으로 떠나기 전에 통화했었는데, 내가 엄마의 감정에 제대로 호응해 주지 않았거든. 엄마가 뱀에 물려서 입원했다고 얘기했지? 사실 엄마가 뱀에 물렸다는 얘기는 내 생일날에 들었어. 물론 통화는 날 향한 질책이 대부분이었지. 어쨌거나 엄마가 한 달간 입원한 건 걱정스러운 일이니까 엄마 상태를 살피며 엄마가 하는 말을 듣고 있었어."

엄마가 나에게 온갖 말을 퍼부었다는 얘기는 차마 못 했다. 엄마가 나를 낮게 대한다는 사실을 나의 배우자에게 알리는 건, 엄마와 나를 동시에 낮추는 것과 비슷하다. 차마 그럴 순 없다.

"잠자코 듣고 있는데, 엄마가 자꾸만 당신은 혼자라고, 불쌍하지 않냐고, 나를 더는 갈 곳 없는 데까지 몰아붙여서 결국 한마디하고 말았어. 그 한마디가 엄마를 화나게 해서 지금껏 연락이 없는 거야."

"뭐라고 했는데?"

"사람은 누구나 혼자라고."

"그랬더니?"

"그랬더니 노발대발하며 당장에 전화 끊으라고 나한테 소리 지르다가 엄마가 먼저 전화를 끊었어."

"세상에."

"내가 좀 더 참았더라면 하는 후회도 돼. 하지만 정말 그럴 수 없었어."

"알아. 무슨 말인지, 어떤 상황인지 알아."

"칸쿤에서 내색은 안 했지만, 무척 힘들었어. 복잡한 감정을 가족 휴가와 섞고 싶지 않았어."

"고마워. 힘들었겠어."

"사실 지금도 무척 힘들어. 기댈 곳이 없어진 느낌이야. 마치 고아가 된 느낌이야."

"왜 기댈 곳이 없어? 나와 로야가 있는데."

"물론 당신도 있고 로야도 있지. 하지만 날 낳아 준 엄마가 날 끊었다는 사실은, 그리고 그것을 감당해 나가야 한다는 현실은, 생각만큼 쉽지 않아. 철저하게 버려진 느낌이야."

단순히 전화를 끊었다고 해서 진짜 끊겼다고 생각할 만큼 나는 단순한 사람이 아니다. 엄마의 침묵은 단절임을 나는 안다. 나는 마흔다섯 해 동안 엄마를 경험해 왔고, 마흔다섯 해 동안 이해를 거듭해 왔고, 마흔다섯 해 동안 판단을 보류해 온 사람이다. 판단하는 순간, 단절은 쌍방의 합의로 단락 지어질 수 있음을 아는 사람이다.

"시간이 해결해 주겠지."

"그럴 거야. 사실 나, 수시로 울어. 그냥 우는 정도가 아니라 당신과 로야가 없을 땐 통곡을 해."

"오, 나의 불쌍한 베이비."

남편이 나를 안는다.

"괜찮아질 거야. 당신 말처럼 시간이 해결해 줄 테니까."

"혼자서 힘들어하지 마. 내가 있잖아."

과연 남편은 내가 가지지 못한 아빠요 엄마요 형제요 자매다. 고마운 사람이다. 그러나 남편은 남편이다. 그가 특정 존재를 대신해 줄 수도, 대신해 줄 필요도 없다. 세상엔 대체할 수 있는 것도 많지만, 대체할 수 없는 것도 그만큼 많다.

"알아. 고마워. 하지만 이건 내가 헤쳐 나가야 할 문제야. 엄마는 나의 엄마니까."

"언제든 도움이 필요하면 얘기해."

"시간이 해결해 줄 것을 알아서 하는 말인데."

이전까지의 얘기는 앞으로 할 얘기를 위한 준비 작업이었다. 지금부터가 꼭 해야 할 말이었고, 꼭 들어야 할 말이었다.

"마마준이 이렇게 갑자기 오실 줄 정말 몰랐어. 마마준이 오시는 건 환영이야. 하지만 솔직히, 정말 솔직히, 지금 내 상태로선 마마준을 살갑게 맞을 자신이 없어. 마마준이든 엄마든, 어머니라는 존재가 나한텐 버거워. 이 정도로 내 마음이 힘든가 봐."

힘들어서 짐을 좀 내려놓겠다고, 지금은 어떤 짐이라도 더 짊어질 여력이 없다고, 나와 나란히 걷고 있는 인생의 동반자에게 어렵사리 말했다. 내 짐을 덜어 달라는 소리도 아니었고, 더 얹지 말라는 소리도 아니었다. 숨을 참으며 아무렇지도 않은 척하기가 너무 힘들다고 한숨 내뱉듯 실토했을 뿐이었다. 숨을 내쉬기가, 말을 내뱉기가, 그토록 뜸 들여야 했을 만큼 힘들었다. 숨을 참는 것에 익숙한 사람은 제대로 숨 쉬는 법을 모른다.

"아니야. 마마준은 엄마랑 완전히 다른 어머니야. 오히려 마마준에게서 제대로 된 모성애를 느낄 수 있을 거야."

아, 남편은 순진하면서도 무구하다. 깃털 베개라도 무게가 있는 법인데, 남편은 푹신함만 보자며 베개를 내 어깨에 떡하니 올린다.

"그럴 수도 있겠지만, 그거 알아? 난 이미 엄마라는 사실. 로야에겐 엄마가 필요하지만, 나에겐 딱히 엄마가 필요 없다는 사실. 엄마가 없어도 엄마가 되기엔 충분해."

슬그머니 베개를 빼내려는데,

"너무 비관적으로 생각하지 마. 마마준은 달라. 한없이 주는 사람이야. 분명히 당신에게 위로가 될 거야."

남편은 이미 푹 꺾인 내 고개를 보지 못하고 베개를 내 목덜미에 퍽 내리꽂는다.

마흔일곱 살인 남편이 마마준을 떠난 나이는 스물두 살이었다.

스물두 살 이전에도 남편은 군 복무나 일을 하느라 집에서 보낸 시간이 적었다. 1980년에 발발한 이란 이라크 전쟁부터 1991년 걸프전까지 남편의 성장기 시절은 온통 전쟁이었다. 사회적으로도 전쟁 통이었고, 가정 내에서도 극심한 경제난을 겪는 통에 남편은 일곱 살 때부터 거리에서 물건을 팔며 생계를 도와야 했다. 남편이 판 물건 중에는 독일에서 의사 일을 하던 삼촌이 보내 준 독일제 장난감이나 헤이즐넛이 들어간 초콜릿 스프레드도 있었다. 가정의 평화는 자신이 원하는 것을 포기해야 지켜졌다. 남편이 나고 자란 곳은 집 안이나 집 밖이나 전쟁터였다.

"참, 마마준이 일본제 코끼리표 보온 도시락 필요하냐고 묻던데? 내가 어렸을 적에 선물 받은 건데 여태 보관하셨나 봐. 난 사용해 보지도 못했어. 로야가 쓰면 좋지 않을까?"

마마준이 우리와 함께 있으면 내가 무너져 내릴 순간이 없어진다는 뜻인데, 시간이 해결해 줄 수 있는 걸 연기시킨다는 뜻인데, 난 지금 일본제 코끼리표 보온 도시락에 대해서 얘기해야 한다.

"당신이 결정해."

"독일제 연필깎이도 있다지 아마. 철로 만들어서 무척 튼튼해. 이것도 사용 안 한 거야. 부모님이 못 쓰게 했거든. 선물 받은 그대로 상자 안에 있어. 이것도 로야가 쓸 수 있겠지?"

당신의 아들이 일곱 살이거나 아홉 살일 때 쓰게 했다면 좋았을 물건들을 원래 주인은 만지지도 못하게 한 이유가 주인의 자식을 위해서였나 보다. 남편 부모의 선견지명이 놀라울 따름이다.

"마마준 짐을 너무 무겁게 만들지 마. 독일 거쳐서 여기까지 오는 긴 여정이야. 가볍게 오시라고 해."

애초에 주어졌어야 마땅한 것들이 남편이나 나에게 이르면 아무리 애원해도 주어지지 않거나 차라리 가질 수 없는 것이 된다. 남편과 내가 가진 쓸쓸한 공통점이다. 원래부터 남편 소유였던 것들을 인제 와서 가지겠냐고 남편에게 선심 쓰듯 물어보는 마마준은 이미 샤디에게 부탁 받은 것들을 가방 가득 싸 놨을 거다. 순진무구한 남편은 마마준의 질문 안에 담긴 뜻을 모른다. 아마도 영영 몰라야 이들 모자 사이가 영영 평화로울지도 모르겠다. 나도 평화를 위해 영영 모른 척해야겠다.

"그나저나 좀 전에 말이야, 엄마한테 전화하라고 한 것, 모질게 굴지 말라고 한 것, 미안해. 난 그저 당신을 도와주려고 한 말이었어. 다시 생각해 보니 엄마는 그냥 놔두는 게 좋겠어. 당신이 먼저 손을 내밀었다간 예전 패턴을 반복할 뿐이겠어."

남편 눈에 굽어진 내 등이 이제야 보이는 모양이다. 슬쩍 봐 줬을 뿐인데, 이게 뭐라고, 눈물이 차올랐다. 울고 싶지 않은데 눈물은 내 의지와 상관없이 흘러나왔다.

"울어서 당신 마음이 편해진다면 실컷 울어. 몰래 울지 않아도 돼. 나라고 당신과 다르겠어? 나도 똑같아. 어쩌면 더한 상황이었을 거야."

남편의 공감 능력은 자기 안의 것을 내게서 볼 수 있기에 생기는 능력이다. 나도 그랬다. 남편을 만난 지 얼마 되지 않아 그에게 사랑한다고 서둘러 고백했던 이유는 남편 안의 어린아이를 봤기 때문이었다. 그 아이는 나와 닮았고, 어떤 면에선 나보다 더 못 자랐거나 더 아파하고 있었다. 언젠가 남편이 나에게 그랬다. "당신에게 수많은 선택이 있었겠지만, 당신이 날 택한 건 내 안의 고통을 봤기 때문일 거야." 난 고개를 끄덕일 수밖에 없었다. 생각지도 못한 곳에서 나보다 더 아픈 사람을 만났고, 그의 아픔을 나의 아픔에 비교하니 내 것은 하찮게 여겨질 정도였다. 불현듯 내가 덜 아파 보였다. 덜 아픈 자는 더 아픈 자를 보살피고 싶었다. 얼른 부부가 돼서 평생 그러고 싶었다.

그의 아픔을 덜어 주기 위해서라면 난 뭐든 할 수 있었다. 받지 않아도 될 부당한 대접을 받아도, 이것이 그와 함께하기 위해 치러야 하는 값이라면 흔쾌히 치렀다. 나를 없애서 남편을 기쁘게 해 줄 수 있다면 흔쾌히 없앴다. 이상적인 아내가 되기 위해선 당연히 그래야 하는 줄 알았다. 그런데 어느 날, 남편을 기쁘게 해 주기 위해 나를 없애 온 행보는 내 부모를 기쁘게 해 주기 위해 나를 없애 온 행보와 같은 선상에 있다는 걸 깨달았다. 모르고 있다가 자진하여 고아가 되고 나서 알았다. 천애고아가 기댈 것은 자신뿐인데, 내 안의 자신은 너무 작고 약해 기댈 수 없었다. 날 위해 살지 않고 순전히 남을 위해 살고, 내 아픔은 살피지 않고 오로지 남의 아픔만 살핀 결과였다. 사랑한다면 그래야 하는 줄 알았다. 아플 수 있는 건 내가 아니라 그들이었고, 아픈 그들 덕에 나는 존재했다.

"그리고 말이야, 아이들은 자신의 부모가 어떤 사람인지 정확히 알아. 말을 안 할 뿐이지. 사랑은 가장 정확해. 속일 수가 없어. 왜 이것밖에 안 주냐고 따진다면 딱 그것밖에 가질 수 없는 사랑이라서 그래. 당신과 당신의 부모, 나와 나의 부모는 이걸 알아야 해. 이 정도가 한계치라면, 한계치엔 이유가 있어."

마지막 크림퍼프를 입에 넣은 남편이다. 단 것을 머금은 그의 입이 달콤한 말을 내보낸다. 맞는 말이다. 사랑은 정확하다. 왜 더 주느냐고, 왜 덜 주느냐고, 따질 수 없다. 한계치가 기대치와 똑같다면 사랑을 논할 때 아픔을 논하지 않아도 되리라. 하지만 기대치는 한계치를 웃돌거나 밑돌고, 우리는 그 간극에서 헤맨다.

그 주 토요일, 손님방 꾸미기를 완성했다. 푹신한 이불과 베개를 새로 들이고, 은은한 석류빛 페르시안 카펫을 바닥에 깔고, 옷장엔 옷걸이를 넉넉히 걸어 놓고, 아이보리색 나이트 스탠드 위엔 금빛 셰이드를 씌운 램프를 올려놓아 침실의 아늑함을 더했다. 욕실 세면대 장은 반으로 나눠 한쪽은 로야가 다른 한쪽은 시어머니가 쓸 수 있도록 필요한 용품들을 채워 놓았다. 서랍에 시어머니를 위한 칫솔과 빗 등을 챙겨 넣는데 로야가 걱정스러운 얼굴로 욕실에 들어왔다.

"엄마, 마마니랑 같이 화장실 써야 해?"

"응. 왜 물을까?"

아이가 왜 묻는지 잘 알지만, 아이의 말로 듣고 싶어서 물었다.

"밤에 쉬야 할 때도 있고, 아침에 응가 할 때도 있고, 새벽에 수영하러 가는 날엔 일찍 일어나서 준비도 해야 하는데, 마마니랑 같이 쓴다니까 어떻게 해야 할지 모르겠어.”

“마마니랑 네가 욕실을 써야 하는 시간이 똑같지 않을 거야. 한 사람이 사용하고 있으면 다른 사람이 기다려 주면 되지. 급하면 우리 욕실을 써도 좋고, 밑에 있는 파우더룸을 써도 좋고.”

“마마니, 얼마나 계실 거래?”

“석 달이라고 알고 있어.”

“근데 나는 학교도 가야 하고, 수영도 가야 하고, 바이올린 연습도 해야 해서 마마니랑 함께할 시간이 많이 없을 거야. 내가 학교에 가 있는 동안 마마니는 엄마랑 같이 집에 있는 거야? 엄마는 일해야 하는데, 마마니는 뭐 할 거야? 우리 수영 갈 때는 마마니도 같이 가? 아니면 혼자 집에 있어? 밥은 어떤 거 먹어야 해?”

아이는 마마준의 체류에 대해서 구체적으로 고민하고 있었다. 아이뿐만 아니라 모든 이가 고민해야 했지만, 그 누구도 이에 대해 언급하지 않았다. 마치 말을 안 하면 모든 게 저절로 이뤄질 것처럼 다들 함구했다. 이래저래 신경이 쓰이는 나는 시어머니가 좋아할 만한 음식들로 식단을 짜고, 연일 계속되는 비에 욕실 수건이나 침구가 꿉꿉하지 않도록 부지런히 세탁하며 고민을 진정시켰다. 고민을 다른 말로 표현하자면 낯선 이와의 동거에 대한 부담이었다. 이는 남편의 표현이기도 했다. 어머니로서 마마준을 보기엔 남편이 원 가족을 떠난 지 너무 오래돼 낯설고, 시어머니로서 마마준을 보기엔 서로 간의 교류가 너무 적어 낯설며, 할머니로서 마마준을 보기엔 소통이 거의 없어 낯설었다. 시어머니는 남편과는 일주일에 한 번, 나와 로야와는 한 달에 한 번꼴로 통화하는데, 대화 내용은 잘 있느냐 잘 있어요, 매번 같았다. 이란어를 잘하지 못하는 로야는 자기가 해야 할 말을 앵무새처럼 외워서 했다. 이런 대화로는 관계에 진전이 없을 게 뻔했지만, 단지 언어 때문에 심화한 관계를 못 만든 건 아니었기에 서툰 연기더라도 각자 맡은 역할을 충실히 해 왔다. 가족에 이르면 심층은 없고 표면만 있더라도 관계 유지 말고는 다른 선택이 없는 경우가 있다. 나 또한 관계 유지를 위해서, 맡은 역할을 위해서, 나의 친엄마가 등과 어깨와 머리에 올라타서 쿵쿵 발을 굴러도 신음하지 않았다. 불쑥불쑥 올라오는 서러움에 목이 메어도 토해 내지 않았다. 남편의 어머니를 위해서 날 옥죄고 있는 엄마를 모른 척해야 했다. 가능하지 않은 일을 가능한 것처럼 대해야 했다. 신음도 못 내고 토해 내지도 못하는 동안 슬픔은 꾹꾹 눌려 무거워져 갔지만, 모른 척하거나 괜찮은 척하는 것 말고는 슬픔에서 벗어나는 방법을 알지 못했다.

그 주 일요일에 밴쿠버 체임버 뮤직 소사이어티에서 주관한 음악회가 있었다. 바이올리니스트 찰스 양과 피아니스트 피터 두건의 공연이었다. 그들의 에너지는 고여 있지 않고 힘차게, 그러나 신중하게, 어떨 땐 딴청도 부려 가며 여유 있게 흘렀다. 그들은 공연 후반부를 크로스오버 곡들로 채웠고, 마지막 곡으로 〈하우스 오브 더 라이징 선(House of the Rising Sun)〉을 연주했다. 찰스 양의 바이올린엔 분명 영혼이 있었다. 영혼 담긴 바이올린과 호소력 짙은 피아노는 멈추는 중에도 이야기를 들려줬다. 바이올린과 피아노가 잠시 쉬며 피터 두건의 목소리에 기회를 준 순간이었다. 정적을 뚫고 나온 가사는 "Oh, Mother"였다. 나는 숨이 멎고 말았다.

〈하우스 오브 더 라이징 선〉은 원작자가 불분명할 정도로 오래된 이야기를 가진 노래다. 어떤 이는 기원을 16세기까지 거슬러 올라가기도 하는데, 1964년 영국 그룹 애니멀스(The Animals)가 불러 대중적 인기를 얻었다. 원래 가사의 여성 화자를 애니멀스는 남성 화자로 바꿨고, 술주정뱅이 아버지를 노름꾼으로 개사했다. 화자의 어머니는 재봉일로 생계를 꾸리고, 화자에겐 여동생이 있으며, 화자의 아버지는 가정폭력을 행사한다. 노래 말미에 집을 떠난 것처럼 보이는 화자는 어떤 연유에서 뉴올리언스의 '하우스 오브 더 라이징 선'으로 돌아가는 기차에 몸을 싣는데, '하우스 오브 더 라이징 선'이라 불리는 그 집에선 쇠구슬과 쇠사슬이 화자를 기다리고 있다. 가사에 직접 나오지 않지만, 화자는 폭력적인 아버지를 살해한 죗값으로 심적 혹은 물리적 족쇄를 차게 됐다는 해석도 있다.

찰스 양과 피터 두건은 블루스나 재즈적인 요소를 클래식 음악에 더해서 소울풍의 음악으로 재탄생시키는 음악가들이다. 더구나 찰스 양은 텍사스 출신이기도 하니 〈하우스 오브 더 라이징 선〉을 선택한 이유는 얼마든지 평범할 수 있었다. 그러나 나는 이 곡을 평범하게 대할 수 없었다. 음악회 후 개인적인 친분을 이용해 연주

162

자들과 함께 저녁을 먹었다. 심장이 쿵쾅거렸지만, 그들이 부담스러워할까 봐 애써 태연한 척하며 와인 잔을 들었다.

"두 가지가 후회돼요. 오늘 공연을 위해서 캔버스 하이탑 운동화를 안 신었다는 점과 두 분께 인이어 헤드셋을 안 드렸다는 점이에요."

하얀 와이셔츠에 까만 조끼를 입고 흑백의 바둑판무늬 캔버스 하이탑 운동화를 신고 있던 찰스는 나의 말에 곧바로 응대했다.

"무슨 말씀을요. 지금 옷 스타일도 너무 훌륭한데요."

그는 코로나 맥주병에 라임을 빠뜨리며 미소 지었다.

"솔직히 말해 봐요. 부모님께서 블루스 바를 운영하고 계시죠?

사적인 농담도 받아 줄 성실은 연주가였다.

"하하. 그랬으면 저는 텍사스에서 가장 쿨한 아시안 부모를 둔 아이였을 거예요."

찰스의 어머니는 오스틴 심포니에서 바이올린을 맡고 있다. 시원하게 웃는 찰스 옆에서 피터는 소리 없이 웃으며 바르그 케밥(کباب برگ: 양고기나 쇠고기, 닭고기 등을 올리브오일, 레몬, 사프란, 마늘, 양파, 소금, 후추로 양념하여 구운 페르시안 스타일 케밥)을 자르고 있었다.

"피터, 당신이 '오 마더' 할 때 제 심장이 툭 떨어졌어요."

정말 전하고 싶었던 말이었다. 그들과 저녁 식사를 함께해야만 했던 까닭이기도 했다. 그들이 미소 지으며 케밥을 씹어 삼킬 때, 상각(سنگگ: 조약돌로 만든 오븐에서 구운 납작한 페르시안 빵)을 카쉬케바 뎀준(کشک بادمجان: 구운 가지로 만든 페르시안 딥)에 찍으며 슬쩍 흘리

듯 이 말을 해 버렸다. 나의 말을 피터가 듣고 찰스가 들었다.

"그 대목은 우리도 숨죽이는 부분이에요."

난 해야 할 말을 했으므로 이후의 대화는 무척 편했다. 대부분은 온라인 게임에 관한 대화였다. 대화는 너무 무겁지도, 너무 가볍지도 않았다. 평범한 삶의 적당한 무게였다. 적당한 무게, 앞으로 내가 겪을 석 달의 무게였으면 했다. 사흘 후에 시어머니는 이곳에 도착한다.

10. Variatio 23

"여섯 달 있을 거라고 했지. 아들네 온다고 하고. 여섯 달, 아들 집, 이걸 영어로 말하는 건 어려운 일이 아니야."

입국 수속이 어땠느냐는 나의 질문에 시어머니는 이렇게 대답했다. 시어머니와 샤디와 메헤란이 소파 한쪽에 앉고, 나는 그들을 마주 보며 앉았다. 남편과 로야는 수영 훈련 때문에 십 분 전에 집을 나섰다. 샤디와 시어머니는 실론티를, 메헤란은 멀로를 마셨다. 와인 잔을 내려놓으며 내가 말했다.

"이민관이 하는 영어를 알아들으실 정도라니, 어머님 영어 실력이 대단하세요."

"그게 뭐 어렵다고. 아무것도 아니야."

시어머니는 흡족한 표정이었다. 비행은 편했고, 기내식은 맛있었고, 지금 당신 옆엔 보고 싶었던 딸이 있고, 있는 곳은 아들이 없는 아들 집이다. 자신의 남편이 죽고 없어서 올 수 있게 된 곳이다.

"졸리시겠지만, 조금만 참으세요. 그래야 시차 적응에 도움이 될 거예요. 배고프지 않으세요? 뭐라도 드실래요? 사이러스랑 로야가 수영에서 돌아오면 여덟 시인데, 그때 저녁 드시면 시장하지 않으시겠어요?"

"아니, 괜찮아. 비행기에서 이것저것 먹었더니 배불러. 오면 같이 먹자."

샤디와 메헤란에게도 물었다.

"저녁으로 만들어 놓은 게 있는데 먹고 갈래요?"

"아뇨, 괜찮아요. 집에 가서 먹으면 돼요. 어머님이 피곤하실 테니 우린 이만 가 볼게요."

메헤란이 일어서며 부부 대표로 대답했다. 메헤란이 일어서자 샤디도 일어섰고, 마마준도 덩달아 일어섰다.

"어머님, 푹 쉬세요. 오셔서 기뻐요."

대문을 나서며 메헤란이 말했다. 메헤란 옆에 있던 샤디는 메헤란의 어머니에게 작별 인사를 전하듯 마마준에게 인사했다.

"나도 기뻐. 잘 자."

메헤란과 샤디는 마마준이 들고 온 여행 가방 하나를 들고 갔다. 마마준은 여행 가방 두 개를 들고 왔는데 그중에 하나는 샤디 몫이었다. 다른 하나는 주차장에 놓여 있었다.

"가방 가지고 들어갈까?"

마마준이 물었다. 이걸 왜 집 안으로 안 들여다 놨을까, 이미 수영장에 가 버린 남편이 야속할 만큼 가방은 무거웠다. 낡은 하늘색 여행 가방을 거실에서 열었다. 딜과 파슬리, 실란트로 말린 것이 봉지째로 쏟아져 나왔다. 그 아래로 당신의 옷가지와 신발들이 나왔고, 로야 선물로 챙겨 온 구두가 그다음, 내 몫으로 챙겨 온 알록달록한 가방과 아들 몫으로 챙겨 온 알록달록한 스카프가 마지막에 나왔다. 가방과 스카프는 세트였다.

"이렇게나 많이 들고 오셔서 감사하고 죄송해요. 무겁게 들고 오시느라 힘드셨겠어요. 어머님, 샤워부터 하실래요? 피로를 푸는 데 도움이 될 거예요."

"좀 있다가. 파바콩 말린 거 가지고 왔어. 사이러스가 바갈리폴로(باقالی پلو: 파바콩과 딜을 넣어 만드는 바스마티 라이스 요리)를 좋아하잖니. 어떻게 만드는지 아니?"

"네. 지난번에 오셨을 때 가르쳐 주셨어요. 사이러스는 바갈리폴로도 좋아하는데 쇼말식으로 만드는 바갈리가토(باقالی قاتق: 파바콩과 딜, 달걀을 넣어 만드는 이란 북부 지방 요리)를 참 좋아해서 종종 만들어 먹어요. 가지고 와 주셔서 감사해요."

쇼말 지역은 시아버지의 고향이 있는 곳이다. 바갈리가토는 시아버지가 좋아하던 음식이고, 남편 또한 무척 좋아한다. 말린 파바콩은 두 주먹 정도 되는 양이었다.

"호두 간 것도 갖고 왔다. 석류 졸인 건 아직 있지?"

"네. 사이러스가 육 년 전에 가지고 온 게 있어요. 페센잔(فسنجان:

오리고기나 닭고기, 칠면조 고기에 석류 페이스트와 간 호두를 넣어 만드는 페르시안 스튜)은 귀한 음식이라 특별한 경우에만 만들었더니 아직 많이 남았네요."

"그래. 난 씻으러 올라가마."

마마준과 함께 침실 층으로 올라갔다. 수건과 세면용품이 있는 곳을 보여 주며 편히 지내실 수 있길 바란다고 말했다. 나는 평소엔 이란어를 거의 쓰지 않는데, 해야 할 경우가 생기면 이란어는 저절로 나온다. 따로 배운 적 없는 언어를 구사하는 건 남편 때문이라고 볼 수밖에 없다. 난 관심이 없으면 마음을 두지 않지만, 관심이 생기면 마음을 다해 그 대상을 대하는 편이다. 필요한 곳에 적절하게 쓰는 에너지는 효과적인 순기능을 하기도 한다.

"어머님, 저녁으로 골메사브지(سبزی قورمه: 양고기나 쇠고기, 강낭콩, 여러 가지 허브를 넣어 만드는 페르시안 스튜)를 준비했어요. 밥 지을 테니 샤워하세요."

"나 먹는 것에 너무 신경 쓰지 않아도 된다. 한국 음식을 많이 만들어. 〈대장금〉 보면서 먹고 싶었던 것들이 있어. 한국 음식만 해도 좋아. 나한테도 가르쳐 주고."

마마준은 살림살이에 관심이 많다. 지난번에 왔을 땐 주방용품을 가방 한가득 사 가기도 했다. 바바준이 죽고 나서 마마준이 제일 먼저 한 일도 리노베이션이었다. 당신이 사는 방 두 개짜리 아파트를 당신 취향대로 전면 개보수했다. 생전의 바바준은 마마준의 의견에 사사건건 이견을 달아서 아무것도 못 하게 했다고 남편을 통해 들은 적이 있다. 마마준은 스스로 알아서 리노베이션을 진행하면서도 부엌 타일이나 세면대 수도꼭지나 현관문 색깔 등을 고를 때 남편에게 전화를 걸어 의견을 물었다. 마마준이 난 이게 좋은데 네가 보기엔 어떠냐, 라고 물어서 남편이 뭐가 좋다고 대답하면 결국엔 당신이 좋아하는 거로 정했다. 마마준이 이렇게라도 남편을 리노베이션에 참여시킨 이유는 남편과 내가 당신 아파트의 소유자라는 사실을 잊지 않았음을 보여 주기 위해서였다.

마마준과 바바준은 평생 월세를 살다가 몇 년 전 우리의 도움을 받아 테헤란 외곽 도시에 아파트를 마련했다. 테헤란에 비하면 저렴한 지역이기도 했고, 무엇보다 대기 질이 테헤란보다 좋아서 그곳을 선택했는데, 몇 년 사이 집값이 두 배로 뛰어서 그때 사 놓기를 잘했다는 칭찬을 여러 번 들었다. 시부모님은 당신네가 죽으면 아파트를 우리한테 돌려줄 거라고 거듭 말했지만, 이는 그리 중요하지 않았다. 중요한 것은 그들의 노후 생활 보장이었다. 남편은 이란으로 집값을 송금하면서 이것으로써 자기가 해야 할 일은 끝난 셈이라고, 미뤘던 숙제를 마친 사람처럼 홀가분하게 말했었다.

"도와줘서 정말 고마워. 이 집은 두 분에게 큰 도움이 될 거야. 집에 들어가는 돈이 없으니 두 분 연금만으로도 충분히 사실 수 있거든. 걱정을 덜었어."

이란으로든 한국으로든 부모님에게 보내는 돈은 쉽게 번 것이 아니었다. 이 세상에 쉽게 벌리는 돈이 어디 있겠냐마는, 남편이나 나는 돈에 이르면 도덕적 결벽증이 있는지 땀 흘려 번 돈이 아니라면 수중에 넣어선 안 된다고 믿는다. 스물두 살 나이에 난민 신분으로 이곳에 정착한 남편은 처음 삼 년 동안 쉬는 날 없이 세차 일을 하며 돈을 벌었고, 박사 과정 학생으로 이곳에 왔지만 정착할 계획이 없었던 나는 남편과의 갑작스러운 결혼 후 영주권을 기다리는 이 년간 경력이 단절되는 바람에 저축해 놓은 돈에 의존하여 살아야 했다. 이곳에 오기 전 나는 한국에서 꽤 탄탄한 경력을 쌓아 가고 있었다. 이곳에도 그러기 위해 왔고, 일 년 후 다시 한국으로 돌아갈 예정이었다. 박사 학위를 위해 온 것도 아니고, 외국인 신분으로 공부하기엔 학비도 비싸 학교엔 돌아가지 않았다. 내가 가진 이력으로 돈을 벌 수 있는 일들이 있긴 했지만, 영주권을 기다리는 신분으로 할 수 있는 일이란 참으로 잡다한 것들 뿐이었다. 이 년의 기다림 끝에 영주권을 받은 후에도 변변한 일자리를 찾을 때까지 요리를 가르치거나 홈스테이 학생들을 받으며 돈을 벌었다. 남편도 나도 이력과는 상관없는 일을 해야 했지만, 전혀 개의치 않았다. 이방인이 낯선 땅에 정착하기 위해선 어떤 길이라도 개척자의 길이고, 그 길은 험할 수밖에 없다고 생각했다. 언젠가, 어쩌다 보니, 덩치 좋은 오십 대 후반의 인도 여인을 한 시간 동안 마사지해 주고 이십 불을 받은 적이 있었다. 내 손에 쥐인 이십 불을 보며 복잡한 감정을 느낀 것도 잠시, 끝내는 감사한 마음이 되어 그날 저녁 찬거리를 그 돈으로 마련했다.

차가운 비를 맞으며 번 돈은, 종종 홀대나 모욕을 견디며 번 돈은, 우리 부모들의 노후 생활비와 아빠의 암 투병비와 바바준의 병원비와 엄마의 세계 여행 경비로 쓰였다. 그 돈은 우리 동생들의 결혼 자금으로도 쓰였고, 그들이 화장품이나 운동화, 스키 고글이나 자동차를 사는 데도 쓰였다. 고국의 가족들은 우리가 중고 가게에서 입을 것과 읽을 것을 사고, 휴가는 딴 세상 사람들이나 즐기는 것이라고 취급해야 고국으로 돈을 보낼 수 있다는 사실을 몰랐다. 이란 부모님은 캐나다는 으레 잘사는 사람들이 사는 나라니 이런 것쯤은 당연하다고 생각했을 수 있고, 한국 부모님은 딸이 그만큼 공부했으니 이 정도는 아무것도 아니라고 생각했을 수 있었다. 기대치가 한계치와 똑같다면 도움을 논할 때 생색을 논하지 않아도 되리라. 기대치는 한계치를 웃돌거나 밑돌고, 우리는 그 간극에서 허덕인다.

허덕이더라도 내색하지 않으면 삶은 원활히 영위되기 마련이다. 대개의 삶은 보여 주고 싶은 대로 보이는지라 궁상떨며 살면 궁색해 보이고, 여유롭게 살면 풍족해 보인다. 수영에서 돌아온 남편은 마마준에게 한도가 넉넉한 신용 카드 하나를 건넸다.

"뭐 이런 걸 다 줘. 나한테 캐나다 돈 백 불 있는데."

입국 심사관이 마마준에게 여행 경비를 묻지 않은 건 다행스러운 일이었다. 아무리 아들네에서 머무른다 해도 육 개월 체류를 계획하고 오면서 현지에서 사용할 수 있는 신용카드 한 장 없이 캐나다 돈 백 불을 가지고 왔다고 대답했다면 아예 입국이 불가능했을 수도 있었다.

마마준과 함께한 첫 저녁 식사는 이상하게도 평소보다 조용했다. 로야는 이란어가 오가는 식탁에 익숙하지 않은지 말이 없었고, 남편은 식탁에 앉은 모든 이가 대화에 참여할 수 있도록 화제를 이리저리 바꾸는 바람에 대화의 맥이 자꾸만 끊겼다. 세 식구에서 네 식구로 늘어났지만 식구 간의 간격은 오히려 넓어진 것 같았다. 식사 후 피곤해진 마마준은 일찍 잠자리에 들었고, 로야도 다음 날 아침 수영을 위해 서둘러 자기 침실로 향했다. 남편과 나는 미디어룸으로 내려가 티브이 앞에 앉았다. 저녁 내내 궁금했던 것을 남편에게 물어볼 참이었다.

"있잖아, 마마준이 육 개월 있을 거라고 하던데, 나는 모르고 당신은 아는 게 있을까?"

"무슨 말이야? 육 개월이라니?"

"샤디랑 메헤란이 왔을 때 그러셨어. 이민관한테 육 개월 있을 거라고 대답했다고. 이 말이 끝나자 샤디가 그러는 거야. 오월에 자기랑 메헤란이 이란에 갈 계획을 세워 놨기 때문에 그때 마마준과 함께 갈 거라고. 메헤란이 그때쯤 길게 휴가를 낼 수 있고, 이란에 가서 치과 치료도 받아야 해서 꼭 오월에 가야 한대. 이야기하는 투로 봐선 마마준이 이곳에서 반년간 지내시는 건 기정사실이었어. 당신이랑 의논된 부분인가 해서 묻는 거야."

"난 전혀 모르는 얘기야. 아니, 육 개월이라니. 어머니를 여기계시게 하는 것도 마음대로 정해 놓고는, 나랑 상의도 없이 자기네들끼리 육 개월 체류를 결정했다는 거야? 도대체 말이 안 돼."

남편은 무척 당황스러워했다. 너무 당황스러워해서 말을 꺼낸 내가 미안해질 정도였다. 남편은 이런저런 채널을 돌리던 손을 멈추고 자리에서 벌떡 일어났다.

"뭘 좀 확인해야겠어."

마마준도 로야도 잠들었을 시각인데 남편은 쿵쿵 발소리를 내며 계단을 올라갔다. 잠시 후 남편은 화난 표정이 되어 돌아왔다.

"세상에, 진짜 육 개월이야."

"뭘 보고 온 거야?"

"내가 결제한 마마준 항공권. 샤디가 여행사 연락처 알려 주면서 결제하라고 했을 때 난 신경도 안 썼어. 석 달이라고 해서 석 달짜리 왕복 항공권인 줄 알았어."

"방문 비자 체류 기간이 육 개월이니까, 육 개월로 정했나?"

"아무리 그래도 나랑 상의했어야지. 십일월에 와서 오월에 떠난다는 게 말이 돼?"

"그러고 싶으시다면 그렇게 해 드려야지."

"아니. 그러고 싶으셔도 그래선 안 되는 일이야."

"오랜만에 오셨잖아. 마마준이 여기서 살고 싶어 하신다 해도 우리가 막을 방법은 없어."

누구 편을 들어야만 하는 상황이 아닌데도 난 무의식적으로 시어머니를 변호했다.

"어머니랑 같이 산다고? 말도 안 되는 소리 하지 마. 난 싫어. 있을 수 없는 일이야."

남편은 정말로 화가 나 있었다. 통속 드라마라면 나와 남편의 대사가 바뀌었어야 할 상황이었다.

"내가 집을 떠난 지 거의 삼십 년이 돼 가. 각자 생활한 지 삼십 년째라고. 부모님이랑 함께 살 때도 난 집에 붙어 있지 않았어. 내가 왜 이란을 떠났는데? 여기서 정착하느라 온갖 고생을 할 때도 난 돌아가고 싶지 않았어. 내가 여기에 온 건 거길 떠나기 위해서 였지 거기에 있는 가족들을 데려오기 위한 게 아니었다고. 도대체 무슨 이유로 우리랑 그렇게 오래 있겠다는 거야? 삼 개월도 너무 긴데 육 개월이라니. 이해가 안 돼."

남편은 내가 이미 아는 이야기를 했다. 아는 얘기를 되풀이하니 좀 알아먹으라는 뜻 같기도 했다. 이야기를 들어야 할 이들에겐 결코 하지 못할 걸 알기에 나는 계속해서 처음 듣는 척하며 대화를 이어 나갔다.

"지난번에 오셨을 때도 육 개월 계셨으니까 이번에도 육 개월로 정하셨나 보네."

"그땐 달랐지. 로야가 갓 태어났고, 우리는 뭘 몰랐고, 그래야 하는 줄 알았고."

바바준과 마마준은 로야가 생후 이 개월이었을 때 산후조리를 도와준다는 명목으로 반년간 이곳에서 지냈다. 당신들의 아들이 캐나다에 정착한 이래 이뤄진 첫 방문이었기에 사실 산후조리는 명목일 수밖에 없었다. 당연히 산후조리는 이루어지지 않았다. 나는 로야와 남편과 시부모님과 그 당시 우리와 함께 살던 홈스테이 학생까지 건사하며 스스로를 돌봐야 했다. 마음 놓고 쉴 수 있는 순간이나 공간이 없어서 나의 산후 회복은 무척이나 더뎠다. 휴식도 영양도 부족했던지 대개는 한 달, 길어도 석 달이면 회복한다는 회음부 열상도 열 달이 지나서야 조금씩 회복되었다. 아무리 힘들어도 시간은 가고, 시간이 갔기에 회복은 됐지만, 아이는 로야 하나만으로 족하다고 확신하게 된 반년이었다. 물론, "로야가 이렇게 예쁘니 둘째도 생각해야지?"라는 얘기를 듣곤 했던 반년이기도 했다.

"시간이 너무 늦어서 샤디한테 전화할 수도 없네. 샤디한테 물어봐야지 어머니한테 직접 물어볼 순 없잖아. 내일 아침에 일어나자마자 전화해서 알아낼 거야. 도대체 무슨 일인지."

이날 밤, 남편은 잠들지 못했다. 밤새도록 뒤척이다가 새벽을 맞았다. 남편은 진한 커피를 마시며 샤디가 일어날 만한 시간을 기다렸다. 로야의 새벽 수영이 있는 날이면 일부러 소란스러운 소리를 내서 활기차게 아침을 깨우지만, 이날 우리는 마마준을 깨우지 않기 위해 나지막하게 속삭이고 조용하게 움직였다. 그 바람에 남편의 기다림이 더욱 길게 느껴졌다. 어딘가에 걸린 남편의 감정은 미동조차 없었다.

11. Variatio 24

그날 이후로 샤디는 일주일간 두문불출했다. 마마준과 통화하는진 모르겠지만, 남편과는 어떤 대화도 나누지 않는 모양이었다. 그날 밤을 뜬눈으로 지새운 남편은 아침 아홉 시가 되자 샤디에게 전화했다. 내가 듣지 못하도록 집 안 어딘가에서 통화하고는 나에게 통화 내용을 알려 주었다.

"잘 알아듣게 얘기했어. 샤디는 우리가 육 개월 동안 어머니를 모실 수 있다고 생각했나 봐. 우리 스케줄이 바쁘다는 걸 몰랐대. 마마준이랑 시간을 많이 보내겠다고 약속했어. 낮에는 자기랑 있고 밤에는 여기서 자고, 그렇게 말이야."

이건 이미 들은 얘기다. 남편이 한숨도 못 자면서 걱정스러워했던 부분에 대한 이야기가 아니다.

"마마준이 어디에 계시든 난 상관없어. 그래서, 체류 기간을 조정한다는 뜻인가?"

"그 얘기는 못 했어. 상황 봐서 해야지."

남편의 감정이 혼란스러운 게 분명했다. 무엇을 하고 싶은데, 할 수 없어서, 노심초사하고 있었다.

"마음 편하게 가져. 마마준이 여기 계시잖아. 행여라도 당신 감정이 마마준에게 전해지면 안 될 일이야. 난 괜찮아. 엄마 때문에 여전히 마음이 힘든 건 사실이지만, 엄마는 엄마고 마마준은 마마준이니까, 괜찮아. 아니, 차차 괜찮아질 거야."

"고마워. 나도 이런 상황을 예상 못 했어."

상황은 이미 예견됐었다. 남편이 예상하지 못한 것은 상황이 아니라 감정이었을 것이다.

"씻고 나갈 준비 해. 점심 샌드위치 싸 놨어. 당신이 좋아하는 아보카도 잔뜩 넣었거든. 맛있게 먹어."

"고마워. 샤디가 마마준 픽업하러 올 거야."

"알았어. 마마준 아직 주무시니까 일어나시면 전할게."

"무슨 일 있으면 전화하고."

웃음이 픽 나왔다. 자신의 어머니와 아내가 함께 있는데 무슨 일이 일어날 수 있을까. 남편의 마음결이 고운 거라고 해석했다.

"그나저나 괜찮겠어? 어제 한숨도 못 잤잖아. 일찍 마칠 수 있길 바라."

"괜찮아. 다섯 시 전에 올 수 있을 거야. 샤디한테서 연락 올 테니까 기다려 봐."

남편은 굳은 어깨로 집을 나섰고, 마마준은 열 시 반이 넘어서 일어났다.

"새벽 세 시에 깨서 아침 여섯 시에 겨우 다시 잠들었네."

마마준이 깨어 있던 시간은 우리가 수영 갈 준비를 하느라 조심스럽게 움직이던 때였다.

"시차 때문인가 봐요. 피곤하시겠어요. 차를 끓일까요?"

"좋지."

실론티를 진하게 끓였다. 각설탕과 버터 쿠키도 함께 곁들였다.

"사이러스는 일 나갔고?"

"네. 오늘 일찍 마친다고 했으니까 다섯 시쯤이면 집에 올 거예요."

"참, 짐 중에 꽃잎이랑 허브 말린 거 담아 놓은 봉지 있을 거다."

마마준이 건네주었던 봉지 중에 말린 장미꽃잎처럼 보이는 것과 말린 파슬리처럼 보이는 것을 한데 섞어 놓은 것이 있었다. 정확히 뭔지 모르겠지만 우려내서 마시는 종류인 것 같아 유리 용기에 담아 차와 커피를 보관하는 선반에 놓아두었다. 유리 용기를 마마준에게 보였다.

"그래, 이거. 이걸 끓여 마시면 콜레스테롤 낮추는 데 좋대. 사이러스가 콜레스테롤이 높잖니."

남편의 콜레스테롤 수치는 180mg/dl이었다. 내가 정확하게 아는 이유는 남편이 한 번씩 심장이 죄어 오는 증상을 겪어서 정기적으로 검사를 하는데, 가장 최근 검사에서 나온 혈중 콜레스테롤 수치가 180mg/dl이었고, 이는 정상 수치였다. 남편은 통증 때문에 심장을 걱정했지만, 검사 결과를 살펴본 가정의 닥터 로스는 문제는 심장이 아니라 위라고 진단했다.

"요즘도 제산제를 먹나요?"

남편은 위산 분비 억제제를 거의 매일 먹는다. 위궤양이 있다고 믿기 때문이다.

"네. 제 위는 워낙에 예민해서 조금만 잘못 먹어도 과민 반응을 해요."

"예를 들어 어떤 음식이죠?"

"기름지거나 자극적인 음식이요. 특히 외식하면 더 심하고요."

"제산제는 언제부터 먹었지요?"

"제가 기억하는 한 십 대 초반부터 먹어 왔어요. 저에겐 필수 약이죠. 아마 유전인가 봐요. 어머니도 저와 비슷한 증상을 가지고 있거든요."

"기름지거나 자극적인 음식을 얼마나 자주 먹나요?"

"거의 안 먹어요. 좋아하지도 않고 몸에 받지도 않으니까요."

"커피는요?"

"커피는 아침에 한 잔씩 마셔요."

"일단 커피를 끊으세요."

"딱 한 잔만 마시는데요?"

"섹스를 하루에 열 번 하든 한 번 하든 섹스는 섹스의 기능을 하기에 생명을 만들어 낼 수 있어요. 한 잔도 커피라는 얘기죠."

이후에 남편은 위내시경과 심전도 검사를 한 번 더 했고, 증상으로 봤을 땐 위식도 역류질환이 의심되지만 검사 결과만을 놓고 보면 심장에도 위에도 별다른 이상이 없다는 얘기를 들었다.

"무엇보다 맵고 짜게 먹어선 안 되는 거야."

각설탕을 입 안에 넣고 차를 마시던 마마준은 우리의 식습관을 걱정했다. 별안간 뜨거운 국물이 먹고 싶어졌다. 바깥엔 십일월의 차가운 비가 주룩주룩 내리고 있었다.

"참, 샤디가 어머님 모시러 온다고 했다는데요?"

"오지 말라고 그랬어. 그냥 쉬게 하려고. 오후에 영어 배우러 간다지. 뭣 하러 왔다 갔다 하게 해."

샤디는 천천히 걸으면 이십 분, 차로 가면 삼 분도 안 걸리는 곳에 산다.

"어머님도 피곤하실 테니까 집에서 쉬세요. 잠자리는 괜찮았나요?"

"그럭저럭. 밤에 깨서 다시 잠들기가 힘들었네."

"멜라토닌을 좀 드릴까요? 시차 적응할 때 먹으면 숙면을 도와주기도 해요."

"괜찮아. 수면제 있어. 바바준이 먹던 거."

구 년 전, 바바준이 캐나다를 떠난 지 얼마 되지 않아 심장 마비처럼 보이는 증세가 있어 응급실을 찾은 적이 있었다. 이런저런 검사를 해 봐도 뚜렷한 발병 원인을 못 찾아서 노화에 따른 심장

기능 약화라는 진단을 받았다. 진단이 심각하지 않은 것을 내심 못마땅하게 여긴 바바준은 어떤 종류라도 약 처방을 원했는데, 그때 처방 받은 약 하나가 수면제였다. 이후 바바준은 수면제를 치료제처럼 매일 먹었다. 받아 놓은 수면제의 양은 넉넉했다. 이십사 시간 중 삼 분의 이를 잠으로 채우면서도 바바준은 자신이 그렇게 갑자기 죽게 되리란 것을 몰랐다. 복용하는 사람이 없어져 덩그러니 남은 수면제를 마마준이 먹는 모양이었다.

"이따가 졸리시면 눈 좀 붙이세요."

"어젯밤 꿈에서 바바준을 봤어."

"오, 바바준이 여기에 오신 모양이에요?"

"그러게. 사실 바바준 꿈을 매일 꿔."

"호호, 바바준이 어머님을 못 잊으시나 봐요."

나는 시어머니가 시아버지로 인해 얼마나 마음고생을 했는지 안다. 농담이 아프지 않았으면 했다.

"호호호, 그렇게 말이다."

"어머님, 아버님이랑 얼마나 함께 사셨죠?"

"열여덟 살에 결혼했으니까, 오십 년."

"오랜 시간이에요."

"너무 오래지."

"결혼하시기 전엔 어머님 가족과 함께 사셨고요?"

"그랬지. 그래도 난 가족들이랑 오래 살았어. 열네 살이나 열 살에 결혼한 친구도 있었거든."

열여덟 살도 어린데 열네 살이라니, 열네 살도 어린데 열 살이라니. 마마준의 세상을 들여다보는 내 마음이 아프다.

"그럼 이제 난생처음으로 어머님 혼자 살게 된 거네요."

"그렇지."

"어떠세요?"

"네 어머니 기분을 이해하겠어."

마마준의 표정이 어두워졌다. 배우자를 잃은 사람이 지을 만한 표정이었다. 혼자 된 것이 썩 좋지만은 않다는 뜻이다.

"엄마는, 아직도 혼자인 게 익숙지 않으세요."

"이해해."

엄마도, 시어머니도, 강압적인 남편 때문에 심신을 구속받았던 사람들이다. 그런 남편이 죽었으니, 해방된 게 아닌가? 그런데 엄마도 시어머니도 여전히 불행하다는 표시를 내니, 그게 아니란 말인가?

"옆에 있던 존재가 어떤 존재든, 그 존재가 없어지면 허전한 기분이 들죠."

"난 바바준이 나랑 있을 때 죽을까 봐 너무 겁났어. 병원에서 죽어서 정말 다행이었어."

마마준은 마치 바바준의 귀신을 본 듯 몸을 부르르 떨면서 말했다.

"이제 어머님 마음대로 쓸 수 있는 시간과 공간이 생긴 거네요"

"리노베이션도 그래서 한 거야. 진짜 기분이 좋더라고. 바바준이 살아 있을 땐 뭐든지 못하게 했거든. 무조건 반대만 했어."

"이제부턴 어머님 하고 싶은 것만 하세요."

"그래야지."

마마준을 보며 엄마를 본다. 말도 다르고 땅도 다른 곳에서 나고 자란 이들이 어쩜 이리 닮았을까. 하긴 나와 남편이 천생연분인 양 사는 걸 보면, 이 세상엔 유별난 게 딱히 없는 듯하다.

뜨끈한 국물을 원했던 나는 〈대장금〉을 봤다는 시어머니와 함께 먹을 점심으로 잔치국수를 만들기로 했다. 다시마, 멸치, 무, 양파로 국물을 내는 동안 달걀지단을 부쳐 가늘게 채 썰고, 호박, 당근, 표고버섯도 얌전하게 썰어 볶고, 우려낸 국물은 한국 전통 간장으로 간을 맞추고, 결이 매끈한 국수를 삶아 찬물에 헹궈 놓고, 김이 무럭무럭 나는 국물에 국수를 토렴해서, 오목한 질그릇에 담아 뜨끈한 국물을 붓고, 준비해 놓은 고명과 정갈하게 자른 김을 올린 뒤, 잘 익은 김치를 곁들여 냈다. 실고추가 있었다면 좋았을 텐데, 과하게 설쳐대는 마음을 앞치마와 함께 끌렀다. 간단하지 않은 간단한 음식을 해냈다. 혼자였다면, 뜨끈한 국물에 대한 해결책은 라면이었을 것이다.

"드셔 보세요. 날이 추워서 만들어 봤어요."

"난 이런 거 만들 때 닭고기도 넣고 이런저런 재료 더 많이 넣어서 만드는데."

순간, 샤디가 와서 초인종을 눌렀으면 했다.

"아, 그러세요?"

괜히 멋쩍어져서 본의 아니게 먹는 속도가 빨라졌던지, 내가 숟가락을 놓고 나서도 마마준은 한참 동안 젓가락과 신경전을 벌이며 국수를 먹었다. 포크를 권했지만, 극구 사양했다. 말간 국물이 맵다고도 했다.

점심 후, 시어머니는 나와 함께 시간을 보냈다. 내가 이란어를 구사하긴 해도 일상적인 표현이 아니면 단어를 찾아 가며 대화를 해야 하기에 마마준과 함께한 지 두어 시간이 지나자 피로가 몰려왔다. 마마준이 자꾸만 말을 건 것도 아닌데, 나는 마마준을 무척 의식했다. 마마준은 행여라도 내가 혼자 있을까 봐 염려됐는지, 아니면 당신이 혼자될까 봐 염려하는지, 꼭 내 옆에 있었다. 의뢰 받은 지역 부동산 시세에 대한 조사 보고서도 작성해야 하는데 마마준이 계속 옆에 있는 바람에 컴퓨터 앞에 앉을 틈이 없었다. 혼자서, 스스로 알아서 모든 걸 처리하는 나의 행동 방식에 제약이 가해진 듯했다. 도저히 안 되겠다 싶어서 오후 두 시경에, "이제 일해야 해서요. 어머님은 잠깐이라도 쉬실래요?"라고 했더니, "나 신경 쓰지 말고 일해. 네가 일하는 거 보고 있으마." 해서 업무는 다음 날로 미루기로 했다.

세 시, 시어머니와 함께 로야를 데리러 학교에 갔다. 복도에서 마마니를 본 로야는 쑥스럽게 미소 지었다. 시어머니는 이란어로 로야에게 이것저것 물었고, 이란어를 알아듣지만 말은 못 하는 로야는 나를 보며 한국어로 마마니에게 대답했다. 두 사람의 대화가 끊기면 두 사람 모두 나를 처다봤기에 나는 어떤 소재라도 만들어

내야 했다. 소재가 달라도 시어머니의 반응은 한결같았다. 아이고 예쁜 것, 아이고 내 눈에 달 같은 것. 아이는 마마니의 칭찬에 초승 달 같은 눈으로 웃으며 좋아하다가 자꾸만 반복되는 표현에 금세 익숙해졌는지, 아니면 형식은 있지만 내용은 없는 관용적 표현에 이내 시들해졌는지, 예쁘고 달 같다는 소리에도 별 반응을 보이지 않았다.

저녁, 남편은 어제보다 더욱더 조용하게 식사했다. 로야도 마찬 가지였다. 나는 이 상황이 어색해서 시답잖은 농담을 이리저리 끌 고 왔으나 식탁 위에 내려앉은 정적은 쉽게 가시지 않았다. 식사 후 마마준은 시차 때문에 피곤하다는 이유로 일찌감치 잠자리에 들었고, 로야는 새벽 수영 때문에 피곤하다는 이유로 일찍 침실로 향했고, 남편은 간밤에 잠을 못 자 졸린다는 이유로 티브이 앞에 서 잠이 들었다. 저녁 여덟 시 삼십 분, 집은 새벽의 한가운데에 묻 힌 듯했다. 식구 한 명이 더 늘어난 우리 집은 기괴하리만큼 조용 했다.

밤 열 시, 침대에 누웠다. 미디어룸에서 자던 남편을 깨우고 침 실로 올라온 참이었다. 남편은 소파에서 새우처럼 몸을 웅크린 채 자고 있었다. 담요를 덮어 주는 나의 기척을 알아차리지 못할 정 도로 깊게 잠들어 있었다. 그와 함께한 지 열여덟 해째로 접어든 다. 남편은 처음 만났을 때처럼 변함없는 사람이기도 하고, 부지 런히 변해 온 사람이기도 하다. 부부는 함께 자라기도 하고, 따로 자라기도 한다. 함께 자라는 부부는 서로 닮아가고, 따로 자라는 부부는 서로 낯설어진다. 잠든 남편은 나와 닮았다.

"나도 모르는 사이에 잠들어 버렸네."

이불 속으로 들어온 남편에게서 깨끗한 냄새가 난다. 샤워했나 보다. 깨끗한 것에도 냄새가 있었나, 딴 길로 새려다가 남편을 향해 돌아누우며 그의 상태를 물었다.

"어때?"

"모르겠어. 이런 기분이 될 줄 정말 몰랐어."

"기쁠 줄 알았는데 아니란 얘기야?"

"응. 아니. 기뻐. 기쁘긴 한데, 너무 낯선 느낌이야."

"함께 안 산 지 오래됐잖아."

"그거 알아?"

"뭐?"

"지금껏 한 번도 얘기 안 했는데, 바바준과 마마준 사이는 정말 안 좋았어."

"이미 알고 있었어."

"당신이 아는 건 아주 일부분이야."

"엄마 아빠도 마찬가지였어. 나 또한 세세하게 말 안 했을 뿐이야."

"당신이 경험한 것보다 더 심한 것을 내가 경험했을지도 몰라."

소파에서 웅크린 채 자던, 나를 닮은 남편이다. 남편은 어떤 결심을 한 듯 잠깐 뜸을 들인 후 얘기를 시작했다.

"바바준은 마마준을 죽이려 했어. 내가 다섯 살 때쯤, 샤디가 태어나기 전이야. 바바준이 마마준을 바닥에 쓰러뜨려 놓고 마마준 얼굴이 하얗게 될 때까지 목을 졸랐어. 난 구석에서 겁에 질려 울고 있었지. 아무것도 할 수 없었어."

지붕을 두드리는 빗소리가 무겁다. 소리가 너무 커서 가슴을 연신 정통으로 맞는 듯하다.

"바바준의 폭력은 내가 성인이 되고 나서는 멈췄어. 열아홉 살이었나, 스무 살이었나. 하여튼 그때쯤에 날 때리던 바바준한테 심하게 대들었거든. 그러고 나서 난 캐나다로 왔고, 바바준의 폭력을 더는 경험하지 않게 됐지. 마마준을 때리던 것도 그즈음에 멈췄다고 들었어. 하지만 물리적 폭력은 멈췄어도 정신적 폭력은 멈추지 않았어. 바바준은 멀리 떨어진 나도, 옆에 있는 마마준도 정신적으로 씹어댔지. 그래도 난 여기 살아서 바바준을 안 봐도 됐지만, 지금의 마마준은 바바준이 씹다 버린 껍데기에 불과해."

남편 손을 꼭 잡았다. 손을 놔 버리면 남편은 바닥도 안 보이는 깊은 구덩이에 빠질 것만 같았다.

"맙소사. 이런 이야기, 입 밖으로 꺼내 본 적 없어. 단 한 번도 한 적 없어. 마마준과도 안 하는 이야기야."

언젠가 'story(이야기)'의 반대말을 찾아본 적이 있다. 놀랍게도 'truth(진실)'이었다.

"육 년 전에 이란에 갔을 때 바바준이랑 크게 싸웠지. 그때 바바준에게 해야 할 말을 모두 했어. 다 쏟아붓고 다 뱉어 냈지만, 마음은 가벼워지지 않았어. 알다시피 지금도 바바준 꿈을 꾸면 바바준과 싸우는 꿈이야. 단순한 싸움이 아니라 육박전이야."

"바바준도 그렇고, 아빠도 그렇고, 삶을 참 힘들게 대했어."

"마마준은 정말 고생을 많이 했어. 바바준 때문에 자신의 삶을 못 산 사람이야. 마흔여덟 시간 동안 꼼짝도 못 하고 재봉일을 해야 했던 적도 있었어. 마마준이 우릴 먹여 살린 거야. 마마준이 그렇게 고생하는데도 바바준은 고마워하지 않았어. 뭐든 당연했어. 자기가 대접받는 것도, 마마준이 고생하는 것도."

누군가가 무언가를 풀어 내는 데 가장 도움이 되는 것은 어쭙잖은 조언도 어설픈 맞장구도 아닌 유순한 귀다. 잠자코 그의 이야기를 들었다.

"이런 마마준이 여기에 왔는데, 내 기분이 너무 이상해. 마마준을 모실 수 있으니 기뻐야 하는데, 마냥 그렇지 않아. 마마준이 너무 낯설어."

"심적으로 준비가 안 된 것 같아?"

"그럴지도 모르겠어. 내가 너무 단순하게 생각했나 봐. 마마준이 여기에 오신다는 의미나 우리와 함께 지낸다는 의미를 너무 가볍게 생각했나 봐. 모든 게 뒤죽박죽 섞여 버린 느낌이야. 내가 이렇게 혼란스러운데, 당신은 오죽하겠어."

"난 괜찮아. 나는 당신처럼 직접적으로 연결된 사람이 아니잖아. 당신과 입장이 달라. 당신이 정립해야 할 입장이 있을 거야. 그 입장은 모든 이를 기쁘게 해 주고 싶기도 할 테고, 당신이 가장 기뻐할 수 있는 곳에 자신을 놓고 싶기도 할 테지. 당신이 제일 어려운 위치에 있어."

"미안해."

"미안하긴. 우리가 해야 할 일이고, 할 수 있는 일이야. 다만, 타이밍이 조금 맞지 않았다는 생각이 들긴 해. 초청 편지에 썼던 것처럼 여름이었으면 더 좋았을 거라는 생각이 들어."

"맞는 말이야. 그땐 로야도 방학 중이고, 나도 일손이 부족한 지금처럼 바쁘지 않을 테고, 당신도 엄마와 다른 양상일 테고. 지금처럼 꼼짝 못 하는 상태가 아닐 거야."

남편은 'stuck'이라는 단어를 썼다. 움직이지 못하는, 꼼짝 못하는, 매인, 막힌, 갇힌. 마마준이 왔다고 남편이 자신의 일정이나 행동반경을 조정하는 일은 전혀 없었다. 마마준이 이곳에 도착한 날에도 마마준과 샤디와 메헤란이 우리 집에 와 있으니 내가 로야를 수영장에 데려가겠다고 했지만, 남편은 평소대로 자기가 가겠다며 거리낌 없이 집을 나섰다. 비행기를 바꿔 타며 긴 시간 여행한 마마준이 혹시라도 섭섭해할까 봐 나는 한 톤쯤 목소리를 올리고, 입꼬리를 올리고, 손발을 부지런히 움직이며 마마준을 살폈다. 남편이 수영장에 가려고 집을 나설 때 샤디는 소파에 몸을 깊숙이 묻은 채 잘 다녀오라고 인사했고, 메헤란은 일어서서 곧 다시 보자고 인사했으며, 소파 끝에 걸터앉아 있던 마마준은 입으론 미소를 눈으론 울상을 지었었다.

"어쨌거나 이미 일어난 일이야. 상황이 달라지려면 마마준이나 샤디가 달라져야 하기에 기대하지 않는 게 현명할 거야. 달라지지 않는 상황이라면 상황을 대하는 태도를 다르게 할 수밖에 없어. 그러니까, 마음 편하게 가지고 마마준과 함께하는 시간을 즐기자고. 크리스마스가 다가오고 있잖아. 풍성한 마음이 필요한 때야. 마마준 덕분에 더욱더 풍성하게 연말을 보낼 수 있을 거야."

"고마워."

남편은 나를 꼭 안고 이마에 키스했다.

"내가 할 수 있는 건 최선을 다해서 할게. 당신이 즐길 수 있도록 도와줄게."

진심이었다. 남편은 나에게 중요한 사람이다. 이건 사실이자 나의 입장이다. 나는 중요한 사람을 중요하게 대할 것이고, 중요한 사람이 중요하게 여기는 것을 해치지 않도록 도와줄 것이다. 내가 혼자 살지 않는 방식을 택한 이상, 이건 내가 사는 방식이다.

다음 날 남편은 전날보다 편해진 것 같다가 곧 부자연스러운 모습을 보이기 시작했다. 평상시 목소리가 아니고, 평상시 발걸음이 아니었다. 실없는 언행으로 웃음을 주던 남편이 사라지고, 언행에 정확함만을 채우며 경직된 사람 흉내를 내는 남편이 나타났다. 말랑한 모습의 진짜 남편은 딱딱한 모습 뒤에 숨었다. 나는 진짜 남편이 나오길 바랐지만, 흉내 내는 남편은 그럴 의향이 없어 보였다.

"기가 막혀."

마마준이 온 지 닷새째 되던 날이었다. 평상시 나는 로야의 잠자리를 봐준 뒤 미디어룸으로 내려가 남편과 함께 티브이를 시청하며 이런저런 얘기를 나누는 것으로 하루를 마치는데, 마마준이 오고 나선 미디어룸에 내려가기가 주저되어 혼자 딴짓하는 버릇이 생겼다. 낮에는 마마준과 함께 있느라 혼자 있을 수 없기에 하루의 끝에 홀로 방황하거나 무너지고 싶어서 일부러 만든 버릇인지도 몰랐다. 마마준과 남편은 내가 로야의 잠자리를 봐주는 동안 미디어룸에서 티브이를 봤다. 그리 크지 않은 밀폐된 공간에서 두런두런 이야기를 나누며 티브이를 보는 두 사람 사이에 내가 끼기가 머쓱해서 다음 날을 준비한다는 핑계로 괜히 주방을 어슬렁거리고 있었다. 남편이 기가 찬다는 표정으로 주방에 들어오더니 냉장고 문을 열었다. 마마준이 좋아하는 멜론을 찾는 거려니 싶었다.

"이해가 안 돼."

"뭐가?"

"온종일 유튜브만 보시잖아."

"여기 티브이는 못 알아들으시니까."

"보는 건 자유야. 그런데 이상한 걸 봐."

"뭘 보시는데?"

"가짜 뉴스."

"가짜 뉴스?"

"말도 안 되는 가짜 뉴스만 보면서 틀린 걸 옳다고 자꾸 우기셔."

냉장고에서 원하는 걸 못 찾았는지 남편은 팬트리로 향했다.

"진짜 이해가 안 돼. 내가 모르는 마마준이야."

남편이 아는 마마준은 진짜 마마준일까, 흉내 내는 마마준일까.

"가짜 뉴스든 진짜 뉴스든 대개의 사람은 보고 싶은 것만 보고, 듣고 싶은 것만 들어."

"생각해 봤는데, 마마준 방을 밑으로 옮기는 게 좋겠어."

대화가 길어질 듯했다. 따뜻한 우유를 마시기로 했다. 냉장고 문을 열었다.

"생각이 바뀌었어?"

"시차 때문에 밤마다 깨서 아침에 잠드시잖아. 우린 마마준을 깨우지 않으려고 아침마다 조심해서 움직여야 하고. 아예 밑에서 생활하시면 서로에게 편할 거야. 내 생각이 짧았어. 처음부터 밑에 있는 침대방을 드렸어야 했어. 딸린 주방도 있고, 욕실도 있고. 언제든 차를 끓여 드실 수 있잖아. 로야랑 욕실을 나눠 쓰지 않아도 되고."

남편의 결심은 중요한 걸 내포하고 있었다. 표면적인 이유는 마마준과 우리의 편의를 위해서지만, 심층은 선을 긋기 위해서였다. 남편 스스로 내린 결정이더라도 마음대로 마마준의 방을 옮겨도 되나 싶었다.

"일단 마마준께 여쭤봐."

"안 여쭤봐도 돼. 마마준은 내 말을 들어."

이 모자는 어떤 부분에선 상극을 달리고, 어떤 부분에선 동일체처럼 행동한다. 그들의 생일이 같은 날인 것은 우연이 아닌 것 같다. 내가 마지막 한 모금의 우유를 마시는 동안 남편은 마지막 한 개 남은 버터 쿠키를 먹었다.

다음 날, 마마준의 방을 밑으로 옮겼다. 마마준은 짐을 옮기느라 분주히 계단을 오르내리는 남편을 은 손잡이가 달린 유리 찻잔에 진하게 우려낸 차를 마시며 지켜봤다. 틀니를 끼고 있는 마마준의 입이 움푹 꺼져 보였다.

"이 방에서 지내시는 거, 괜찮으시겠어요?"

침대방의 창문을 가리고 있던 캘리포니아 셔터를 열며 마마준에게 물었다.

"여기가 훨씬 더 좋아. 내 집처럼 혼자 편하게 지낼 수 있겠구나."

방에서 보이는 정원과 숲이 푸르렀다. 기온이 이십 도 정도 더 높았다면 여름이라 해도 믿을 만한 풍경이었다. 잦은 비 덕분인지 이곳의 녹음은 늘 짙다. 겨울이라도 잔디는 누렇게 변하지 않는다. 통유리로 된 문을 열고 나가면 싱싱한 잔디가 깔린 뜰, 강건한 기품의 숲, 힘찬 기운의 강을 느낄 수 있다. 누구라도 이곳에서 지낸다면 원기를 회복하고, 부족했던 에너지를 충전할 수 있을 것이다. 마마준이 혼자 되기 위해서 여기에 온 것은 아닐 테지만, 어떤 면에선 탈진한 당신이 지내기에 가장 적합한 곳일 수 있었다. 그렇게 보면 이곳에 한시라도 빨리 오신 건 다행스러운 일이었다.

마마준 방을 아래층으로 옮긴 건 이곳에 오신 지 엿새째 날이었고, 바로 다음 날인 일주일이 되던 날 드디어 샤디가 우리 집에 나타났다. 나타났다고 해서 집 안까지 들어온 게 아니라 자신의 차에서 내리지 않고 마마준이 나오길 기다렸다가 집 밖으로 나온 마마준을 태우고 곧바로 떠났다. 집을 떠나는 마마준은 크고 무거운 가방을 들고 있었다. 가방 말고도 큰 쇼핑백 두 개가 더 있었다. 샤디와 몇 시간 보내기 위해 나가는 채비가 아니었다.

"어머님, 왜 이렇게 짐이 많으세요?"

마마준과 나는 이미 점심 식사를 마친 후였다. 저녁때까지라 해도 길어야 예닐곱 시간인데, 마치 딸네에서 며칠 지내다 올 것처럼 짐을 꾸렸다.

"이것저것 필요한 게 있어서. 가마."

"좋은 시간 보내다 오세요."

차마 몇 시에 돌아올 거냐는 질문은 하지 못했다. 마마준이 질문을 곡해할 수도 있기 때문이었다. 예의범절에 이르면 정서적 차이나 문화적 배경과는 상관없이 공평하게 적용되는 규칙이 있다고 생각한다. 개인이 가질 수 있는 기본적인 영역에 대한 존중이다. 기본적인 영역은 공간뿐만 아니라 시간도 포함한다. 한 개인에게 주어진 시공간이 있다면 타인은 그것을 존중해 주어야 하고, 나의 편의를 위해 그 사람의 시공간을 침범하거나 통제해선 안 된다고 믿는다. 하지만 예의를 차리느라 몇 시쯤 돌아올 거냐는 질문을 안 했더니 저녁 식사를 준비할 때 내 마음은 갈팡질팡했다. 마마준이 식사 전에 올지 후에 올지, 전혀 몰랐다. 따라서 불고기 양념에 재워 둔 연어 스테이크를 몇 개 구워야 할지나 식탁에 플레이스 매트를 몇 개 깔아야 할지 같은 단순한 결정도 내릴 수 없었다. 마마준이 들고 있던 짐을 떠올리니 오늘 내로 올지 안 올지도 알 수 없었다. 몰라서, 알아야겠다고, 샤디나 마마준에게 대놓고 물어볼 수도 없었다. 머리가 복잡해졌다. 이런저런 일들이 생기긴 하지만 내 생활은 늘 단순하게 꾸려지는데, 시어머니와의 공존으로 이 단순함에 복잡함이 훅 끼어든 것 같았다. 내가 자원했다면 수월히 이해했겠지만, 예기치 않은 복잡함으로 나의 단조로운 일상이 가지는 평화로움에 금이 간 것 같았다. 그러나 다시 생각해 보면 연어 스테이크를 하나 더 굽는 거나 식탁 위에 플레이스 매트를 하나 더 올리는 건 대수가 아니었다. 허둥대던 마음을 가다듬은 뒤 네 명을 위한 요리를 하고 테이블을 세팅했다.

"엄마, 뭘 도와줄까? 어? 마마니도 같이 먹어? 샤디 고모네 가셨잖아?"

내가 요리하는 동안 바이올린 연습을 마친 로야가 주방에 들어서며 물었다.

"가셨는데, 언제 오실지 몰라서."

"아……."

아이의 얼굴에 슬쩍 그늘이 졌다. 이유를 짐작하지만, 모른 척했다. 예의범절을 위해서였다.

"음, 냄새 좋은데?"

남편이 집에 왔다. 아침보다 표정이 밝았다. 그는 나와 로야에게 뽀뽀로 인사했다. 말랑한 남편이 집에 왔다.

"오늘 하루 바빴지? 식사 준비 다 됐어. 마마준 몫으로 연어를 굽긴 했는데, 언제 오실지 모르겠네. 당신, 마마준이나 샤디한테서 연락 받은 게 있을까?"

"아니, 없어. 여기 온 지 일주일 만에 샤디네 가신 거니까 저녁 드시고 오시겠지. 얼른 먹자. 맛있겠다."

완성된 요리를 식탁으로 옮기기 전에 남편은 자리 배정을 새로 했다. 마마준이 온 이후로 남편은 마마준과 같은 쪽에 앉고, 나와 로야는 그들을 마주 보며 앉아 왔는데, 남편은 우리가 평소에 앉던 위치로 테이블 세팅을 되돌렸다. 로야가 상석에, 나와 남편은 로야를 중간에 두고 서로 마주 보는 형태로 다시 앉게 됐다.

"오늘은 내 자리에 앉을 수 있네!"

숨김없이 기뻐하는 아이를 보자 은근슬쩍 미안해졌다. 저렇게 기뻐하는 아이를 보니 아이 의사와는 전혀 상관없이 일상이 돌아가고 있다는 생각이 들었다. 연어 스테이크를 잘랐다. 연한지 스르르 잘렸다.

딩동.

초인종이 울렸다. 우리 셋은 막 자른 연어 스테이크를 입에 넣으려던 참이었다. 내가 자리에서 제일 먼저 일어났다. 황급히 현관으로 갔다.

"잘 다녀오셨어요?"

큰 가방과 함께 마마준이 집 안으로 들어왔다.

"응."

"미리 연락하시지 않고. 샤디는요?"

뒤따라온 남편이 마마준의 가방을 받아 들며 말했다.

"메혜란이 퇴근해서 올 시간이잖니. 여기에 나 데려다주고 집에 갔지."

"마마니, 안녕하세요."

로야가 인사했다.

"아이고, 예쁜 것. 내 눈에 달 같은 것."

"어서 식사하세요. 죄송해요. 먼저 시작했어요."

나는 서둘러 마마준의 자리를 마련했다. 다행히 연어 스테이크는 따뜻했다.

"와인을 좀 드릴까요? 마셔 보실래요?"

마마준이 오기 전에 테이블 세팅을 바꾸고 식사를 시작한 게 큰 잘못인 것처럼 느껴져 좀처럼 술을 마시지 않는 마마준에게 와인을 권하며 잘못을 만회하려 했다.

"아니, 괜찮아. 이게 뭐냐? 매운 거냐?"

우리 식구는 매운 음식을 잘 먹지 못해서 잘 만들지도 않건만, 마마준은 내가 만든 요리는 다 맵다고 생각하는 모양이었다. 매번 매운 거냐고 묻는다.

"연어예요. 부드러워서 드시기 좋을 거예요. 맵지 않아요."

마마준이 자리에 앉으려 하는데, 남편이 돌연 자신의 접시가 올려진 플레이스 매트를 상석으로 옮겼다.

"여기서 먹을게. 저 자리가 좁아서."

마마준 옆에 마련된 남편 자리는 전혀 좁지 않았다. 우리가 사용하는 식탁은 열 명까지 앉을 수 있지만 편하게 앉기 위해 여덟

개의 의자만 놔뒀다. 그러니 좁다는 소리는 핑계였다. 꼭 저러고 싶을까, 마음속으로 남편을 향해 눈을 흘겼다. 나는 여전히 만회 모드였다.

"어머님, 식기 전에 드세요."

기다란 식탁 한쪽에 혼자 앉게 된 마마준은 연어 스테이크를 맛 있게 먹었다. 불고기 양념을 어떻게 만드는지도 자세하게 물었다. 나와 마마준의 대화가 저녁 식사 테이블을 채웠고, 불고기 양념은 이 세상에서 가장 중요한 것처럼 취급되었다. 불고기 양념이 세상 에 태어나지 않았다면 아무것도 이 순간의 정적을 당해 낼 수 없 을 듯했다.

저녁 식사 후 마마준은 당신 방으로 내려갔고, 나와 남편은 예 전처럼 티브이 앞에 앉아 이런저런 이야기를 나눴다.

"〈소프라노스(The Sopranos)〉가 나온 지 이십 년이 됐나 봐. 이십 주년 기념으로 시즌 식스까지 한 채널에 모아 놨네. 처음부터 볼 까? 늘 한 번에 이어서 보고 싶었던 드라마야."

〈소프라노스〉 시리즈는 장르물을 좋아하는 남편이 좋아해서 나도 몇 번 봤다. 볼 때마다 흥미로운 점을 찾아냈던 드라마였다. 남편 말처럼 처음부터 끝까지 볼 기회는 없었다.

"좋아."

각 시즌은 포스터로 구분해 찾기 쉽도록 나열돼 있었다. 포스터 속에도 수많은 질문과 해답을 넣어 놓은 작품이다. 남편과 나는 한동안 재미있는 저녁 시간을 보낼 것 같다.

"참, 마마준, 내일은 여기 계신대?"

아침에 일어나 총을 들었지, 엄마는 늘 말했지, 넌 선택받은 사람이라고. 〈소프라노스〉 주제곡이 나올 때 문득 궁금해져서 남편에게 물었다.

"몰라."

엄마는 늘 말했지, 넌 특별한 사람이라고, 넌 빛나기 위해 타들어 가야 한다고, 하지만 넌 블루문을 눈에 품은 나쁜 징조 아래 태어났다고.

"사실 나, 조금 놀란 게 있어. 당신이랑 마마준은 자주 통화해서 소통이 원활한 줄 알았는데, 이번에 보니까 중요한 결정을 할 때 당신하고 상의하지 않는 것 같았어."

아침에 일어나 보니 모든 사랑이 사라졌지, 아빠는 단 한 번도 옳고 그름에 대해 말해 주지 않았지, 하지만 넌 좋아 보여, 괜찮아질 거라고 믿어(아쉽게도), 넌 블루문을 눈에 품은 나쁜 징조 아래 태어났지.

"통화해도 항상 다른 사람들 얘기야. 대부분은 바바준에 관한 뒷이야기고."

오늘 아침에 일어나 보니 세상은 거꾸로 뒤집혔지, 예전과 같지 않았지.

"궁금한 게 있어. 당신 가족 내에서 당신이 가지는 위치는 뭘까?"

하지만 넌 특별한 사람이야, 넌 엽총을 빛나게 닦아 놨거든.

"그런 거 없어."

넌 블루문을 눈에 품은 나쁜 징조 아래 태어났지.

"무슨 뜻이야?"

오늘 아침에 일어나 총을 들었지.

"말한 그대로야. 내가 가진 위치 같은 건 없어."

총을 들었지.

"그들이 뭘 요구하면 난 들어줄 뿐이야."

링컨 터널을 나오며 뉴욕시를 뒤로한 채, 뉴저지의 오래되고 허름한 동네들을 지나, 숲이 우거진 나지막한 경사면에, 비교적 새로이 틀림없이 널찍이 지어진 자신의 집에 도착한 토니 소프라노가 무표정하게 차에서 내리는 장면으로 오프닝 크레디트가 끝났다. 첫 회가 시작되는 순간이었다.

"사이러스, 전화 좀 받아 봐. 막내이모다."

동시대 사람들은 같은 세상에서 살고 있다고 생각하지만, 사실 우리는 저마다 다른 세상에서 살고 있고, 저마다의 세상은 각기 다른 규칙을 가지고 있다. 나와 남편이 세상에 적용하는 규칙은 마마준이 세상에 적용하는 규칙과 다르다. 다르다고 틀린 것은 아니기에 남편은 전화를 받았다. 남편이 통화하는 동안 마마준은 흐뭇한 표정으로 남편을 바라봤다. 어느새 마마준이 소파에 앉았다. 남편은 전화해 줘서 고맙다는 문장을 열두 번쯤 말한 후에 상대가 먼저 끊기를 기다렸다가 통화를 끝냈다.

"잘했다. 네 목소리 들어서 좋았을 거다. 어휴, 내가 델라람 생각만 하면 마음이 아파."

델라람은 방금 통화를 끝낸 이의 딸이다. 마마준의 조카다.

"그치가 말도 못 하게 인색해. 델라람한테 전혀 돈을 안 써. 먹는 것도 마음대로 못 먹게 해. 얼마나 눈치 보게 하는지 몰라. 그렇게 똑똑하고 미술에도 소질 있는 애가 말이야, 우울증이 와서 약을 먹고 있잖니. 미술 대학을 가고 싶어 하는데 어디 돈이 있어야지. 안 됐어, 정말 안 됐어."

그치는 마마준 막내 여동생 동거인이다. 남편의 막내 이모는 오래전에 이혼해 혼자서 델라람을 키워 왔고, 그치는 미국에 부인과 자녀가 있지만 사이가 좋지 않아 이란에서 거주하던 중 남편 이모를 만나 함께 살게 됐다고 한다. 미국에서 왔기에 분명히 재력이 있을 텐데 이런저런 핑계로 돈을 쓰지 않는다고 마마준은 한참 동안 불평했다. 나는 네 살 적 델라람을 기억한다. 우울증 약을 먹는다는 열아홉 살 델라람이 걱정돼 마마준에게 물었다.

"그런 상황이라면 이모님이 딸과 함께 나와 살아야 하는 것 아닌가요?"

"혼자 나와서 못 살아. 집이 없어. 월세를 감당할 능력도 없고. 어떻게든 그치랑 같이 살아야 해. 델라람이 제일 불쌍해. 가끔 우리 집에서 지내게 하면 너무 좋아해. 애가 진짜 똑똑해. 그림도 얼마나 잘 그리는지 몰라. 실력이 아까워."

"이란엔 장학 제도가 없나요? 학비가 무료인 국공립 대학교도 있다고 들었는데요?"

"있긴 하지만 들어가기가 너무 어려워. 성적이 정말 좋아야 해. 입학한다고 해도 생활비가 필요하잖니."

"돈이 얼마나 드는데요?"

이야기를 듣고 있던 남편이 마마준에게 물었다.

"한 달에 캐나다 달러로 이백 불이면 충분해."

아무리 각기 다른 세상에서 산다 해도 저마다의 세상은 결국 이어져 있다. '타인의 고통을 느끼지 못하는 자, 인간이라 칭하지 말라.' 뉴욕에 자리한 유엔 본부 건물 내 어느 벽에서 볼 수 있는 이 시구는 13세기 페르시아 시라즈 출신 시인 사디 시라지가 쓴 것이다. 돈이 얼마나 드느냐는 질문을 기다렸다는 듯이 한 달에 이백 불이라고 단숨에 답하는 마마준을 보며 통상적 개념의 인류애는 상생보다는 공생에 중점을 두고, 통상적 개념의 공생은 희생을 전제한다는 생각이 들었다.

누가 이백 불을 지불해야 하는가 하는 노골적 질문에 대한 대답이 인류애라면, 좀 더 구체적으로 말해 공감력과 경제력을 갖췄을 거라고 여겨지는 우리라면, 우리 말고는 공감력이나 경제력을 갖춘 이가 없느냐는 질문도 가능해진다. 이 질문에 대답하려면 누군가에겐 책임을 전가해야 하고, 누군가에겐 면책권을 주어야 한다. 흔히 구체적인 숫자로 표시되는 경제적 지표가 이를 가르는 기준이 되지만, 인류애는 추상적이다. 구체성이 추상성을 해결할 수 있는가? 구체성에 대한 근거는 무엇인가? 결국 질문은 추상적이지만, 한편으론 명확하게 한 점에 모인다. 생명에 대한 책임, 누가 져야 하는가? 빙빙 돌려 거창하게 말하고 있는데, 실은 타인을 향한 연민의 감정에 평생을 소모해 온 남편과 나는 정작 누군가에게 도움을 청하거나 누군가의 도움을 기대하거나 하다못해 앓는 소리도 못 하는 사람들이라 이렇게 권리를 맡겨 놓은 듯 요구하는 이들을 보면 딱한 마음이 들다가도 형평성에 대한 의구심이 든다고 고백하는 중이다.

"샤디랑 내일 쇼핑몰에 가기로 했어. 같이 쇼핑하다가 샤디가 영어 배우러 가면 수업 끝날 때까지 쇼핑하며 기다리면 되니까 걱정하지 마. 수업 후에 만나서 여기로 데려다 달라고 하마. 저녁 식사 시간 전에 올 거야."

남편은 알았다고 성의 없이 대답하곤 정지한 화면을 재생했다. 청동 조각상의 다리 사이로 대기실처럼 보이는 곳에 앉아 있는 토니의 모습이 보인다. 토니는 삐딱하지만 골똘한 시선으로 조각상을 바라본다. 조각상은 두 팔을 교차해서 머리 위로 들어 올린 자세 때문에 누드 상반신이 두드러져 보인다. 카메라는 유방이 드러난 조각상의 상반신과 토니의 상반신을 교차로 보여 준다. 조각상을 다시 한 번 줌인해서 보여 줘야 할 차례에서 진료실 문을 열고 나오는 정신분석의 닥터 멜피가 화면에 잡힌다. 남편 옆에 앉은 시어머니의 얼굴을 슬쩍 봤다. 티브이 화면을 응시하고 있다. 〈소프라노스〉 시리즈를 완주하기로 했지만, 모든 에피소드를 남편의 어머니와 함께 봐야 한다면 나는 이 과정에서 빠지고 싶다는 생각이 든다. 아니면 적어도 시어머니가 떠나고 난 뒤에 보는 게 좋겠다는 생각이 든다.

"당신 어머니랑 보는 거, 괜찮아?"

남편에게 영어로 물었다.

"괜찮아. 그냥 봐."

그 순간, 남편의 어머니와 공존은 가능할지 몰라도 공생은 어려울 거라는 생각이 들었다. 우리 셋은 소파에 나란히 앉아 한 사내가 정육점에서 살해되고, 암매장되고, 토니가 자신의 어머니 리비아를 요양원에 입주시키기로 하고, 닥터 멜피에게 어머니에 대한 분노를 털어놓으며 눈물을 보이고, 마피아 조직원들이 어느 사내를 다리 위에서 떨어뜨려 죽이고, 아들 앤서니 주니어 생일 파티에 삼촌 코라도와 함께 온 어머니 리비아를 시니컬하게 보던 토니가 아내를 향해 "카멜라, 어머니 오셨어!"라고 하자 카멜라가 리비아에게 인사하는 대신 파티 손님들을 향해 "자, 식사합시다!"라고 외치며 끝나는 첫 회를 시청했다.

"이만 자러 가야겠다."

드라마가 끝나자 시어머니는 자리에서 일어나 남편과 나의 볼에 뽀뽀했다. 시어머니가 나를 안을 때 브래지어를 하지 않은 내 가슴이 시어머니의 물렁물렁한 가슴을 느꼈다. 순간, 벽이나 담이나 문이나 선이 없어서 언제든 드나들 수 있는 공간에 시어머니와 내가 있는 듯했다. 모든 것이 보여서, 모든 것을 보여야 해서, 나의 심신이 안정을 취할 수 있는 곳은 아닐 듯했다.

그날 밤, 내 옆엔 어느 여인의 어린 아들이 누워 있었다. 성인에게 따르는 책임 따위에 무관심할 수 있는, 한없이 응석 부릴 수 있는, 때에 따라 바닥에 구를 수도 있는, 그런 아들. 그런 아들을 옆에 둔 나는 어떤 위치에 있는 걸까. 다음 날 장 볼 품목을 생각하다가 잠이 들었다.

12. Variatio 25

"좀 어때요?"

커스틴을 본 지 오래됐다. 칸쿤에서 돌아온 직후 마사지 치료를 받고 싶었지만, 커스틴의 일정은 몇 달 치 예약으로 꽉 차 있었다. 언제라도 갈 수 있으니 예약 취소가 생기면 연락해 달라고 부탁해 놨는데 시어머니가 오는 바람에 그마저도 여의치 않았다. 평생 재봉일을 해서 어깨가 돌처럼 딱딱해진 시어머니를 놔두고 나 혼자 낫겠다고 교통사고 후유증 치료를 받으러 가려니 송구스러웠다. 십이월로 접어들며 비가 잦아지자 내 몸 상태는 더는 치료를 미룰 수 없게 됐지만, 공교롭게도 십이월은 직장 의료보험 가입자들이 연간 사용액을 맞추기 위해 집중적으로 치료 예약을 하는 달이라 커스틴을 만나는 건 불가능해 보였다. 그러던 중 예약 취소가 생겼다는 전화를 받았고, 때마침 시어머니는 쇼핑몰에 가 있었다. 부랴부랴 클리닉을 찾았다. 오랜만에 만난 커스틴은 지쳐 보였다.

"당신이야말로 좀 어때요? 바쁘죠?"

"아, 그러게요. 바쁘네요. 연말은 늘 이래요. 크리스마스 전후로도 일해야 할 것 같아요."

"잊지 않고 날 기억해 줘서 고마워요. 대기자가 많았을 텐데요."

"당연히 알려 드려야죠. 당신은 제가 좋아하는 환자예요. 또 예약 취소가 생기면 바로 알려 드릴게요."

"고마워요. 여긴 집에서 가까우니까 제 상황만 괜찮다면 언제라도 상관없어요."

"여전히 등이 제일 문제인가요?"

"어깨, 등, 허리, 엉덩이, 허벅지, 무릎, 그리고 뒤꿈치가 문제죠."

"하하, 누워 보세요. 전체적으로 살펴보죠."

탈의한 뒤 얼굴을 마사지 침대의 동그란 구멍에 묻고 배를 깔고 누웠다. 구멍으로 바닥을 볼 수도 있지만, 치료실에선 늘 눈을 감는다. 나와 치료사, 단 두 명이 있는 작고 어두운 방은 언제나 날 진솔하게 만든다. 고백할 거리를 만들어서라도 고백하고 싶어진다. 이런저런 환자를 만나기에 커스틴은 이미 지쳐 있다는 걸 알면서도 나도 모르게 이런저런 말을 내뱉고 만다. 치료사 입장에선 귀찮은 환자임이 틀림없는데, 이런 나를 좋아하는 환자라고 말하는 커스틴은 친절한 사람임이 틀림없다.

"칸쿤 여행은 어땠어요?"

참 다정하다. 세세한 것을 기억한다.

"정말 좋았어요. 이번에 선택한 리조트가 너무 좋아서 돌아오자마자 내년 가을에 다시 갈 계획을 세우고 말았어요."

"잘됐네요. 저도 내년 봄에 큰아들 작은아들 데리고 칸쿤에 가려고요."

"봄 방학 동안에요?"

"봄 방학 기간은 성수기라 부활절쯤으로 생각하고 있어요."

"아드님들이 좋아하겠어요."

"하하, 그래야 할 텐데요. 어쩌면 가족과 함께하는 시간이 너무 많아져서 불평할지도 몰라요."

커스틴의 아들들은 대학생과 고등학생이다.

"참, 엄마와는 어때요?"

훌륭한 치료사임이 분명하다. 아픈 곳을 놓치지 않는다.

"칸쿤 가기 전에 엄마와 통화했던 것, 얘기했죠?"

"네. 엄마가 끊으라고 하셨다고."

남편에게보다 먼저 털어놨던 이가 바로 커스틴이다.

"그때 이후로 연락이 없어요. 저도, 안 하거나 못 하고 있고요."

"이해해요."

"끊으라고 해서 끊긴 했는데, 사실 너무 힘들었어요."

"지금은 어때요?"

"여전히 힘들어요. 자진해서 고아가 된 기분이에요. 요즘엔 시어머니가 와 계셔서 이래저래 바빠지면 좀 잊히려나 싶었는데, 그렇지도 않네요."

"어느 정도는 이해해요. 전남편이 지독한 나르시시스트였어요. 그래도 제 경우엔 배우자여서 인연을 끊을 수 있었지만, 당신 경우엔……. 쉽지 않겠어요."

"이 정도로 힘들 줄 정말 몰랐어요. 온갖 종류의 슬픔이 다 합쳐진 슬픔을 느끼는 것 같아요."

커스틴은 척추를 따라 길고 굵게 형성된 근육들을 풀어 주고 있었다. 척주기립근이라고 했다. 어떤 부위에선 숨 쉴 수 없을 만큼 격심한 통증을 느꼈다. 그럴 땐 말을 하다가도 헉, 멈출 수밖에 없었다. 극심한 고통은 아무 말도 하지 말라는 신호를 보내는 것 같았다.

"뭐라고 말하기가 좀 그러네요. 그래도 엄마인데. 딸이 심한 말을 한 것도 아니고."

"엄마한테는 심한 말이었나 봐요. 혼자라는 사실은 엄마에게 취약점인 동시에 날 꼼짝 못 하게 하는 강력한 수단이었거든요."

'강력한 수단'이라는 단어를 말하려고 할 때 다시 한 번 헉, 멈춰야 했다. 말하지 말라는 신호를 받았지만, 잠시 쉬었다가 '강력한 수단'이라고 똑똑히 말했다.

"전남편은 혀에 칼을 단 사람이었어요. 죄책감을 느끼게 하는 데 전문가였죠."

"그런 사람들이 있어요. 저도 경험해 봤어요."

내가 경험한 이는 열두 살 소녀였고, 가족 범주에 넣을 수 있는 아이였다.

"지금 느끼는 분노는 분명히 필요한 감정이에요."

순간 깜짝 놀랐다. 난 슬픔을 말했을 뿐 분노는 입에 담지도 않았다. 내 말투에 화가 묻어 있었나, 움찔했다.

"필요한 감정이니까 느끼는 걸 거예요."

커스틴은 갈비뼈를 감싼 근육을 풀어 주며 강조하듯 말했다. 그녀의 말에 아무 대꾸도 할 수 없었다. 난 슬픔에 관해서 얘기하고 있었다. 슬픔이고, 슬픔이어야 했다. 간혹 화가 나기도 했지만, 내가 느끼는 감정의 대부분은 슬픔이었다. 내팽개쳐져서, 끊겨서, 나는 슬펐다. 왜 내팽개쳐져야 하는지, 왜 끊겨야 하는지 이유는 알고 싶지 않았다. 이유를 따지면 엄마를 이해할 수 없었다. 엄마를 엄마 자리에 놔둘 수 없었다. 엄마는 엄마 자리에 있어야 했다. 내가 느끼는 슬픔의 당위성이 되어야 했다. 엄마가 엄마 자리에 없다면, 나의 슬픔은 당위성을 잃는다. 슬퍼할 이유를 잃는다. 엄마를 잃는다.

'잃지 않으려고 잡고 있던 게 슬픔이구나. 하지만 잡을 것도 없고 잡히지도 않으니, 이건 헛것이구나.'

자기가 원하는 대로 안 했다고 등을 돌려 버리는 엄마, 애초부터 내가 가져야 할 것인데 특권을 준 것처럼 생색내는 엄마, 제대로 주지도 않아 놓곤 그마저 도로 뺏는 엄마, 원래 내 것이었던 것도 가져가 버리는 엄마. '엄마'라는 단어로 끝나는 문장들이다.

'엄마' 자리가 빈칸이라면, 빈칸을 '엄마'로 채울 수 있는 이는 얼마나 될까. 보편적이고 필수적이고 초보적인 단어, 태어나서 처음으로 말하는 단어, 엄마. 근원이자 시작인 개념, 날 때부터 안다고 생각하는 개념, 경험하기 이전에 이미 가지고 있어 대상을 인식하는 근거가 되는 개념. 지금껏 나는 이 선험적이거나 초월적인 개념 때문에 빈칸 안에 '엄마'를 넣지 않았다. 분노는 빈칸을 '엄마'로 채우려 했지만, 슬픔이 이를 막았다. 빈칸을 '엄마'로 채우는 자는 소수일 테니, 보편성을 따르며 다수에 남기를 원했다. 무엇보다 엄마가 나를 대하는 방식에 분노하는 대신 슬퍼하는 건 나에게 익숙한 감정 처리 방식이었고, 나는 이 방식을 통해 처한 상황을 선하게 승화시킨다고 믿었다. 이것 말고는 다른 방식을 알지 못했다. 나에겐 유일했고, 절대적이었고, 그래서 불변의 것이었다. 유일한 절대 불변, 다른 말로는 본질이나 천성이었다. 엄마와의 관계가 불공평해도 내가 진즉에 이를 내치지 않은 이유는 관습이나 도리 때문이기도 했지만, 그보다 더 중요한 이유는 내가 가진 유일한 절대 불변의 것, 즉 나의 본성을 거스를 수 없어서였고, 이것을 선한 의지라고 믿었기 때문이었다.

하지만 나는 어리석었다. 아무리 의지가 선해도 행하는 자가 무지하다면 의지는 무모한 억지가 된다. 나는 머리로만 승화하고, 마음이 하는 얘기를 듣지 않았다. 마음 입장에선 머리가 억지를 부린 셈이었다. 과학적으로 봐도 승화란 고체가 액체 상태를 거치지 않고 곧바로 기체로 변하는 현상인데, 나는 승화라는 명목하에 연신 눈물을 쥐어짜 내며 내 안의 덩어리를 줄곧 액화하고 있었다. 바깥으로 내보내지 못해 안에 고인 것은 시간이 지나면 사라질 거라 생각했다. 하지만 그건 기화지 승화가 아니었다. 승화를 위해서 내가 우선해야 했던 건 화로 뿜어내는 일이었다. 눈물을 쏟아 내도 내 안의 덩어리가 작아지지 않고 갈수록 무거워지고 질척거렸던 이유가 바로 이것이었다. 확 뿜어냈어야 했다. 승화하고 싶었다면 분노했어야 했다. 의식의 나는 분노하고픈 무의식의 나를 슬퍼하는 자로 미화했다. 분노해선 안 된다고 억눌렀다. 이성이 야성을 목줄로 묶고, 의식이 무의식을 심판했다. 참으로 인위적이고, 참으로 작위적이었다. 야성을 제거한 본성이 어찌 참된 본성이란 말인가. 이것이야말로 본성을 거스르는 행동이었다.

감았던 눈이 번쩍 떠졌다. 세상이 뒤집혀 보였다. 그런데 전혀 이상하지 않다. 마사지 침대에서 뒤집힌 채로 작고 동그란 구멍으로 세상을 보니 인제야 세상이 제대로 보인다. 나에게 맺힌 수많은 기억과 한순간에 몰아닥친 무의식의 향연이 형벌인 줄 알았다. 잊지 못하게 함으로써, 숨겼던 것을 보여 줌으로써, 감췄던 아픔을 자꾸만 덧냄으로써, 날 벌주는 줄 알았다. 그런데 이제 알겠다. 내가 왜 그토록 선명하게 기억하는지, 내가 왜 무의식의 심연을 보게 됐는지, 이제 분명히 알겠다. 퇴색하지 않은 기억은 온전히 보존된 무의식 창고와 같다. 수십 년 전의 일을 지금 내 눈앞에서 똑똑히 보며 그때 보지 못한 것을 본다. 손상 없이 보관된 기억을 본다. 그때 느끼지 못했던 것을 느끼고, 그때 느껴야 했던 것을 느낀다. 참혹한데 참혹하지 않다고 여겼던 것들, 기쁘지 않은데 기쁘다고 여겼던 것들, 두려운데 두렵지 않다고 여겼던 것들, 고맙지 않은데 고맙다고 여겼던 것들이 보인다. 이것들을 보는 게 주체할 수 없을 정도로 슬퍼서 가혹한 벌을 받고 있다고 생각했다. 그런데 아니다. 내팽개쳐지고 끊겼어도 무의식은 날 지키고 있었다. 이제 준비됐으니 똑똑히 보라고, 똑똑히 본 후에 행동하라고, 이곳은 나쁘고 싫은 것을 담아 두는 창고가 아니라 언제든 기쁨을 느낄 수 있는 것을 담아 두는 저장고라고 나의 무의식은 알려 준다. 슬픔은 겸양이 아니라 비겁함이고, 분노는 비이성이 아니라 확실한 이성임을, 의식과 무의식의 중간 지대에서 깨닫는다. 정의라는 이름 아래 숨겼던 나의 분노와, 관용이라는 이름 아래 숨겼던 나의 슬픔은 얼마나 진실하지 못했던가. 슬픔 아래 눌러 놓았던 것이 분노라니. 헉, 숨이 막혔다. 또다시 고통이 보내는 신호였다.

"교통사고 같은 외부 충격은 몸 전체로 퍼져 있는 근막에 손상을 줄 수 있어요. 신체 부위는 다 이어져 있으니까 특정 부위에 통증을 느낀다고 해서 그곳이 통증의 원인이라고 볼 순 없는 거죠. 근막이나 근육의 이완을 돕는 게 마사지 치료의 주요 기능이긴 하지만, 너무 깊숙한 곳은 다룰 수 없어요. 접근이 불가능해요."

접근 불가능한 곳은 누가 다룰 수 있을까. 그래 봐야 내 몸인데, 접근 불가능한 곳이 정말로 있을까.

"크리스마스에도 일한다고 했나요?"

깊은숨을 들이마셨다가 내쉰 뒤, 커스틴의 향후 일정을 물었다.

"크리스마스 날에는 클리닉 문을 닫으니까 쉬고, 크리스마스이 브와 박싱 데이(Boxing Day: 크리스마스 다음 날로 영연방 국가에선 크리스 마스와 함께 휴일로 정해 놓고 있다.)엔 일할 거예요."

"혹시 크리스마스 전 주말에 시간 낼 수 있겠어요? 그 주 토요 일 저녁 식사, 우리와 함께할 수 있을까요? 제가 좋아하는 사람에 게 제가 만든 음식을 대접하고 싶어요."

커스틴은 돌아누운 나를 바로 눕게 해서 어깨 쪽을 마사지하고 있 었다. 그녀에게 여러모로 신세를 졌다. 어떻게든 보답하고 싶었다.

"말씀만으로도 고마워요. 시어머니가 하우스 게스트로 와 계셔 서 이미 일이 많잖아요."

"제가 그동안 유튜브로 마사지하는 법 배워 놨거든요. 커스틴이 제 실험 대상이 돼 줘야 해요."

"하하하, 무슨 말인지 알겠어요. 꼭 시간 낼게요. 하지만 일을 많이 만들지 말아요. 제가 애피타이저나 디저트 가져갈게요."

"그냥 와요. 아드님들도 함께 오려고 할까요? 우리 집 와이파이 비밀번호 알려 준다고 해 봐요."

"하하, 고마워요. 집에 있으려고 할 거예요. 벤틀리도 봐야 하 고."

벤틀리는 커스틴의 반려견이다.

"일찌감치 와서 천천히 쉬다 가요. 음식 알레르기나 못 드시는 게 있나요?"

"그런 거 전혀 없어요. 뭐든 잘 먹어요. 오, 못 기다리겠어요. 멋진 크리스마스 선물이에요."

"저에게야말로 당신은 선물 같은 존재예요. 초대에 응해 줘서
고마워요."

마사지 치료는 깊숙한 곳을 다룰 수 없다고 커스틴은 말했지만,
그녀는 이미 가장 깊숙한 곳을 건드리고 있었다. 단순히 건드리는
것에 그치지 않고 쓰다듬어 주고, 풀어 주고, 어루만져 주고 있었
다. 내가 받은 것과 똑같은 것을 돌려줄 재주는 없어서 미미하게
나마 성의를 표시한다는 게 고작 저녁 식사 초대였는데도 커스틴
은 멋진 선물이라고 표현한다. 이런 사람이 두어 명만 더 있어도
세상은 좀 더 살 만한 곳이 될지 모른다고 그녀보다 덜 친절한 나
는 욕심을 내 본다.

시어머니와의 동거는 예상했던 대로 흘러가고 있었다. 일주일
에 한 번 샤디가 와서 마마준을 데리고 나가면 꼭 저녁 식사 전에
돌아와 마마준을 내려 주고 갔다. 샤디는 여전히 집 안으로는 들
어올 생각을 안 했다. 주말과 저녁 시간은 메헤란과 보내느라 마
마준과 함께 있는 것을 피했다. 하루는 토요일에 마마준을 데려가
길래 어쩐 일인가 싶었더니 그날 저녁 자신의 집에 초대한 손님들
의 식사 준비를 마마준에게 부탁한 거였다. 샤디네로 떠나던 마마
준은 페센잔을 만들 요량이었는지 우리 몫으로 챙겨 왔던 간 호두
와 집에 있던 졸인 석류를 들고 갔다. 나는 그런가 보다 했지만, 남
편은 분통을 터뜨렸다.

"마마준이 샤디 집에 갈 때마다 뭘 하는 줄 알아? 온종일 청소

하고 며칠 치 음식을 만들어. 이러려고 마마준을 여기에 오라고 한 거야? 자기 집에서 잠도 못 자게 하면서?"

"샤디가 생각하는 엄마 역할이 그런 건가 보지 뭐. 마찬가지로 마마준이 생각하는 엄마 역할도 그렇고."

"기가 차. 샤디랑 메헤란의 사생활은 중요해서 같이 저녁도 안 먹고 같이 주말도 안 보내면서 왜 우리랑은 이십사 시간 함께 있어도 된다고 생각하는 거야?"

남편의 문장은 모두 의문문이었다. 나한테 묻고 있지만, 나는 대답할 수 없었다. 아무래도 대화 상대를 잘못 고른 것 같았다.

"샤디 집이 작다잖아."

난 샤디네에 가 본 적이 없다. 샤디가 이곳에 정착한 지 열 달쯤 됐어도, 우리 가족이 교통사고 후유증을 겪는 와중에도 샤디 부부를 숱하게 초대했어도, 단 한 번도 그들 집에 초대받아 본 적이 없다. 그들이 한 말을 종합해 보면 우리를 초대 안 하거나 못 하는 이유는 사는 곳이 작아서였다. 이는 마마준이 샤디네에서 지낼 수 없는 이유기도 했다. 샤디와 메헤란은 삼십 평 크기의 콘도미니엄에 사는데, 이 콘도미니엄은 단지 내 부대시설과 조경이 훌륭하고 주위 편의 시설도 잘 갖춰져 있어 고가로 매매되는 곳이다. 언젠가 이곳에 사는 지인의 저녁 식사 초대를 받아 가 본 적이 있었다. 지인의 방 두 개짜리 스위트는 대로를 향해 있어 차 소리가 들리긴 했지만, 거실과 주방이 개방된 구조 덕에 전혀 답답하지 않았다. 아이를 포함하여 총 열 명의 사람들이 먹고 마시고 게임까지 즐겼었다.

"방 하나 남는 거, 간이침대라도 넣어서 마마준을 주무시게 할 수도 있잖아?"

남편은 자꾸만 나한테 묻는다. 아마 듣고 싶은 말이 있어서 그런가 보다. 대답해 줘야겠다.

"그럴 의향이 있었다면 처음부터 그랬을 거야."

"내 말이 그 말이야. 처음부터 마마준을 모실 생각도 없었으면서 육 개월 체류를 계획했다니, 진짜 말도 안 돼."

자신의 의견에 동조해 주는 사람이 있으면 의심했던 것도 확신하게 된다. 남편의 의견을 의심으로 만들까, 확신으로 만들까, 잠시 고민했다.

"그 계획에 당신은 처음부터 포함되지 않았고?"

방향을 휙 돌려 보기로 했다.

"응. 난 그저 돈만 냈지."

"당신이랑 상의도 없이 모든 것이 진행된 거네?"

내가 질문하는 사람이 됐다.

"응."

대답을 찾아야 하는 사람은 남편이다.

"당신 가족이 가진 다이내믹은 당신 가족의 고유함이야. 그러니 내가 관여해선 안 되는 부분이지."

남편이 답답해하는 부분을 보여 주기로 했다. 당사자에게 보이지 않는 문제가 외부인에겐 쉽게 보일 때가 있다.

"하지만 당신 가족의 다이내믹이 내 가족의 다이내믹과 부딪친다면 난 관여해야만 해. 왜냐하면 당신이 있는 곳은 나와 로야가 있는 곳이기도 하니까."

"맞는 말이야."

"당신 감정이 혼란스러운 건 당신이 나고 자란 가족과 당신이 만든 가족 사이에 선을 긋고 싶은데 그게 마음대로 안 돼서일 거야."

"맞아. 선이란 존중을 의미하는 거겠지."

"응. 한 개인이 개인으로서 존중받을 수 있는 최소한의 경계. 가족도 개인으로 구성된 집합체니까."

"마마준이나 샤디는 나를 전혀 모르는 것 같아."

"당신이 사는 세상과 그들이 사는 세상이 완전히 다르기 때문일 거야."

"그래도 이 정도로 날 모를 줄은 몰랐어. 마마준이 우리 집에서 지내는 데 동의한 이유는 마마준은 이해심 많은 분이라 기본적인 것들을 지킬 거라 생각했기 때문이야. 여기선 잠만 잔다고 하기도 했고. 이렇게 이십사 시간 함께 있으면서 각자의 사생활이 지켜지지 않을 거라곤 생각도 못 했어. 샤디랑 마마준 말만 믿은 내 잘못이야. 벽에 부딪힌 느낌이야."

남편은 어떤 길로 접어들었을 때 그 길이 잘못된 길인 걸 알게 된다면, 그래도 목적지에 다다라야 한다면, 둘러 가면 둘러 갔지 다시 출발점으로 돌아갈 생각은 안 하는 사람이다. 남편에게 있어

출발점은 영원히 출발점일 뿐, 다시 돌아갈 곳이 아니다.

"마마준은 이해심 많은 분이 맞아. 다만 마마준의 이해심은 어느 면에 국한되어 있어. 특정한 것에만 작동하는 이해심은 환경이나 대상이 달라지면 완고해지기도 해. 당신이 벽이라고 말한 부분일 거야."

"내 가족에 관한 거니까 이런 말은 정말 안 하고 싶었는데, 마마준이나 샤디가 상식선을 모른다는 생각이 들어. 이건 문화적 배경과는 전혀 상관없는 거야. 이란 사람들 모두가 마마준이나 샤디 같지 않다는 얘기야."

"무슨 말인지 알아. 가족은 문화권에 영향을 받지만, 가족 안의 문화는 개개인이 만드는 거니까. 당신이 생각하는 상식선은 당신 세상에선 통용되는 거라도 샤디나 마마준의 세상에선 아예 상식이 아닐 수 있어."

"난감해."

"얼마 전에 깨달은 게 있는데 말이야."

"뭐?"

"내가 힘들어질 때 날 힘들게 하는 것에 초점을 맞추면 문제를 해결할 수 없다는 거였어. 문제를 해결하기 위해선 나에게 초점을 맞춰야 한다는 걸 깨달았어. 내가 힘들다고 반응하는 걸 인지한 순간, 신기하게도 당면한 문제가 좀 더 쉬워 보였어. 어떤 외부 요소가 내 안의 것을 자극하기 때문에 내가 반응하는 거잖아. 내가 반응하고 있다는 걸 아는 것만으로도 마음이 한결 가벼워지는 거야. 마치 끙끙 앓고 있는 나로부터 빠져나와 공중에 붕 떠서 날 바라보는 거랑 비슷했어. 내부인이었던 내가 외부인이 된 거지. 외부인이 되니까 문제를 다루기가 한결 쉬워지더라고. 슬픔인지 분노인지, 내가 느끼는 감정이 뭔지 정확하게 아는 것도 굉장히 중요했어. 힘들다고 느끼는 건 자극에 대한 무조건적 수용을 원치 않는다는 뜻이거든. 수용하더라도 타인의 방식이 아닌 자신의 방식으로 하고 싶어서 슬픔이나 분노로 표시하는 것 같아. 아마도 지금 당신이 해야 할 일은 반응하는 이유를 알아내는 걸 거야."

"이미 알고 있는 것 같아. 드디어 눈이 떠진 느낌이야."

"그러면 적어도 앓을 필요는 없게 된 거야."

"마마준이 이곳에 오기 전에 내가 미리 알았더라면 이런 상황을 만들지 않았을 텐데. 다 내 잘못이야."

"아니, 당신이 이런 상황에 부닥치게 됐으니까 깨닫게 된 걸 거야. 상황이 닥치지 않았다면 영원히 몰랐을 수도 있어."

"바보 같은 실수를 했어."

"실수가 아니라 성장이 아닐까?"

"그렇게 봐 주면 고맙고."

"나 또한 엄마와 선을 긋느라 이런 상황에 이르게 됐어. 엄마는 날 끊어내는 거로 의사 표시를 분명하게 했어. 내가 영원히 어린 아이기를 바라셨나 봐. 다 큰 어른을 딸로 두긴 싫으셨나 봐."

"엄마가 자라시지 않으니까 버거우신 거지."

"그럴지도. 하지만 엄마가 자라지 않는다고 해서 나도 엄마를 따라 성장을 멈출 필요는 없고, 엄마 대신 내가 자라 줄 필요도 없다는 결론을 내렸어. 성인에게 성장은 각자의 책임이니까."

"맞아."

"사람마다 성장 방향이 다르고 성장 속도도 다르다는 걸 절감하는 중이야. 다만 엄마이기에 참 곤란한 상황이 되어 버린 거지. 그래도 분명한 건, 더는 엄마를 위해 성장을 멈추거나 엄마를 대신해서 성장하고 싶지 않다는 거야. 아무리 부모라도 일방적인 관계여선 안 되고, 관계 유지를 위해선 서로에 대한 이해도가 어느 정도 비슷해야 한다는 걸 인정하기로 했어. 엄마 입장만 거듭 이해하다 보니 정작 난 관계의 기본적인 원칙을 깡그리 무시하고 있었어. 그러다 탈이 난 거지. 끙끙 앓고 있는 나를 공중에 붕 떠서 봤거든. 엄마만 안쓰러운 줄 알았는데, 나도 무척 안쓰러운 사람이더라고. 아니, 아이더라고."

"휴, 당신이나 나나 왜 이리 비슷한 거야?"

"우리 부모가 비슷해서?"

"하하, 그러게. 우리 부모가 비슷해서 당신이랑 내가 비슷한가 봐."

"다른 문화권에 살아도 결국엔 동시대인 거야. 공간이 달라도 시간은 똑같이 흐르고, 대개의 사람은 어떻게 흐르는지 자각하지 못하고 살아가니까. 그러고 보면 일률적으로 흐르는 시간 속에서 자신만의 고유한 흐름을 가지는 건 꽤 어려울지도 모르겠어. 어렵긴 하지만 불가능한 건 아니니 다행이고. 이렇게 말하고 나니까,

갑자기 궤도에서 벗어나고 싶은 느낌이 드는데? 미래의 로야가 누군가에게 그건 아마 우리가 비슷한 부모를 가졌기 때문일 거야, 라고 말할 일이 없도록? 만약에 말하게 된다 해도 정반대의 의미로 쓰일 수 있도록?"

"그래 볼까? 지금 낮이니까, 밤을 당겨 볼까? 밤일을 밤에만 해야 할 이유가 없잖아? 고유해지자, 우리."

살아가는 동안 덜컥대는 순간이 생긴다 해도 대부분은 웃음과 농담과 친절과 배려와 이해와 정으로 굴러가는 게 삶이라고 믿고 싶다. 순조로운 삶을 위해 덜컥대는 순간이 있어야 한다고 생각하고 싶지 않다. 사랑을 가르치려 사랑을 빼앗아선 안 되고, 평화를 가르치려 평화를 빼앗아선 안 되는 것처럼, 생의 소중함을 배우기 위해서 죽음을 경험해야 한다거나, 식량의 소중함을 배우기 위해서 배고픔을 경험해야 한다거나, 내 가정의 소중함을 배우기 위해서 폭력을 경험해야 한다고 누군가가 필연적 연관을 들먹이며 나를 설득하려 한다면 나는 그 누군가의 세상에 발 들이고 싶지 않다. 발 들이지 않았더니 뿌리 내릴 곳 없다면 차라리 공중에 붕 떠서 살겠다. 땅에서 우러러보면 정처 없겠지만, 하늘에서 내려다보면 묶이고 매인 쪽은 땅이다.

식구가 한 명 늘고 가족도 확장되어 크리스마스 시즌이 더욱더 풍성해질 줄 알았는데 집안 분위기는 묘하게 긴장됐다. 눈뜬 경험을 하고 있다는 남편이 내는 에너지가 너무나 선명해서 뚜렷한 선들이 보일 정도였다. 확연히 보이는 투명한 선들을 어색해하는 마마준이 애처롭다가, 저렇게 분명히 드러내야 할 만큼 쌓아 둔 게 많은 남편이 애처롭다가, 이 둘 사이에서 적절한 선을 지키려고 조심하는 로야가 애처롭다가, 늘 훈훈했던 연말이 팽팽한 긴장 속에 놓이는 것을 목격하는 내가 애처로웠다. 우리는 있는 그대로의 모습을 보이고 싶지 않아서, 혹은 있는 그대로의 모습을 보이고 싶어서, 부자연스럽게 자연스러운 척을 했다.

시어머니는 날마다 쇼핑몰에 가서 무언가를 사들였다. 그중 어떤 것들은 크리스마스트리 밑에 놓였고, 어떤 것들은 당신의 옷장이나 여행 가방으로 들어갔다. 내가 시어머니의 사적 공간을 일부러 본 게 아니라 당신이 쓰는 공간에 필요한 것들을 주기적으로 채워 주기 위해 들어갈 때마다 옷장과 여행 가방이 항상 열려 있어서 보게 되었다. 시어머니는 쇼핑하고 올 때마다 캐나다엔 싸고 좋은 것들이 많다고 즐거워했다. 매년 와서 쇼핑해도 좋겠다고도 했다. 여기서 지내는 게 여러모로 좋다는 뜻으로 한 말이겠지만, 이런 말을 들을 때마다 신용카드의 주인인 남편은 냉소를 지었다.

뻔히 보이는데도 보지 못하고, 뻔히 들리는데도 듣지 못하는 사람들이 있다. 이런 사람들이 사는 세상은 단면적이다. 이면의 것이 없으니 서로서로 따라 하면 같은 편이 되고, 따돌리면 다른 편이 된다고 믿는다. 자기 눈을 가리면 다른 사람도 보지 못하고, 자기 귀를 막으면 다른 사람도 듣지 못한다고 믿는다. 시어머니와 남편 둘 중 한 사람은 상대의 진짜 모습을 보지 못하고 있었다.

커스틴을 초대한 날이 왔다. 나는 아침부터 요리를 준비했다.

내가 선택한 메뉴는 풀드포크(pulled pork: 돼지 어깨살을 저온의 오븐에서 구워 내는 바비큐 음식)였다. 온종일 오븐을 가동하니 집 안은 절로 훈훈해지고, 맛있는 냄새가 집 안을 가득 채우니 만들 때마다 즐거워지는 음식이다. 빵에 넣어 샌드위치로 먹어도 좋고, 한국 장조림처럼 밥과 함께 먹어도 좋아서 곁들이는 음식도 동서양을 구분치 않고 여러 가지로 준비했다. 다양한 음식들로 이미 풍성해진 식탁을 숲에서 주워 온 솔방울과 빨간 열매가 주렁주렁 달린 호랑가시나무 가지로 장식했더니 더욱더 풍요로워 보였다. 단 한 명의 손님을 위한 단출한 식사 자리였지만, 크리스마스를 목전에 둔 우리 가족은 그저 들떠서 크리스마스 캐럴을 틀어 놓고 집 안 곳곳을 크리스마스 소품들로 장식하며 한껏 연말 분위기를 냈다. 눈이라도 온다면 곧장 마법에 빠질 것만 같은 날이었다. 바깥엔 어김없이 비가 내리고 있었다.

"나는 밑에서 혼자 먹으마."

이름표까지 만들어 테이블 세팅을 마쳤는데 아래층에서 올라온 마마준이 따로 저녁을 먹겠다고 한다.

"왜요, 어머님? 함께 드시지 않고요?"

"난 영어도 못 알아듣고. 불편해. 밑에 가서 뭐 보면서 나 혼자 먹는 게 편해."

시어머니 방을 아래층으로 옮기고 나선 식사 시간 외에는 시어머니를 잘 볼 수 없었다. 시어머니는 쇼핑몰에 가지 않는 날이면 온종일 유튜브를 봤다. 잘 때도 유튜브 영상은 켜져 있어야 했다.

심지어 남편과 나와 함께 〈소프라노스〉를 시청할 때도 당신은 휴대전화로 무언가를 봤다. 남편이 이어폰을 줬지만, 마마준은 사용하지 않았다. 영어 드라마가 당신의 주의를 끌지 않으니 당신이 보는 영상도 나와 남편의 주의를 끌지 않는다고 생각하는 모양이었다. 당신이 생활하는 아래층은 늘 소리로 차 있었다. 정적이 존재하지 않았다.

"편하신 대로 하세요. 음식을 덜어 드릴게요."

남편은 정말로 넉넉한 양의 풀드포크와 밥과 샐러드를 접시에 담더니 아래층으로 가져다 놓고 왔다. 남편을 따라 내려간 시어머니는 다시 올라오지 않았다.

"진짜 왜 그래? 어머님이 불편하시면 저녁 내내 우리와 함께 있지 않으셔도 돼. 식사할 때만이라도 함께 계실 수 있잖아? 못 담아드린 음식이 이렇게나 많은데."

커스틴은 내가 초대한 손님이었다. 내가 청하지 않았다면 마마준이 불편해할 일도, 당신 혼자서 식사할 일도 없었을 것이다. 나야말로 무척 불편해졌다.

"그러고 싶으시다잖아."

남편은 오히려 잘됐다는 표정이었다. 난처했다. 함께 즐기자고 마련한 자리가 결국 누군가를 배제하고 만 것 같았다.

"마마준 좋아하시는 피클도 갖다 드려."

남편도 마마준도 염소자리다. 별자리의 특징을 무조건 믿진 않지만, 출생 시의 환경적 기운은 필요에 따라 고려하는 편이다. 이 순간, 혼자 밥을 먹겠다는 시어머니와 그러라고 하는 남편의 의견은 존중해 줄 필요가 있었다.

커스틴은 그냥 오라는 나의 말을 가뿐히 무시하고 여러 종류의 페이스트리가 든 박스를 두 개나 들고 왔다. 우린 향기로운 리즐링을 마시며 천천히 식사를 즐겼다. 커스틴은 풀드포크에 곁들인 고추장 소스를 특히 좋아했다. 커스틴이 떠날 때 풀드포크와 고추장 소스와 페이스트리 몇 개를 싸 줘야겠다고 생각하며 그녀가 하는 얘기를 들었다.

"큰애가 벤틀리를 너무 무서워해요. 오늘도 여기 오기 전에 벤틀리와 큰애를 진정시키느라 혼났어요."

"무슨 일이에요?"

개를 키우고 싶어 하는 남편은 몸을 앞으로 숙이며 대화에 관심을 보였다.

"벤틀리가 큰애만 보면 짖어요. 아니, 큰애뿐만 아니라 대문 밖에서 무슨 소리만 들려도 짖어요. 누가 대문을 두드리면 난리가 나고요. 벤틀리는 도베르만이지만 정말 순한 아인데, 왜 그렇게 사납게 짖는지 모르겠어요."

"벤틀리랑 함께 지낸 지 얼마나 됐어요?"

남편과 커스틴의 대화가 이어졌다.

"한 육 개월쯤 됐나 봐요. 전 주인한테 학대를 받아 유기동물보호소에 보내진 개였어요. 전 벤틀리를 보자마자 사랑에 빠졌고요."

"벤틀리 전에 개를 키워 본 적이 있나요?"

"아뇨. 벤틀리가 처음이에요. 애들은 애완견을 기르는 것에 그리 우호적이지 않았어요. 제가 원했던 거죠. 애들이 다 커 버려서 돌봐 줄 아이를 원했는지도 모르겠어요. 벤틀리는 우리 막내예요."

"개 주인들이 흔히 하는 실수가 개를 사람 취급 한다는 거예요. 개는 개죠. 동물이라는 뜻이에요. 개의 언어로 말하지 않으면 개는 절대로 말을 듣지 않아요."

남편이 좋아하는 티브이 프로그램 중에 애완견을 훈련하는 쇼가 있는데 나도 몇 번 본 적이 있다. 남편이 한 말은 이 쇼의 호스트가 했던 말이다. 애완견의 주인들은 한결같이 개가 말을 듣지 않는다고 불평했지만, 문제의 대부분은 개가 아니라 주인에게 있었다.

"우리가 개를 키워 본 경험이 없어서 어설픈지도 모르겠어요. 큰애는 벤틀리를 무서워하고, 작은애는 벤틀리한테 관심을 안 보이고. 제가 일하느라 벤틀리를 산책시킬 시간이 없어서 애들한테 좀 다녀오라고 해도 아무도 말을 안 들어요. 우리 집이 아파트라 벤틀리가 마음대로 움직일 공간이 없거든요. 그래서 산책이 꼭 필요한데 못 해 주고 있어요."

"산책도 중요하지만 벤틀리에게 정말 필요한 건 팩리더예요. 가장 이상적인 경우는 애완견 주인이 팩리더 역할을 하는 거죠. 주인이 있더라도 팩리더의 역할을 못 한다면 팩리더가 없는 것과 마찬가지고요. 이런 경우엔 애완견이 두목이 돼야 하는데, 어린 개가 감당하기에 힘든 일이죠."

"오, 이런."

"벤틀리가 한 살 좀 넘었다고 했나요?"

"네, 한 살 반이에요."

"벤틀리 스스로 느끼는 스트레스가 상당할 거예요."

"한 번도 그렇게 생각해 본 적 없어요."

"애완견의 의미는 주인이 팩리더의 역할을 해야 한다는 뜻이에요. 주인이 리더 역할을 할 때 애완견은 심리적 안정을 느껴요. 충실한 반려견이 되는 거죠."

"우리 가족 모두는 리더 역할을 못 하는 것 같아요. 서로 미루고 있어요. 그저 벤틀리가 잘 행동해 주기만을 바라고 있는지도 모르겠어요."

남편과 커스틴은 애완견에 관해서 얘기하고 있는데, 나는 내 부모를 떠올릴 수밖에 없었다. 그랬구나, 나의 부모도 팩리더의 역할을 못 했던 거구나. 내가 과중한 책임감이나 조바심을 느꼈던 이유가 바로 이거였구나.

"벤틀리에게 안정을 주는 게 급선무예요. 난 네가 믿고 따를 만한 사람이다, 확신을 줘야 해요."

나에게 필요했던 건 확신이었구나.

"자신이 가족을 이끌어야 하고 지켜야 한다고 생각한다면 어린 개는 상당한 스트레스를 느껴요."

내 얘기구나.

"벤틀리의 행동을 고치려고 하기 전에 가족 모두의 행동을 교정할 필요가 있을 거예요."

난 내가 잘못한 줄 알았잖아…….

"애완견들은 주인의 감정을 본능으로 느껴요. 주인이 불안하면 그들도 불안하고, 주인이 평화로우면 그들도 평화로워요."

남편 자신의 얘기이기도 하구나. 우리의 얘기구나.

"맞아요. 애들이 벤틀리를 별로 안 좋아해서 벤틀리가 애들하고만 있으면 전 불안해요. 그래서 더 혼내기도 하고 쓸데없이 상을 주기도 해요. 벤틀리에게도, 애들에게도."

"벤틀리가 당신이랑은 어때요?"

"차차 알아 가고 있어요. 벤틀리가 가여워서 어떻게든 잘해 주고 싶은 마음이 제일 커요. 전 주인에게 학대를 많이 당했거든요."

"벤틀리를 잘 대해 주는 최고의 방법은 확실한 태도일 거예요. 원칙이 확고해야 하고, 상벌에도 일관성이 있어야 해요. 무엇보다 커스틴 당신 가족의 성향과 개의 성향을 잘 살펴서 조화롭게 교감하는 것이 중요해요."

"맞는 말이에요. 제가 오냐오냐하면서 벤틀리를 대하는 부분이 있어요. 큰애를 향해 사납게 짖으면 벤틀리를 제지하기보다 큰애를 그 순간에서 벗어나게 하거든요. 내가 벤틀리 잡고 있을 테니까 넌 얼른 방으로 들어가, 이렇게요. 작은애는 벤틀리를 무시해서 이런 상황을 안 만드는데, 큰애는 무서워해요. 벤틀리를 못 믿겠대요."

"벤틀리도 마찬가지일 거예요. 주인을 믿지 못해요. 확신이 없으면 의심이 생기죠. 의심이 계속되면 불신이 되고요."

오, 이런. 다 맞아.

"커스틴 자신을 믿는 게 벤틀리를 위해 가장 필요한 일이에요. 벤틀리는 반려견이에요. 반려견의 존재 이유는 주인과의 동반이죠. 주인이 확신하면 개도 확신해요."

무수한 것들이 세상을 채우고 있지만, 알고 보면 세상은 몇 안 되는 이치에 의해 꾸려지는 듯하다. 불가해해 보이는 것들의 이면엔 어이없을 정도로 단순한 이유가 있고, 뻔해 보이는 것들의 이면엔 놀라울 정도로 복잡한 이유가 있다. 생사가 있기에 이치가 생겼을 수도 있고, 이치가 있기에 생사가 생겼을 수도 있다. 그 시작이 어떻든 간에, 살아가는 과정에 놓인 나는 이 몇 안 되는 이치 덕분에 참 안심된다. 복잡하게 살 줄 몰라서 늘 어설프다고 생각했는데, 한 치 앞도 안 보이는 짙은 안개 속에서 늘 헤맨다고 생각했는데, 어설프더라도 한 발짝씩 움직이는 게 맞는 방법 같기도 하다. 부족한 줄 알았다. 아니다. 이 정도면 충분하다.

후식을 먹을 때, 마마준이 좋아하는 로열앨버트 접시에 페이스트리를 담아 마마준에게 가져다주었다. 마마준은 저녁 식사를 담았던 접시를 깨끗하게 씻어 놓았다. 맛있었다며, 잘 먹었다며, 고맙다며 내 손을 잡았다. 엄마라면 말이 통하든 안 통하든 저녁 식사의 주인공이 되어야지 이렇게 따로 식사하지 않았을 것이다. 설령 혼자서 먹었다고 해도 접시를 씻어 놓거나 잘 먹었다고 인사하지 않았을 것이다. 인사는커녕 이런 상황에 자신을 처박아 놨다고 울고불고 야단법석을 피웠을 것이다.

커스틴과 식사하는 내내 아래층에 있던 마마준을 생각했다. 웃고 떠드는 순간에도 마음이 무거웠다. 숨길 이유가 없는데 무언가를 숨기고 있는 것만 같았다. 반달눈으로 내 손을 잡고 있는 마마준을 보자 내가 숨긴 건 아래층에 있는 마마준의 존재가 아니라 마마준을 아끼는 내 마음이라는 생각이 들었다. 어쩌면 남편은 엄마와 이렇게 되어 버린 나를 배려하느라 일부러 더 마마준을 향해 딱딱한 감정을 드러내는지도 몰랐다. 엄마는 엄마, 마마준은 마마준이라고 마음 가닥을 잡았지만, 은연중에 마마준과 엄마를 동일시했는지도 몰랐다. 모성이란 조작된 신화일 뿐이라고 싸잡아 비난했는지도 몰랐다. 나 자신이 엄마이면서도 모계의 모든 것을 믿지 않았는지도 몰랐다. 페이스트리를 조심스레 한 입 베어 무는 마마준은 아무 잘못이 없다. 당신이 여기 있어야 할 이유가 없다. 아니, 여기 있어야 할 이유가 무수히 많다.

"고마워요, 마마준."

어머니를 안았다.

"아이고 예쁜 것, 내 눈에 달 같은 것."

어머니는 날 안으며 등을 토닥여 주었다. 물렁물렁한 가슴을 느꼈다.

13. Variatio 26

밤이 구워지는 고소한 냄새가 난다. 다 구워진 밤을 오븐에서 꺼내 식히는 동안 버섯과 다진 양파를 버터에 볶는다. 큰 볼에 간 쇠고기, 간 양고기, 간 돼지고기, 여러 가지 허브와 소금, 후추, 계란, 우스터소스, 토마토 페이스트, 우유에 적셔 놓은 빵, 그리고 볶은 버섯과 양파를 넣어 잘 치대 준다. 밤 껍질을 깐다. 간 밤 몇 알을 예쁜 밤톨 같은 아이에게 먹이고, 나머지는 잘 다져 소로 준비해 놓는다. 고기에 양념이 배어들면 군밤 소를 넣어 통나무 모양으로 만든 후 베이컨으로 전체를 감싸 준다. 열 오른 오븐에 넣어 겉면을 익힌 뒤 오븐 온도를 낮추고, 메이플 시럽을 베이컨 위쪽에 한 번씩 발라 가며 천천히 구워 준다. 맛있는 냄새와 먹음직스럽게 익어 가는 모양새에 정신이 혼미해질 즈음, 미트로프는 완성

된다. 붉은 크랜베리와 초록 로즈메리를 곁들여 크리스마스 장식을 한다.

벽난로를 켜고 캐럴을 틀고 크리스마스트리 전구를 밝혔다. 글뤼바인(Glühwein: 여러 가지 주류가 사용될 수 있으나 대개 레드 와인에 오렌지, 정향, 계피, 꿀 등을 넣어 끓여 따뜻하게 마시는 알코올음료)을 만들었더니 우리 집은 독일의 어느 눈 내리는 작은 마을에 있을 법한 집이 되었다. 완벽하게 디너가 준비됐다. 초대 손님을 기다렸다.

여느 때처럼 샤디는 진한 화장품 냄새를 풍기며 집 안으로 들어왔고, 메헤란은 비 냄새를 풍기며 신발을 벗었다. 문밖에선 빗방울들이 왁자지껄 떠들어대고 있었고, 비에 젖은 크리스마스 전구들은 보이지 않는 별들에게 끔뻑끔뻑 구조 신호를 보내고 있었다. 전구에게 윙크로 응원을 보낸 뒤 문을 닫았다.

이날의 우리들은 알록달록했다. 샤디는 빨간색 립스틱과 빨간색 하이힐로 크리스마스 분위기를 냈고, 메헤란은 얼핏 보면 전나무 모양을 한 기하학적 무늬의 스웨터로 홀리데이 시즌임을 알렸다. 마마준은 자줏빛 드레스에 달랑거리는 귀고리와 반짝이는 목걸이로 치장하고, 로야는 빨강 리본이 달린 초록 벨벳 드레스, 남편은 빨간 캐시미어 스웨터, 나는 목둘레에 하얀 눈꽃이 수놓인 빨간 니트 드레스를 입었다. 어른들은 따뜻한 글뤼바인, 아이는 따뜻한 애플 사이다를 마시는 것으로 크리스마스 디너를 시작했다.

"달콤하니 맛있네. 아주 맛있어."

마마준의 기분이 좋아 보였다.

"어머님, 이걸 만든 와인이 시라즈예요. 어머님 고향, 시라즈요."

"아, 그래? 난 시라즈에서 태어났는데도 와인을 안 좋아해. 포도는 맛있는데 와인은 맛이 없어. 그래도 이건 맛있네."

"시라즈는 정말 아름다워요. 언제 한번 꼭 가보세요. 가게 되면 페르세폴리스도 꼭 들르고요."

두 잔째 글뤼바인을 마시던 메헤란이었다. 자기가 태어난 곳으로부터 아주 멀리 아주 오랫동안 떨어져 사는 메헤란에게 이란은 아름다운 고국이다. 시간이 갈수록 더욱더 가까이 더욱더 아름답게 다가오는지, 노년엔 고국으로 돌아가 산과 바다가 있는 북부지역 쇼말에 집을 지어 살고 싶다고 한다. 메헤란의 말을 듣고 나도 고국에서 집을 지어 살 수 있을까, 상상해 본 적이 있다. 바다와 산이 있는 강원도의 어느 곳을 골라, 집을 짓고, 해변을 거닐고, 산을 타다가, 언젠가 죽어서, 한 줌의 재가 되어, 바다에 뿌려지는 날, 상상 속의 바다는 동해가 아니라 밴쿠버 앞바다였다. 돌아간 줄 알았는데 다시 돌아오고 말아서, 실컷 상상한 끝이 현실이어서, 잠시 어이없었다. 하지만 상상을 구체화하기 위해 사용한 것이 기껏 현실적 경험인지라 당연한 결말이기도 했다. 내가 좀 더 대담했다면 몽골의 어느 초원이나 알래스카의 어느 강가에서 죽을 수도 있었는데, 그건 다음 생으로 미루기로 했다.

"난 이란에선 엘라히에가 좋아."

엘라히에는 집값 비싼 테헤란에서도 고가의 부동산으로 유명한 부촌이다. 이란에 가해지는 경제 제재와 상관없는 곳이기도 하다. 이란어를 할 수 있다는 것이 이란 사회 내 속물적인 면까지 알아야 한다는 의미는 아니지만, 샤디 덕분에 나는 그런 부분도 알고 있다.

"난 여기가 좋아. 비도 참 좋고."

첫 번째 잔의 글뤼바인을 비워 가는 마마준이었다.

"나도 비 오는 거 좋아."

글뤼바인이 자기 입에 안 맞는다며 메헤란에게 잔을 넘긴 샤디였다.

"아직까진 비가 좋겠지."

잔을 빙글빙글 돌리던 남편이었다. 샤디와 마마준에겐 들리지 않았지만, 바로 옆에 있던 나한텐 들린 영어 문장이었다.

"엄마, 배고파. 미트로프 언제 먹어?"

잘 알지 못하면서도 모든 걸 알고 있는 로야였다. 말을 뱉어 내며 허전해하는 입을 음식으로 채워 줄 필요가 있었다. 보온 기능으로 맞춰 놓은 오븐에서 얌전히 기다리던 미트로프는 가히 경탄할 만한 모습이었다. 내가 만든 거라면 뭐든지 몸에 좋은 음식이라고 생각하는 남편은 "이건 정말 건강한 음식이야."라며 누구한테 말하는지 모를 문장을 몇 번이나 반복했다.

"근사하구나. 어떻게 만드는 거냐?"

마마준은 예외 없이 레시피를 물었고, 예외 없이 친절하고 싶은 나는 완성된 미트로프를 접시에 옮겨 담으며 요리 과정을 설명했다. 준비된 음식들을 포멀 다이닝 테이블로 나르고, 디캔팅 해 놨던 시라즈를 새로운 와인 잔에 따랐다. 디너 테이블에 따로 자리 지정을 하지 않았는데 앉다 보니 남편과 로야와 내가 한쪽에, 마마준과 샤디와 메헤란이 다른 한쪽에 앉게 되었다. 다 같이 잔을 들었다. 식탁이 넓어 맞은편 식구끼리는 잔을 부딪치는 흉내만 냈다.

다행스럽게도 모든 음식이 맛있었다. 특히 남편 가족을 위해 지은 바스마티 라이스는 참 잘 지어졌다. 미트로프와 바스마티 라이스를 함께 먹으니, 마치 쿠비데 케밥(كباب کوبیده: 간 양고기나 쇠고기를 이용해 만드는 케밥)을 먹는 듯했다. 낯선 음식을 꺼리는 샤디에겐 익숙해서 안심하는 맛일 테다. 바스마티 라이스는 황금빛 누룽지도, 포실한 밥알도, 사프란 향내도 완벽해서 내심 기뻤다. 나는 전기 밥솥을 쓰기 않기에 어떤 밥이라도 불 조절을 해 가며 짓는데, 무쇠솥이나 돌솥을 이용해 밥을 지을라치면 물, 불, 공기, 흙의 사 원소를 다루는 것 같아 마치 연금술사가 된 기분마저 든다. 그래서 황금빛 누룽지를 만드는 것에 정성을 쏟는지도 모르겠다.

"진짜 여느 이란 사람보다 당신이 밥을 더 잘 지어. 너무 훌륭해."

바스마티 라이스를 자신의 접시에 담던 남편이었다.

"타딕(ته دیگ: 누룽지를 일컫는 페르시아어. 손님상에 반드시 낼 정도로 별미로 취급된다.) 좀 드셔 보세요. 진짜 맛있어요."

남편은 맞은편에 앉은 마마준에게 손을 뻗어 타딕을 건넸다.

"나한텐 딱딱해."

마마준은 틀니를 사용한다.

"무슨 브랜드 쌀이야?"

자기 접시에 담긴 미트로프에 눈 내리듯 소금을 뿌리던 샤디가 남편에게 물었다.

"몰라."

그런 걸 왜 묻느냐는 표정이다.

"브랜드가 중요한가?"

샤디를 보지도 않고 남편이 말했다.

"브랜드는 모르겠고, 원산지는 쇼말이에요."

건너편에 앉은 샤디에게 내가 대답해 줬다. 쌀은 남편이 사 왔었다.

"나는 전기밥솥을 이용해요. 밥이 얼마나 잘 지어지는지 몰라요."

샤디는 소금이 뿌려진 미트로프를 썰면서 날 보지 않은 채 말했다.

"나도 전기밥솥을 써. 난 타딕 만들 때 납작한 빵이나 감자를 넣는데. 훨씬 더 맛있어."

마마준이 옴폭 들어간 입으로 오물거리며 음식을 씹는다.

"정말 모든 게 맛있어요. 너무 맛있어서 두 접시 세 접시 먹을 거예요. 연말 몸무게는 새해에 걱정하는 거로요. 하하!"

노년에 이란으로 돌아가 살고 싶다는 메헤란은 사실 더는 이란 사람이 아니다. 전형적인 이란인이라면 초대 자리에서 두 접시 세 접시 더 먹겠다고 우스갯소리로라도 하지 않는다. 타로프(تعارف)

라는 페르시아 단어가 있다. 어떤 호의를 베풀었을 때 그것을 덥석 받아들이는 건 예의가 아니라고 여겨 적어도 두 번은 거절한 뒤 세 번째에 이르러서야 못이기는 척 받아들이는 관행이다. 이는 호의를 베푸는 사람도 세 번은 제안해야 한다는 뜻이다. 제안과 거절을 반복함으로써 쌍방 간의 기대치를 우회적이지만 확실하게 보여 주는 행위다. 한국어 표현으로는 빈말에 해당할 수 있겠으나 빈말을 하지 않으면 무례하다고 여기는 관행은 더는 없기에 현시점에선 타로프와 동일하지 않다.

타로프든 빈말이든, 시작은 타인의 감정을 해치지 않기 위한 선한 의도에서 유래했을 것이다. 하지만 뭐든 관행이 되면 의도보다 결과에 초점이 맞춰지고, 사람을 판단하는 척도로 사용되기도 한다. 안에 든 것이 어떠하든 보이고 싶은 것만 보여야 삶은 순조롭게 영위되는 듯, 고상함 속에 비열함을 숨기고, 우아함 속에 졸렬함을 숨긴다. 물론 어딘가엔 선한 의도가 존재하지만, 선한 의도에는 서로 간의 예의를 지키지 않으면 자신의 안위(安慰) 또한 지켜지지 않을 거라는 우려도 들어 있기에 마냥 순수하지만은 않다. 고도의 소극적 자기방어인 셈이다. 어떤 면에서 에티켓은 소위 친절한 사람들의 예민함을 보호하는 장치라는 생각이 든다. 세세한 부분까지 신경 쓰는 행동 뒤엔 그렇게 해야 편안함을 느끼는 까탈스러운 면이 있는 것이다. 가령 메헤란의 접시가 비워지기 전에 미트로프를 담아 주고, 마마준의 잔이 비워지기 전에 잔을 채워 주고, 샤디가 일어나기 전에 떨어진 냅킨을 주워 주는 건 그들을 편하게 해 주기 위해서이기도 하지만, 그렇게 해야 내 마음이 편하기 때문이다. 이런 나의 호의를 선의로 취급할지 의무로 취급할지는 그들에게 달렸다. 난 그저 해야 할 것을 할 뿐이다.

이날의 디저트는 중국 베이커리에서 사 온 과일 생크림 케이크였다. 홍콩 사람들이 좋아할 만한 것들을 만들어 내는 베이커리에서 사 온 케이크는 샤디와 마마준도 좋아하는 맛이었다. 메헤란과 남편과 로야는 두말할 나위 없이 좋아했다. 다들 너무 맛있다고 한목소리로 말하길래, 드디어 만장일치로 어느 한 곳에 모인 느낌이었다. 크리스마스라는 배경이 틀림없고, 가족이라는 등장인물도 틀림없었다. 드로셀마이어(Drosselmeyer: 〈호두까기 인형〉에서 주인공 마리에게 호두까기 인형을 선물해 주는 인물)가 나와도 좋을 순간이었다.

"케이크 다섯 조각이 남았어요. 누가 먹을지 가위바위보로 정하는 거예요. 지면 케이크를 못 먹어요. 모두 공정하게, 속임수 없이, 결과에 승복해야 해요."

나는 글뤼바인 한 잔, 샴페인 두 잔, 시라즈 두 잔을 마신 상태였다. 재주를 부리기에 적당했다. 가족 모두를 커피 테이블 주위로 모아 놓고 가위바위보를 하게 했다. 잘 웃지 않는 샤디도 숨넘어가는 소리로 깔깔댔고, 마마준과 남편과 로야는 웃느라 일찌감치 눈의 흔적을 없앴고, 소매를 걷어붙인 메헤란은 입을 귀에 걸었다.

"가위바위보!"

우리는 목청 높여 외쳤다.

"야호!"

로야가 이겼다.

"가위바위보!"

"하하하!"

남편이 이겼다.

"가위바위보!"

"내가 이겼다!"

샤디가 이겼다.

"가위바위보!"

"오, 내가 이겼네!"

메헤란이 이겼다.

"어머니와 제가 남았어요. 준비되셨어요? 가위바위보!"

"호호호!"

마마준이 이겼다.

"와!!! 잘하셨어요!"

난 엉덩이를 흔들며 춤을 췄다. 다들 숨넘어가듯 웃었다. 내가
졌다는 것을 그제야 깨달아 눈을 비비며 엉엉 울었다. 다들 허리
를 꺾어 가며 웃었다.

완벽한 크리스마스 디너였다.

이날 밤, 엄마 꿈을 꿨다. 엄마는 혀에 칼을 단 열두 살 외가 친
척 아이와 함께 어딘가로 차를 타고 떠나려던 중이었다. 나도 함
께 가야 했지만, 어쩐 일인지 어두컴컴한 부엌 안에 숨어 있었다.

엄마는 나를 잠시 찾는 척하다가 찾는 것을 곧바로 포기하고 열두 살 아이와 뒤도 돌아보지 않고 떠났다. 떠나는 차 안에서 엄마의 목소리가 들렸다. 무언가에 대해 불평하다가 자화자찬을 시작했다. 내용은 알아들을 수 없지만, 형식이 그랬다. 열두 살 아이는 맞장구를 쳤다. 엄마는 즐거워했다. 이들을 숨어서 보던 나는 이들과 함께하지 않아 안심했다.

꿈꾸는 동안 크리스마스 밤은 깊어 갔다. 아이가 산타클로스와 순록을 위해 식탁에 놔둔 우유와 쿠키와 당근은 다음 날 아침에 감쪽같이 사라졌다.

완벽한 크리스마스였다.

14. Variatio 27

혈연이라는 단어에 대해 생각해 본다. 피로 연결된 관계. 피로 맺어진 관계. 피를 나눈 관계. 피는 개체를 연결하는 중요한 역할을 하나 보다. 예수의 피를 의미하는 성찬 포도주라든지, 서로의 피를 나눈 혈맹이라든지, 마피아의 정식 조직원으로 부름을 받은 이가 행하는 피의 서약이라든지. 피를 나누면 그들끼리는 가족 개념이 형성되고, 서로를 아버지, 어머니, 형제, 자매로 부른다.

하지만, 피는 피일 뿐 연결 기능을 가진 요소가 아니다. 생명을 유지하는 요소 중 하나지 이걸 실질적으로 혹은 상징적으로 나눈다고 해서 상이한 개체가 하나로 연결될 리 없다. 그러나 다수의 사회와 문화에서 조직을 유지하고 강화하기 위해 피의 연결 기능을 강조한다. 다수에 속하지 않을 자유를 권리로 볼 수 있을 때, 우리가 경험하는 사회와 문화는 분명 다른 양상을 띠게 될 것이다.

마마준은 엄마와는 다른 어머니라고 장담했던 남편은 마마준이 우리와 함께 지내는 시간이 길어질수록 자기가 가졌던 확신을 잃어 갔다. 하루는 이런 소리를 했다.

"바바준의 괴팍한 성격 때문에 마마준이 반대급부로 후광을 입었을 수도 있어. 우리가 그렇게 자주 통화했던 건 바바준 험담을 하기 위해서였는데, 바바준 돌아가시고 나선 험담하는 일이 줄어들었거든. 험담을 줄이니까 마마준이 보이기 시작하는 거야. 바바준에 가려서 내가 보지 못했던 마마준의 모습. 바바준이 어떤 행동을 했을 때 마마준이 해야 했던 행동과 하지 말았어야 했던 행동. 뒤에서 험담하는 건 앞에서 행동할 수 없어서지. 그런데 정말 행동할 수 없었을까, 정말 어쩔 수 없었을까. 어쩔 수 없었다는 건 마마준의 입장이지 어린아이의 입장은 아니야. 비난할 수 있다고 해서 모든 책임을 면할 순 없어. 그들은 한 쌍의 부부였던 동시에 한 쌍의 부모였으니까."

운이 좋거나 운이 나쁘면 혈연관계를 객관적으로 볼 수 있는 계기가 생긴다. 계기라고 할 수밖에 없는 것이 자진해서 객관화하여 혈연관계를 보는 경우는 좀처럼 없기 때문이다. 객관화를 위해선 객체뿐만 아니라 주체도 객관화해야 하는데, 자신에게서 동떨어져 자신을 보는 것만큼 쓸쓸한 일도 없다. 나 자신에게서 뚝 떨어져 나를 보는 순간, 생각보다 즐겁지 않은 자신을 보게 될 수도 있고, 즐거워해야 하는 상황인데 그걸 모르는 어리석은 자신을 보게 될 수도 있다. 어떤 상황이든 예상치 못한 감정을 느끼게 된다. 감정을 느끼는 것 자체가 낯설 수도 있다. 이런 낯선 감정을 배척하면 사실을 부정하게 되고, 감정을 수용하면 사실을 인정하게 된다. 부정하든 인정하든, 객체와 주체 중 어느 하나는 떨어져 나가는 결과를 낳는다. 연결됐던 것의 분리, 이것이 바로 혈연관계 객관화의 산물이다. 자진해서 감당할 수 있는 자, 그리 많지 않다.

연말 내내 남편의 기분은 저조했다. 새해 첫날에도 그랬다. 한 해의 시작이라고 유별난 마음을 가져야 할 필요는 없지만, 계속되는 남편의 우울 모드에는 내가 개입할 필요가 있었다. 가족이란 개인으로 이루어진 개체다. 각 구성원이 원만한 상태여야 가족이라는 단위도 원활하게 돌아간다. 그러니 삐걱거리는 구성원이 있다면 그를 보살펴야 한다. 이는 개인을 위해서도, 전체를 위해서도 중요하다.

새해 아침, 마마준을 포함한 우리 가족은 뒤뜰로 이어진 강을 따라 산책했다. 대기는 물 입자를 느낄 수 있을 만큼 습기로 가득 찼다. 코와 폐로 들어오는 공기가 신선했다. 숨만 쉬어도 건강해질 듯하여 힘껏 숨을 쉬며 강을 따라 걸었다. 남편이 앞장서고 그 뒤로 로야가, 로야 뒤에 마마준이, 그리고 내가 마지막으로 걸었다. 내 앞의 마마준은 남편 재킷을 입고 있었다. 뒤에서 보니 남편과 마마준의 덩치가 비슷했다. 한 개체에서 나온 다른 개체. 이 둘은 말을 주고받지 않았지만 서로의 존재를 의식하며 걸었다. 간혹 로야가 "와, 저기 버섯!"이라고 외치면 남편은 "만지면 안 돼."라고 하고, 마마준은

"오, 내 눈에 달 같은 것."이라고 했다. 나는 뒤에서 "로야, 뛰면 위험해."라고 하거나 "어머님, 돌 밟으시면 안 돼요. 미끄러워요."라고 했다. 흐르는 강물이 우리의 흩어진 대화를 들었다.

집으로 돌아와 파이어핏을 켜서 소시지와 마시멜로를 구웠다. 샴페인도 한 병 땄다. 파이어핏 주위에 빙 둘러앉아 먹고 마셨다. 각자에게 두 잔째 샴페인이 돌아갔을 때, 아침에 출력해 놓은 토정비결 운세를 꺼냈다. 저조한 남편과 태연한 마마준과 신이 난 로야 앞에서 한 구절씩 읽기로 했다. 내가 인터넷에서 식구들의 운세를 찾아보고 있을 때 로야가 호기심 가득한 눈으로 뭐냐고 묻길래 간단히 설명해 주었다.

"엄마가 어렸을 적에 설날이면 큰아버지가 토정비결이라는 책에서 한 해 운세를 찾아 읽어 주시곤 했어. 재미로 보는 거야. 기뻐할 일이 있으면 충분히 기뻐하고, 조심해야 할 일이 있으면 조심하는 마음을 가지기 위해서지."

"오, 멋지다. 내 것도 꼭 봐 줘."

"물론."

그러곤 농담으로 복채도 준비해야 해, 라고 했다. 그말대로 로야는 정말로 일 달러 동전을 나에게 내민다. 그 모습이 귀여워 제일 먼저 읽어 줘야 하나 싶었는데, 마마준 것부터 읽어 주라며 내 마음을 읽는다. 아이는 실재하는 최고의 운세다.

"어머님, 이건 재미로 보는 거예요. 덕담과 비슷하다고 생각하시면 돼요. 자, 볼게요. 어머님의 올해 운은 다 좋아요. 건강운 재물운, 모두 좋아요. 그런 의미로 건배!"

낯빛이 발그스레해진 마마준과 건배했다. 내가 읽지 않은 이월 운세가 있었다: 가까운 가족의 마음을 상하게 하지 마세요.

"당신 운세를 볼까? 음, 좋아. 오월에 일 관련해서 사람 말을 가려 들어야 한다는 운세가 있네. 전체적으로 참 좋아. 그러니 건배!"

흐뭇하게 미소 짓는 남편과 건배했다. 내가 따로 기억해야 할 운세는 다행히 없었다.

"로야부터 할까, 엄마부터 할까?"

"엄마부터 해. 나는 마지막에."

"자, 한번 볼까? 오, 좋아. 날 도와주는 사람도 있고, 서쪽으로 가면 길운이 있다 하고. 다 좋아. 그러니 모두 건배!"

다 같이 건배했다. 내가 읽지 않은 일월 운세가 있었다: 태어난 곳에서 멀리 떨어지세요.

"엄마, 나!"

"기다려 줘서 고마워. 음, 로야 운세는 정말로 좋구나. 일 년 내내 복으로 가득 찼어. 가는 곳마다 꽃이 가득하대. 우리 로야, 복채 낸 보람이 있네?"

"아, 좋아!"

아이의 운세는 내가 지어낸 것이었다. 찾아봤지만, 나이가 어려서 운세가 없었다. 그러니 원하는 대로 만들면 되는 거였다. 아이에게 딱 맞는 운세였다.

시어머니가 우리와 지내는 동안 내가 들떠서 분위기를 고조시키면 나의 확장된 가족은 아름다운 장면을 만들어 냈다. 나는 각본과 연출을 맡고, 나머지 식구들은 연기를 맡았다. 각본과 연출이 훌륭해서인지, 연기가 훌륭해서인지, 시어머니와의 동거는 그럭저럭 순조로웠다. 샤디가 원해서 이곳에 오게 된 마마준은 대부분 시간을 우리 가족과 함께 보냈는데 대체로 원만한 분위기 덕분에 시간도 지체 없이 흘렀다. 어느새 마마준과 남편의 생일이 다가오고 있었다.

사실 샤디의 연락을 기다렸다. 마마준이 이곳에 오길 그토록 원했던 당사자니까 자기 어머니 생일을 위해 어떤 계획이라도 세울 줄 알았다. 비록 마마준을 초대하기 전에만 목소리를 높였지 정작 마마준이 오고 난 후엔 자취를 감춘 그녀지만, 근 삼십 년 만에 가족 모두가 모여 축하할 수 있는 이들의 생일날만큼은 특별하게 대할 줄 알았다. 그러나 샤디는 남편과 시어머니의 생일이 다가와도 감감무소식이었다. 어쩌면 그녀의 침묵은 회피인 동시에 항의일 수 있었다. 자기 대신 누군가가 사돈의 팔촌까지 초대해서 실컷 먹고 실컷 춤출 수 있는 성대한 생일 파티를 열어 집안 체면을 세워 주면 딱 좋겠는데, 그 누군가가 나서지 않으니 자신 또한 침묵을 지키고 있는지도 몰랐다. 실제로 거하게 생일을 치르는 문화가 이란에 있다는 걸 알지만, 근래엔 잘 행해지지도 않거니와 남편이 극도로 싫어하기도 해서 난 내 식대로 이들의 생일을 준비해 놓았다. 남편에게 의견이 있을 수도 있었다. 자신의 생일이기 전에 자기 어머니의 생일이기도 하니까.

"마마준이랑 당신 생일에 하고 싶은 거 있을까?"

우리 가족끼리는 생일날이면 좋아하는 식당에 가서 식사하며 진심으로 축하해 주는 것으로 끝낸다. 친구들과의 축하도 사양하는 편이다. 매년 부산을 떨어야 진심을 볼 수 있다면, 그 또한 사양하는 편이다.

"없어. 괜히 수고하지 마."

이런 대답이 나올 줄 알았다.

"그래도 다음이 언제일지 모르는데."

"당신은 뭐 하고 싶어?"

"당신 어머니랑 당신 생일인데 그걸 나한테 물으면 어떡해?"

"난 당신이 원하는 걸 하면 좋겠어."

남편은 아이디어를 내야 할 때 굉장히 힘들어한다. 아이디어를 주면 행동으로 잘 옮기긴 해도 아이디어를 생각해 내는 건 언제나 내 몫이다. 배의 정령 역할을 하는 나, 닻 역할을 하는 그. 역할 분담은 잘 바뀌지 않는다. 역할에 충실하기 위해 마음속으로 생각해 놓은 것을 말하기로 했다.

"그날 폴 루이스 음악회가 있어. 마마준 모시고 함께 갔다가 저녁 먹고 오면 어떨까 하는데."

내가 좋아하는 것도 잘 바뀌지 않는다.

"오, 좋은 생각이야. 어머니, 음악회에 한 번도 가본 적 없어. 폴 루이스는 내가 정말 좋아하는 피아니스트잖아. 생각해 줘서 고마워. 정말 훌륭한 생각이야."

너무 수월하게 그들의 특별한 날을 위한 계획이 정해졌다. 남편이 좋아하는 것은 내가 좋아하는 것과 비슷하기에 이 계획은 분명히 그에게 선물이지만, 마마준이 음악회를 좋아할지 어떨지는 자신 없었다. 폴 루이스의 피아노 연주가 시어머니의 감흥을 일깨울지에 대한 여부는 그날이 생일이라는 특별한 상황에 맡기기로 했다. 특별한 날이기에 어떤 것이라도 특별할 수 있기를 바랐다.

그들의 생일날, 폴 루이스는 브람스의 일곱 개 환상곡을 시작으로 하이든의 피아노 소나타 C단조를 거쳐 베토벤의 일곱 개 바가텔을 가교로 삼은 뒤 하이든의 피아노 소나타 E단조로 끝을 맺는 연주를 들려주었다. 폴 루이스는 백 년의 시간을 자유자재로 아우르며 자기 자신이 브람스가 됐다가 하이든이 됐다가 베토벤이 됐다. 대가들이 곡 안에 깜짝 선물처럼 숨겨 놓은 유머도 실감 나게 들려주었다. 뭇 사람들은 형식에 구애 받으면 상상력의 한계를 느끼지만, 대가들은 형식 안에서도 자유롭다. 형식을 지키면서도 자신만의 방식으로 형식의 경계를 한없이 확장한다. 이야기를 들려주던 오른손이 왼손에 자리를 내주면 왼손은 같은 얘기를 다른 얘기처럼 전하고, 신나게 이야기하다가 갑자기 멈춰서 감질나게 하고, 애잔하고 슬픈 얘긴 줄 알았더니 폭소로 끝나는 연주에 우리는 박수를 보낼 수밖에 없다. 형식은 있는데 형식이 사라지고, 경계가 있는데 경계는 사라진다. 현재의 폴 루이스가 삼백 년 전의 시간을 끌고 왔으니 우린 삼백 년 전으로 이동한 줄 알았건만, 연주를 듣다 보면 분명히 현재에 관해 이야기하고 있기에 시공간의 획일화된 개념도 자연스레 잊게 된다. 연주회가 끝났을 땐 내가 있는 곳이 어디인지, 지금이 언제인지, 잠시 생각해야 했다.

"어머님, 어떠셨어요?"

"응, 좋더라. 그런데 앞 사람 때문에 볼 수가 있어야지. 하나도 안 보였어."

시어머니는 코트의 앞섶을 당기며 말했다. 진한 향수 냄새가 훅 풍겨 나왔다.

"이런, 진작에 말씀하시지요. 제 자리로 바꿔 드릴 수 있었는데요."

연주회가 열린 밴쿠버 플레이하우스는 칠백 석이 조금 안 되는 소규모 공연장이라 어디에 앉아도 무대를 잘 볼 수 있지만, 이날은 특별히 더 신경 써서 연주자가 잘 보이는 네 자리를 골랐고, 그중에서도 가장 좋은 자리를 마마준에게 주었다. 좌석이 교차로 배치되어 있어 보통은 시야를 가릴 일이 없는데 연주를 잘 못 봤다고 하니 미안해졌다. 닻 역할을 할 걸 괜히 정령 역할을 했나 싶었다.

저녁 식사를 위해 레스토랑으로 향했다. 레스토랑은 남편이 정했다. 우리 가족은 어떤 것을 좋아하면 여간해선 마음을 바꾸지 않는 편이라 이날의 식사를 위해 고른 곳도 우리가 즐겨 찾는 단골 레스토랑이었다. 열 번을 가도 열 번 다 만족해서 특별한 날엔 거의 무조건 찾는 곳이다. 레스토랑 입구에 도착했다. 예약한 테이블을 확인하러 내가 먼저 차에서 내리려고 할 때였다.

"난 안 들어가."

"무슨 말씀이세요?"

남편이 깜짝 놀라 마마준이 앉아 있는 뒷좌석을 돌아봤다.

"난 괜찮아. 배가 안 고파."

차 문을 열어 둔 채로 나도 뒤를 돌아봤다. 마마준은 결연한 표정이었고, 로야는 어리둥절한 표정이었다. 차 안에 긴장감이 감돌았다. 팽팽한 공기는 당사자가 아니면 자리를 떠나라는 신호를 보냈다.

"로야, 엄마랑 먼저 갈까? 당신은 주차하고 어머님이랑 같이 와."

로야를 데리고 식당으로 들어갔다. 낯익은 얼굴의 리셉셔니스트가 밝은 미소로 우리를 반겼다.

"아, 어서 오세요. 기다리고 있었어요. 생일 주인공들은 아직 안 오셨고요?"

예약할 때 남편과 시어머니의 생일이라고 미리 말해 놓았다.

"그동안 잘 있었어요? 다시 봐서 반가워요. 생일 주인공들은 주차하고 올 거예요. 오면 테이블로 안내해 주세요."

특별한 날이기에 특별해야 한다고 생각한 것 자체가 잘못이었다. 늘 하던 대로 비상한 것도 범상하게 다뤘어야 했는데, 괜히 안 하던 행동을 해서 복잡한 상황을 만든 것 같았다.

"마마니, 왜 안 오겠대?"

자리에 앉자 로야가 코트와 베레모를 벗으며 묻는다.

"오실 거야."

"배가 안 고프다는데?"

로야는 타로프를 모른다. 빈말을 모른다. 의미 없이 하는 말이나 의도를 숨기는 말을 알지 못한다. 아이에게 말은 메시지 전달 도구다. 말을 하는 건 이유가 있어서고, 말을 할 땐 의미를 담아야 한다. 말을 했으면 그 말을 지켜야 하고, 지키지 못할 것 같으면 말을 하지 않는다. 이런 말을 하는 아이에게 타로프나 빈말을 어떻게 설명해 줘야 할까, 설명한다고 해서 설득될 수 있을까, 나도 알 수 없다.

"당연히 배고프시지. 브런치만 드셨잖아."

"그러게. 난 배고파. 여기 안 좋아해서 그런 거야?"

"아냐, 좋아하실 거야. 마마니가 미안해서 배 안 고프다고 그러시는 거야."

"뭐가 미안해?"

"우리가 식사비를 내니까."

"그게 왜 미안해?"

"그러게. 미안할 일이 아니지. 그런데 로야, 이렇게 생각해 봐. 엄마가 마마니 나이가 됐어. 어느 날 로야가 엄마 생일이라고 맛있는 밥을 사 주려고 멋진 식당에 데리고 간 거야. 엄마는 그런 로야가 정말 고마우면서도 네가 힘들게 일해서 번 돈으로 엄마를 대접하는 거니까 마냥 기뻐할 수만은 없을 것 같아. 미안한 마음이 들 거야."

단순 비교를 위해서 예를 든 것일 뿐, 향후 내 생일에 누군가가 무언가를 해 주길 기대하지 않는다. 세월이 지날수록 내가 세상으로부터 받는 게 더욱더 많아져서 받은 것을 부지런히 나눠 주기에도 여생이 모자랄 터이기 때문이다.

"아니야. 미안해하면 안 되지. 엄마가 날 위해 얼마나 많이 밥을 해 줬는데. 당연히 내가 엄마를 대접해야지."

현재의 로야가 생각하는 당연한 것을 미래의 로야도 당연하다고 생각하길 바라지 않는다. 난 로야에게 밥을 해 주며 무한한 기쁨을 느낀다. 내가 만드는 모든 것을 소중히 대하는 아이를 보노라면 출생의 이유와 출산의 이유가 바로 눈앞에서 펼쳐지는 듯, 이루 말할 수 없는 기쁨을 느낀다. 이런 기쁨에 대한 값을 왜 로야가 치러야 하는가. 누군가가 값을 치러야 한다면 기쁨을 제공한 로야가 아니라 기쁨을 누리는 나 자신이다.

"미안해. 많이 기다렸어?"

남편이 마마준과 함께 테이블로 왔다. 나와 로야의 맞은편에 의자를 비워 놨는데 마마준이 로야와 함께 앉고 싶어 해서 내 자리를 양보했다.

"뭐 드시겠어요, 어머님? 여긴 스테이크를 참 잘해요. 필레미뇽이 부드러워서 어머님 드시기에 좋을 거예요."

"어디 있어, 그게?"

메뉴판에 적힌 것을 손가락으로 가리켰다. 하필 거기엔 가격도 함께 적혀 있었다.

"난 정말 배가 안 고파. 제일 양 적은 게 뭐냐? 그걸로 먹으마."

마마준을 설득해서 식당 안으로 데리고 온 남편은 이쯤에서 짜증을 낸다.

"어머니, 제발 돈 걱정 하지 말고 드세요."

"정말 배가 안 고프다니까. 로야, 뭐 먹을 거야? 나는 로야가 먹는 거로 먹으마."

로야는 평소대로 어린이 메뉴에 있는 프라임 립 샌드위치를 먹을 작정이었다.

"어머님, 로야는 어린이 메뉴로 시킬 거예요. 고기가 부담스러우시면, 여기 해물 요리도 참 잘하거든요. 생선구이나 어머님 좋아하시는 해물 크림 파스타 같은 걸 고르셔도 좋을 거예요."

"난 진짜 괜찮아. 로야가 먹는 거로 먹고 싶구나. 그걸로 시켜줘."

남편을 쳐다봤다. 될 대로 되라는 표정으로 한마디 한다.

"어머니 원하는 거로 시켜 드리자고."

아무리 마마준이 원해도 어린이 메뉴는 열두 살 미만의 어린이에게만 제공되기에 내가 함부로 레스토랑 규칙을 바꿀 수 없다. 도대체 어떻게 하라는 건지 난감했다.

"어머님, 로야 메뉴는 어린이만 시킬 수 있는 거라서요, 다른 걸 택하시면 안 될까요?"

"정말로 난 로야가 좋아하는 걸 먹어 보고 싶어서 그래. 물어 봐. 되는지 안 되는지."

뱃머리에 붙은 정령이라 나는 어디든 제일 먼저 닿아야 한다.

우리 테이블을 담당한 직원은 우리를 잘 아는 나타샤였다. 개인적으로 비굴한 태도를 가장 싫어하는데, 나의 확장된 가족을 위해서 굽신거리며 나타샤에게 부탁했다. 꼭 이렇게 아쉬운 소리를 해야 하는 상황에서 남편은 늘 한 발짝 물러선다. 이유는 내가 자기보다 더 친절하기 때문이란다. 어쩔 수 없다. 어디든 코가 닿는 뱃머리 정령을 탓해야지, 필요 시에 내려지는 닻을 탓할 순 없다.

"손님들은 우리 레스토랑 단골이라 주방에서 특별히 예외를 두겠다고 하네요. 어린이 메뉴 두 개로 해 드릴게요. 나머지 메뉴는 뭐로 하시겠어요?"

나와 남편이 주문할 차례였다. 평소엔 큼지막한 스테이크를 시켜서 와인 한 병과 천천히 즐기는데, 어린이 메뉴를 먹는다는 마마준 앞에서 도저히 스테이크를 주문할 수 없었다.

"나는 햄버거 먹을게. 당신은?"

메인 메뉴가 아닌 섹션에서 선택했다.

"음, 나도 햄버거로 할게."

그리하여 생일 주인공이 두 명이나 있는 우리 테이블엔 어린이 메뉴 두 개와 햄버거 두 개가 놓였다. 쇠고기 등심으로 만든 햄버거 패티는 맛있었지만, 나와 남편이 먹는 햄버거에 비해 미니어처 수준의 샌드위치를 먹는 마마준을 보니 내가 계획한 생일 이벤트는 완벽한 실패작임을 뼈저리게 느꼈다.

"매일 바바준 꿈을 꿔."

샌드위치를 내려놓으며 마마준이 말했다.

"여기 온 이후로 단 하루도 바바준 꿈을 안 꾼 적이 없어."

시어머니 목소리에 높낮이가 없어서 불평하는 건지 자랑하는 건지 알 수 없었다. 왜 갑자기 바바준 이야기를 하는지 알 수 없었다. 당신 생일이고 당신 아들의 생일이라 당신 남편의 근황을 우리에게 알리고 싶었는지 몰랐다. 이런 특별한 날에 바바준을 빼놓으면 안 된다고 경고하고 싶었는지도 몰랐다. 죽은 바바준을 언급하며 살아 있는 샤디를 포함하고 싶었는지도 몰랐다. 샤디와 메헤란은 비록 우리가 이 자리에 초대했음에도 어떤 이유로 초대를 거절했지만, 마마준은 다른 가족의 부재를 이 자리에 존재하는 이들 탓으로 돌리려는지도 몰랐다.

"나도 어제 바바준 꿈을 꿨어."

프렌치프라이를 마요네즈에 꾹 찍던 남편이었다.

"오, 그래? 바바준이 우리와 함께 있네."

마마준이 무척 흡족한 표정을 지었다. 이후로 마마준은 식사가 끝날 때까지 즐거워했다. 케이크의 촛불을 끌 땐 아이처럼 기뻐했다. 이날의 특별한 저녁 식사비는 우리 세 식구의 평소 식사비보다 훨씬 적게 나와서, 착잡했다. 잘 먹었다고 하는 마마준이 정말로 잘 먹었는지 아니면 타로프를 하는지, 애매했다. 집에 돌아오자마자 제산제를 찾아 먹는 남편과 마마준을 보며 이날의 정령은 뱃길을 완전히 잘못 읽었다고, 한탄했다. 내년에 마마준을 다시 초대해야 하나, 심란했다.

남편은 대개 티브이 시청으로 하루를 마감하는데 이날은 곧바로 침대에 누웠다. 시계를 보니 열 시도 안 된 시각이었다.

"생일 축하해."

"고마워. 오늘 애썼어."

"내가 한 게 뭐 있다고. 마마준이 좋아하셨는지 모르겠어."

"좋아하셨을 거야. 폴 루이스, 정말 좋았어."

"삼월에 있을 연주도 너무 좋을 거야. 그때도 마마준이랑 같이 가자."

아닌가. 음악회가 아니라 무도회를 준비해야 하나.

"삼월엔 마마준, 여기 없을 거야."

"무슨 말이야?"

"오늘 레스토랑으로 들어가기 전에 말씀드렸어. 출국 날짜를 앞당겼으면 좋겠다고."

"세상에."

당신 아들과 함께 앉으라고 자리를 비워 놨건만, 거기에 앉지 않은 이유를 알겠다.

"가셔야지. 여기서 할 일도 없고."

"우리랑 함께 있는 게 할 일이잖아. 어머님, 괜찮으셨어? 뭐라고 하셨어?"

"알았다고, 어머니도 날짜를 조정하길 원했대."

마마준과 남편, 극과 극을 달리면서도 그 끝은 맞닿아 있다.

"샤디는?"

"무슨 상관이야. 처음부터 관심도 없었는데."

샤디는 남편보다 여섯 살 어리다. 이 둘은 나이 차이도 있고, 가치관에서도 분명한 차이를 보인다. 남편은 샤디를 모르고, 샤디는 남편을 모른다. 물리적으로 떨어져 살아서 서로를 모른다기보다 그들의 성장 방향이 너무나도 달랐기에 서로를 모른다. 이제 지척에 살아 만나는 횟수가 잦아졌지만, 남편은 샤디를 더욱더 모르고 싶은 사람으로 남겨 둔다. 더 알았다간 더 멀어질 것을 아는 남편이다.

"마마준이 정말 괜찮은 거라면 다행이지만, 그렇지 않다면……. 무슨 뜻인지 알지?"

"알아. 알고도 얘기한 거야."

요 며칠간 계속된 남편의 뒤척임에 이유가 있었다. 내가 잠들려 하면 남편이 불쑥불쑥 움직이는 바람에 나도 덩달아 잠을 설쳤다. 불쑥불쑥 움직이고 들썩들썩 뒤척일 때마다 남편은 결심을 번복하고, 마음을 가다듬고, 또 번복하고, 다시금 결심했을 것이다.

"당신은, 괜찮아?"

"괜찮지 않아. 내 안에 있는 것을 다 터뜨린다면 마마준과 샤디와는 영원히 끝날 수도 있어."

아, 우리에게 무슨 일이 일어나고 있는가. 남편 손을 꼭 잡았다.

"식당에서 바바준 꿈 이야기를 했지."

"그러게. 마마준이 바바준에게서 놓여나지 못하나 봐. 아니면 마마준이 바바준을 잡고 있는 걸 수도 있고."

혼령이든 망령이든, 남은 에너지가 있다면 실체가 가진 에너지가 아니라 남겨진 이들이 만든 에너지다.

"나, 또 바바준이랑 싸우는 꿈을 꿨어."

남은 에너지는 풀지 못한 과제다.

"꿈에서 바바준이 날 죽일 듯이 달려들었어. 내 다리를 부러뜨릴 거라고 미친 듯이 소리를 지르면서 말이야. 난 그런 바바준을 보며 이 사람이 정말 미쳤다고 생각했지. 가만히 있어선 안 되겠다 싶어서 나도 미친 듯이 소리를 지르며 바바준을 온몸으로 막아내는데, 바바준 힘이 너무 센 거야. 그래도 온 힘을 다해서 막았어. 그동안 당하고만 살았던 게 억울해서 사력을 다해 바바준을 막았어. 그런데 갑자기, 사람들 앞에서 날 망신 주던 바바준이 겹쳐 보였어. 바바준은 언제나 자신이 돋보이려고 사람들 앞에서 날 무참히 짓뭉갰거든. 그 순간 내 힘이 확 빠지는 거야. 실제로 난 더는 무조건 복종하거나 어떻게 해서든 잘 보이려고 애쓰던 어린아이가 아니란 걸 알면서도, 그 순간엔 바바준을 당할 수 없었어. 바바준 힘이 너무 세서, 어쩌면 진짜로 바바준 손에 죽게 될지도 모른다는 생각이 들 정도였어. 지금도 바바준 힘이 느껴져. 내 생일 전날에 꾼 꿈이야."

풀어야 할 과제가 누군가와 함께 풀어야 하는 거라면, 그런데 그 누군가가 죽고 없어진 상태라면, 남겨진 이가 감당해야 할 몫은 너무 커진다. 어쩌면 영영 풀 수 없을지도 모른다. 포기하면 없어질 듯하지만, 당치 않은 소리. 한번 생겨난 에너지는 소멸하지 않는다.

"죽음이 종결지을 줄 알았어. 그런데 아무것도 끝난 게 없어."

남편도 언젠가 아들을 위해 누군가의 무덤 앞에 놓여 있던 시든 꽃다발을 들고 온 바바준을 만날 수 있을까. 그땐 바바준도 커다랗고 검은 구덩이 두 개를 눈 대신 달고 있을까. 아들을 위한 꽃다발은 끝내 전해지지 않을까. 만약에 그렇다면, 남편도 나처럼 전해지지 않은 꽃다발 때문에 슬픈 게 아니라 검은 구덩이를 눈으로 달고 있으면서도 그걸 모르는 아버지가 가여워서 슬플까.

"당신은 아빠와 어떻게 마무리 지었어?"

남편이 이렇게 물은 건 처음이었다. 궁금한 게 많았어도 돌아가신 아빠의 명예를 위해서, 자신과 바바준 사이를 의심하지 않기 위해서, 남겨진 에너지를 오용하지 않기 위해서, 남편은 단 한 번도 묻지 않았다. 잡고 있던 남편의 손을 내 앞가슴뼈에 올렸다.

"아빠가 돌아가시기 전에 나한테 남긴 말이 있어. 내겐 전환 같기도 하고, 종결 같기도 한 메시지야."

"무슨 말인지 물어봐도 돼?"

"'오지 마.'였어."

그랬다. '오지 마.'였다. 한 달여간 집에서 투병하던 아빠를 병원에 데려가야겠다는 얘기를 전하는 엄마의 목소리가 너무 작아서 도대체 무슨 말을 하는지 알아들을 수 없었다. 정확하게 안다 해도 이 먼 곳에서 내가 할 수 있는 일이라곤 이틀 후에나 있는 한국행 비행기를 기다리는 것뿐이었지만, 나는 아빠 상태를 좀 더 알고 싶었다. 엄마는 내가 원하는 대답을 전하는 대신 아빠가 얼마나 자신을 힘들게 했는지 하소연하기 시작했다. 엄마의 하소연이 너무 절절해서, 어쩌면 임종을 앞두고 있는 아빠를 둔 이역만리의 자식이 해야 할 일은 치유 가망성이 없는 사람이 보내야 하는 하루가 더 힘든지 그를 보는 사람의 하루가 더 힘든지에 대한 판결을 내리는 것밖에 없는 것처럼 느껴졌다. 난 판사석에 앉고, 엄마는 원고석에서 일어나 변론을 펼치고, 아빠는 피고인석에서 머리조차 못 들고, 남편과 당시 우리와 함께 살던 세 명의 홈스테이 아이들은 법정 방청석에, 이제 막 삼 개월로 접어든 태중 로야는 속기석에 앉은 모습이 그려졌다. 어느 생의 마지막일지도 모르는 순간에 그려진 것이 법정이라니, 내 마음은 더없이 착잡했다. 엄마의 목소리가 점차 커졌다. 목소리도 커지고 말도 많아졌지만, 정작 내가 듣고 싶은 것은 들을 수 없었다. 아빠에게 직접 들어야 했다. 엄마 말을 겨우 끊고, 아빠를 바꿔 달라고 부탁했다. 잠시 뒤, 수화기 너머로 아빠 목소리가 들렸다. 약했지만, 말라 있었지만, 아빠 목소리가 수화기 저편에 있었다. "아빠, 나야. 주야. 금방 갈게. 조금만 기다려." 내 말을 들었는지 아빠는 약한 신음을 냈다. 가슴이 철렁했다. 항암 치료를 할 때도, 모르핀으로 하루하루를 연명할 때도, 아빠는 아프다는 얘기나 신음을 안 했다. 엄마는 어떻게 해서든 상황을 극대화해서 나에게 전한 반면, 아빠는 어떻게 해서든 상황을 최소화해서 나에게 전했다. 안 아프고 괜찮다는 문장을 아빠가 말할 때 고통을 삼키는 소리를 분명히 들었는데도, 아빠는 여전히 안 아프고 괜찮은 사람이었다. 그랬던 아빠가 가는 신음을 냈다. 틀림없이 심각한 상황이었다. "어, 주야. 온다고? 왜 올라고? 아빠 괜찮다." 아빠 목소리가 너무 말라서 마치 허공으로 사라져 버리는 것만 같았다. 울면 안 되는데, 울면 아빠를 더 아프게 할 텐데, 눈물은 내 마음도 모르고 자꾸 흘렀다. "아빠, 조금만 기다려. 아빠 보러 갈게. 주야가 아빠 보러 갈게." 너무 미안했다. 좀 더 미리, 좀 더 자주 아빠를 보러 갔더라면, 애꿎은 수화기를 눈물로 흠뻑 적시는 이런 미련한 짓은 안 했을 텐데, 가슴이 멨다. 컥컥 우는 소리를 안 내려고 이를 악물었다. "그래, 주야. 온다고? 어데서 온다고? 서울서 온다고? 아빠 괜찮다. 오지 마." 수화기를 놓치면 아빠를 놓칠까 봐 손가락이 하얘지도록 수화기를 잡고 있던 내 손이 순식간에 힘을 잃었다. 아빠는 내가 어디에 있는지 몰랐다. 내가 딸인 걸 알고, 당신이 아빠인 건 알면서도, 내가 어디에 있는지 몰랐다. 아빠 딸 주야는 여전히 한국에, 서울에, 있었다. 나는 주저앉고 말았다.

"아빠 보러 가기 전에 마지막으로 들은 말이었어. '아빠 괜찮다, 오지 마.' 내가 아빠에게 전한 마지막 말은 '아빠 보러 갈게.'였고."

아빠와 나는 이승에서 만났지만 만나지 못했고, 아빠가 저승으로 가서야 만난 사이가 되었다.

"나는, 시간이 지나면 나아질까?'

이미 벌어진 상황을 바꿀 수는 없다. 바꿀 수 있는 건 상황을 바라보는 시각뿐이다. 시각을 바꾸면 상황도 바뀌고 마음도 바뀐다. 나의 앞가슴뼈 위에서 겨우겨우 숨 쉬는 작은 아기 새처럼 웅크려 있던 남편 손을 내 입술로 가져와 따뜻한 숨결을 불어넣은 뒤 입맞춤했다.

"물론이지."

내가 이렇게 확신할 수 있는 이유는 단지 '오지 마.' 때문만은 아니었다. 남편에게 말하지 않은 이유가 하나 더 있었다. 그건 이곳에서 우리끼리 혼인 신고 한 후 한국에 있는 부모님을 뵈러 갔다가 이곳으로 돌아오기 바로 전날 아빠로부터 받은 편지였다.

남편을 처음 만난 엄마와 아빠는 상당히 다른 반응을 보였다. 엄마는 남편을 가족인 양 스스럼없이 대했고, 아빠는 남편을 철저히 남처럼 대했다. 어떻게든 부모님 눈에 들기 위해 거실 천장에 달린 샹들리에를 광나도록 닦던 남편을 엄마는 기특하다고 칭찬하며 물건들이 가득 쌓여 있던 베란다로 이끌었고, 아빠는 남편이 쓸데없는 짓을 한다는 듯 티브이에만 시선을 고정한 채 눈길 한 번을 안 줬다. 부모님 집에서 어색한 삼 일을 보낸 후 다 같이 제주도로 여행을 갔는데, 남편이 그만 장염에 걸려 골골 앓게 되었다. 그러자 아빠는 발품을 팔아 전복죽을 구해 와서 남편에게 먹이며 걱정스러운 마음을 감추지 않았고, 엄마는 남편 상태엔 아랑곳하지 않고 날마다 옷을 바꿔 입으며 유채밭만 보이면 차를 세워 사진을 찍어 달라고 했다. 여행에서 돌아온 후 한국에서의 마지막 날 밤, 이런저런 생각으로 잠이 오지 않아 뒤척이고 있는데 거실에서 무슨 소리가 들렸다. 흐느끼는 소리 같았다. 엄마는 초저녁에 잠들었고, 남편도 내 옆에서 자고 있으니, 이 소리가 흐느끼는 소리라면 아빠가 내는 소리일 수밖에 없었다. 조심스레 문을 열고 나갔다. 불도 켜지 않은 어두운 거실에서 아빠가 울고 있었다. 아빠의 우는 모습을 난생처음 본 나는 앞뒤 생각할 겨를도 없이 다가가 아빠를 안았다. 아빠는 소리를 죽이고 서럽게 울었다. 나도 아빠를 따라 소리 내지 않고 울었다. 아빠가 왜 우는지 알겠는데, 알고 싶지 않아서, 화가 나고 미안하고 억울하고 기가 막혀서, 아빠를 안고 울었다.

"내가 죄지은 게 많은갑다. 니 동생 결혼식 때도 차가 막혀서 신랑 입장도 못 보고 혼주석에 앉지도 못했는데, 니도 결혼식 없이 이래 산다 카이. 아빠라 카는 기 딸 손 잡고 행진도 못 해 주고, 내가 죄인이다."

아빠는 감정을 말로 표현하는 사람이 아니었다. 엄마는 그런 아빠를 보고 말 조리가 없다고 하거나 말귀를 못 알아듣는다고 했다. 아빠가 드러내는 감정의 대부분은 분노여서 내 눈에 비친 아빠 또한 욱하는 성질로 똘똘 뭉친 비논리적인 사람이었다. 그런 아빠가 자신이 느끼는 감정을 울면서 말로 표현하다니, 내가 모르던 아빠였다.

"주야, 내가 가슴 아프지만 제일 소중하게 간직하고 있는 게 뭔 줄 아나? 니가 캐나다에서 보낸 편지다. 내가 그거 읽고 얼마나 가슴이 아팠는지 모른다. 니는 참말로 모르더라. 진짜 모르더라. 그래도 아빠는 그 편지를 여태 보관하고 있다. 가끔씩 꺼내 본다. 주야 니 보는 거 맨키로, 가끔씩 꺼내 본다."

나는 부모님께 자주 편지를 썼다. 어렸을 때부터 그랬다. 특별한 날이든 평범한 날이든, 내 마음을 전하고 싶을 때마다 편지를 썼다. 아빠가 언급한 가슴 아픈 편지란 어느 날 엄마로부터 끔찍한 이야기를 전해 들은 후 극심한 분노에 휩싸여 아빠에게 쓴 편지였다. 한 번 더 엄마에게 폭력을 행사한다면 당장 한국으로 날아가서 경찰이든 법원이든, 그 어떤 수단을 써서라도 아빠에게 법적 조처를 하겠다는 경고장이었다. 더는 참을 수 없었다. 폭력을 정당화하는 구실은 이 세상에 존재하지 않아야 했다. 아빠라는 호칭 대신 아버지라고 썼다. 아버지라고 쓰면서도 마음속으로는 가해자, 피의자, 피고인으로 불렀다. 손으로 쓴 편지도 아니었다. 무자비한 어투로, 각진 모양의 글꼴을 이용해서, 어떠한 오자도 없이, 컴퓨터로 작성한 문서였다. 편지를 끝내는 '당신의 딸로부터' 밑엔 분노로 휘갈긴 서명까지 넣었다. 갈기갈기 찢긴 내 가슴을 헤집고 나온 서슬 퍼런 말로 가득 찬 그 편지를, 아빠는 가슴 아프지만 소중하게 보관하고 있다고 했다. 우는 아빠를 본 것도 이미 비현실적인데 나의 경고가 담긴 편지를 소중히 간직하고 있다는 아빠의 얘기는 내가 알던 세상을 순식간에 뒤집었다. 내가 확신하던 것을 순식간에 의심으로 바꿨다. 그쯤이었던 것 같다. 각자 다른 이유로 울기 시작했던 우리가 같은 이유로 울음을 그친 때가. 울음이 잦아들 무렵, 아빠는 나에게 하얀 봉투 하나를 내밀었다. 그건, 아빠가, 나에게, 처음이자, 마지막으로, 쓴, 편지였다.

편지는 '주야'로 시작했다. 아빠의 대외 학력은 고졸이었지만,

아빠는 초등학교 졸업장도 없다고 초등학교 졸업장을 가진 엄마는 깔보듯 말했었다. 학력은 판단의 근거가 아니라 개인적 사유이기에 아빠의 학력에 관해 대외적으론 대수롭지 않게 여기고 속으로는 연민을 느끼고 있었는데, 큼지막하면서도 삐딱하게 쓰인 '주야'는 주체할 수 없는 슬픔을 한순간에 몰고 왔다. 너무 기쁘면 너무 슬플 수도 있었다. 난 끝내 편지를 다 읽지 못했다. 편지를 소중히 품에 넣어 이곳으로 가져왔고, 귀한 상자에 담아서, 어딘가에 깊숙이 넣어 두었다. 십육 년 전의 일이다. 그런데 그 소중하고 귀한 편지를 난 잃어버리고 말았다. 집 어딘가에 있겠지만, 도저히 찾을 수 없다. '주야'만 읽고 나머지는 읽지도 못한 귀한 편지가 행방불명된 채 나와 함께 있다.

난 지금도 부모님과 우리 부부가 처음이자 마지막으로 함께한 여행을, 처음이자 마지막으로 본 아빠의 울음을, 처음이자 마지막으로 받은 아빠의 편지를 세세히 기억하지만, 그때의 나는 일부러 많은 것을 안 봤다. 편지를 끝까지 읽으면 진짜 아빠를 보게 될까봐, 그러면 진짜 엄마도 보게 될까 봐, 슬픔을 가장한 복합적인 감정에 파묻혀 있던 나는 끝내 읽지 않고 잃어버렸다. 사실 잃어버려도 괜찮다. 나는 이미 진짜 아빠를 찾아서 더는 잃어버릴 수 없는 곳에 놔뒀다.

함께하려고 만든 가족이 함께하지 못하는 순간에 다다랐을 때, 가족 구성원 모두는 좌절감을 느낀다. 자진해서 배에 올라탄 이도, 얼떨결에 배에 올라탄 이도, 처음부터 난파를 생각하진 않았을 테다. 거친 파도를 만나면 파도 탓을 하고, 거센 바람을 만나면 바람 탓을 하고, 배가 덜컥대면 배 탓을 하고, 선원이 투덜대면 선원 탓을 했을 테다. 모든 걸 탓하고 난 후에 마지막으로 탓할 대상을 찾으니, 바로 자신이다. 최후의 대상을 탓한 순간, 배는 난파선이 된다. 하지만, 난파돼도, 살아남을 사람은 살아남고, 그 사람은 지난 항해의 기억을 안고 살아간다. 어떤 사람은 울렁이던 파도만을 기억할 테고, 어떤 사람은 배가 뒤집히던 순간만을 기억할 테고, 어떤 사람은 갑판 위로 건져 올렸던 은빛 물고기나 바라보던 붉은 노을이나 쏟아지던 밤하늘의 별이나 구슬프게 퍼지던 하모니카 소리를 기억할 테다. 만약에, 뱃멀미로 고생할 때 자신의 등을 쓰다듬어 준 손이나 난파 후 바다에 빠졌을 때 판자때기를 자기 앞으로 밀어 준 손이 있었다면, 그는 거칠었던 항해나 끔찍했던 난파보다는 그 손을 기억할 것이다.

그날 밤, 엄마 꿈을 꿨다. 꿈속에서 엄마는 하얀 블라우스에 까만 정장 바지를 입고 까만 핸드백을 든 채 길거리에 서 있었다. 나는 건너편에서 길을 가던 중이었다. 엄마가 왜 저런 차림을 하고 있을까 의아해하는데 나를 본 엄마가, "니가 사 줄래? 사 줄래? 사 줄 것도 아니면서 왜 보노?" 한다. 대화를 이어 갔다간 언쟁이 될 듯하여 가던 길을 가려는데, "이 봐라. 사 줄 능력도 안 되고 사 줄 마음도 없으니까 저래 도망간다."며 나의 심기를 건드린다. 참으려다가 가던 발걸음을 멈추고 엄마를 향해 말했다.

"왜 내가 사 줘야 해? 내가 무슨 빚을 졌어?"

"아이구 참말로. 사 준 적도 없으면서 이칸다. 니가 언제 엄마한 테 돈 쓴 적 있나?"

엄마가 나에게 연락을 안 하는 건 요즘 들어 내가 돈을 안 보내 서인가, 꿈에서도 고민을 해 본다.

"니가 엄마한테 해 준 게 있냐고!"

참으려고 했다. 하지만 엄마가 날 또 구석으로 몬다.

"엄마, 내가 지금껏 엄마한테 보낸 건 뭐라고 생각해?"

"아이고야, 니가 뭘 보냈다고? 뭘 했다고? 뭘 해 놓고 말을 해 라, 이것아!"

"내가 그동안 송금한 명세 뽑아서 보여 줄까? 보여 주면 알겠 어?"

엄마에게 다가가 화를 내며 소리쳤다. 그러자 엄마가 약간 움찔 한다.

"아이고 넘사시러버서. 푼돈 보내 주고 저래 생색내나. 아이고 참말로."

도저히 엄마와는 대화가 안 통한다. 따지는 것도 아무 소용 없 다. 가던 길을 가기로 한다. 내 뒤에서 엄마 목소리가 들린다.

"내가 이래 날씬하고 예쁜 이유를 아나? 내가 얼마나 많이 걷 고, 얼마나 음식도 가려 먹고, 얼마나 얼마나 얼마나 얼마나 얼마 나 얼마나."

엄마 목소리가 멀어져 간다. 뒤를 돌아봤더니 분홍 바탕에 흰색 물방울무늬가 있는 운동복을 입은 엄마가 까만 핸드백을 어깨에

메고 팔을 휘저으며 거리를 걷고 있다. 보폭보다 팔의 동선이 몇 배나 더 커서, 마치 오뚝이가 걷는 것처럼 뒤뚱거린다. 엄마가 입은 운동복은 위아래가 붙어 있고, 엄마 몸에도 꼭 붙어 있다. 운동복 색깔이 너무 연하고 몸의 윤곽도 너무 드러나서 얼핏 보면 엄마가 아무것도 입지 않은 것 같다는 생각이 들던 순간,

"내가 얼마나 날씬한지 보여 줘야겠네."

하더니 엄마가 거리에서 옷을 벗기 시작한다. 순식간에 엄마는 팬티에 가방만 걸친 모습이 된다. 그러곤 팔을 교차하여 머리 위로 들어 올린 뒤 가슴을 앞으로 내민다.

"아, 너무 예쁘지. 정말 예쁘지."

나는 엄마의 저런 행동이 어디에서 기인하는지 이해하지만, 보편적 관점에서 봤을 때 엄마는 정상이 아니란 생각과 나는 내 갈 길을 가야겠다는 생각과 엄마는 엄마가 예뻐 보이는 길을 가야 한다는 생각이 겹친다. 엄마 목소리는 점점 멀어진다.

내가 갈 길을 가다가 모퉁이를 돌 때, 유모차에 앉아 있는 어느 아이와 실수로 부딪혀 미안하다고 말한다. 아이는 괜찮다는 뜻으로 희미하게 웃어 줬는데, 한눈에 봐도 성장 장애를 겪고 있는 아이다. 나이는 일곱 살쯤, 체구는 두 살쯤, 지능은 세 살쯤 되어 보인다. 누군가 유모차의 차양을 올려서 내가 아이를 더 자세히 볼 수 있게 해 준다. 차양을 올린 이는 유모차를 밀던 사람으로 아이 엄마는 아닌 것 같다. 차양을 올리는 손엔 아이를 자랑스러워하거나 보호하려는 마음보다 이런 아이를 가진 자신에게 어떤 감정을

느껴 달라는 의도가 들어 있다. 꿈이라서 그런지 손의 마음을 읽는 것도 어렵지 않다. 어쨌거나 차양이 올려진 덕에 아이의 얼굴을 자세히 볼 수 있다. 햇살에 드러난 아이는 칠십 세에 가까운 얼굴을 하고 있다. 거무스레한 피부는 쭈글쭈글하고, 머리카락은 엉성하고, 치아는 드문드문하다. 아이는 분홍 멜빵바지에 하얀 티셔츠를 입고 있다. 가만히 아이를 보고 있는데 아이가 갑자기 노래를 부르기 시작한다.

"나는야 토마토!"

기특하고 예쁜 아이다. 나도 후렴구를 따라 불렀다.

"토마토!"

토마토, 하다가 잠에서 깼다. 어스름한 새벽이었다. 일어나자마자 제일 먼저 하는 일은 마우스 가드를 뱉어 내는 일이다. 너무 꽉 물고 있었던지 끼고 있던 마우스 가드가 쉽게 빠지지 않았다. 겨우 뱉어 낸 마우스 가드의 송곳니 쪽이 훨씬 움푹 파여 있다. 이렇게 이를 악물고 갈아대다간 언젠가 마우스 가드에 구멍을 내 버릴 것 같다. 섬뜩한 대신 웃음이 나왔다.

15. Variatio 28

　엄마 꿈을 꿨기 때문이기도 했고, 시어머니와 음악회를 다녀왔기 때문이기도 했고, 설날이 다가왔기 때문이기도 했다. 엄마의 근황이 궁금해졌다. 연락이 끊긴 지, 아니 연락을 끊은 지 꽤 오래됐다. 연락할 방법이나 다시 연결될 가능성을 전혀 알지 못했지만, 내 마음이 조금씩 움직이며 엄마를 찾고 있었다. 아무래도 음악회가 가장 큰 원인인 것 같다.

　내가 열아홉 살이었을 때, 엄마와 미샤 마이스키 첼로 독주회를 보러 간 적이 있다. 엄마는 시시콜콜한 잡지나 편향된 시각의 신문이나 통속소설이나 뻔한 감성의 시들을 주로 읽었는데, 음악 취향은 고전적이었다. 미샤 마이스키 소식을 신문에서 읽은 엄마는 나에게 연주회에 함께 갈 것을 제안했다. 그즈음의 엄마는 막내 이모부 공장에서 하던 식당일을 그만두고, 강이 내려다보이는 널찍한 아파트에 입주한 후 아파트에 어울리는 가구들을 보러 다니는 중이었다. 밤새 헤어롤러를 말고 자며 매일 우아한 웨이브 머리를 했고, 유니폼처럼 입던 노랗고 파란 기하학적 무늬 티셔츠를 벗고 고상한 스타일의 홈드레스를 입었다. 내가 유치원에 다니던 시절, 우리 가족은 하얀 화강암 집에서 살았다. 동네에서 제일 높은 곳에 있던, 멀리서도 눈에 띄던 아름다운 집이었다. 그 시절의 엄마는 아침마다 고데기로 머리를 말고, 잔잔한 꽃무늬 홈드레스를 입었다. 내가 유치원에서 돌아오는 시간에 맞춰 달콤한 머랭을 만들어 바삭한 식빵에 발라 주기도 했고, 달콤한 당근 소를 넣은 따끈한 찐빵을 만들어 주기도 했다. 그러면 나는 세일러복으로 디자인된 유치원 원복을 입은 채 엄마가 만들어 준 간식을 예쁜 접시에 담아 하얀 테라스 난간에서 마당을 내려다보며 먹었다. 현관에서 마당으로 이어지는 화강암 계단은 마치 '소공녀'의 집을 연상케 했다. 집 외벽이 하얀 화강암이라 늘 반짝반짝 빛나는 집이었다. 내가 기억하는 가장 행복한 공간과 시간이고, 이 시공간에 있는 우리 가족 또한 가장 행복한 모습이다.

강이 내려다보이는 널찍한 아파트에서의 엄마는 눈부신 화강암 집의 엄마로 돌아간 듯했다. 우아한 웨이브 머리를 하고 긴 홈드레스를 다시 입게 됐으니 적어도 외양은 그랬다. 행복한 엄마, 행복한 아내로 돌아가는 데 십삼 년이란 시간이 걸렸고, 서른 살 숙이는 마흔세 살의 숙이가 되었다. 서른 살 숙이에겐 여섯 살짜리 딸이 있었지만, 마흔세 살의 숙이에겐 열아홉 살짜리 딸이 있었다. 서른 살이나 스무 살도 아닌 마냥 열여섯 살로 남고 싶은 숙이에게 열아홉 살짜리 딸이 덜커덕 생겨 버린 것이다. 그러나 어떤 면에서 열아홉 살 딸은 열여섯 살 숙이의 친구가 되기에 적당했다. 열여섯 숙이보다 의젓하니 열아홉 딸에게 기댈 수 있었다. 그래서 이 둘은 친구가 되었다. 드디어 행복해 보이는 엄마를 만난 열아홉 살 딸은 엄마와 친구가 되어 너무나 기뻤다. 친구인 엄마와 함께 가구를 보러 다니거나 시내를 활보하거나 쫄면을 먹다 보면, 열아홉 살 딸은 세상에 있을 법한 즐거움을 다 가진 듯 남부러운 게 없었다. 친구가 기뻐하면 자신도 기뻐하고, 친구가 슬퍼하면 자신도 슬퍼했다. 친구가 누구한테 얻어맞는 일이 생기면 자기 일처럼 노여워져서 친구와 한편이 되어 상대와 힘껏 싸웠다. 상대가 아빠라 해도 상관없었다. 친구가 악을 쓰며 소리 지르는 이유도 알 필요 없었다. 친구가 여섯 살배기처럼 엉엉 울면 열아홉 살 딸은 친구 등을 토닥이며 엄마 노릇을 했다. 열아홉 살 딸은 세 살 때도 그랬고, 네 살 때도 그랬고, 여덟 살이나 아홉 살, 열두 살이나 열여섯 살 때도 그랬던 것처럼, 엄마를 지키는 데 헌신했다. 기쁨이었고, 보람이었다.

연주회장에서 엄마와 나는 발코니석에 앉았다. 미샤 마이스키의 첼로 소리가 천장과 벽으로 울려 퍼지며 우리를 따스하게 감쌌다. 엄마와 나는 두 사람이지만, 마치 한 사람이 된 듯했다. 한 사람이 될 수 있어서 너무나 좋았다. 분리될 수 없었다. 분리되고 싶지 않았다. 이런 느낌을 주는 이는 엄마가 유일했다.

"앞 사람 때문에 하나도 안 보였어."

엄마라면 이런 감상을 내놓지 않았을 것이다. 안 보였다면 차라리 눈을 감고, 듣는 데 집중했을 것이다. 듣고 나선, '아, 정말 숨이 멎을 정도였어!' 같은 평을 했을 것이다. 그래, 인정해야겠다. 엄마가 궁금한 건 엄마가 보고 싶어서였다.

그런데 전화할 용기는 도저히 나지 않았다. 전화해도 엄마가 안 받을 수 있고, 통화한다 해도 꿈에서처럼 어긋난 대화를 할 수도 있었다. 그러니 감정을 추스를 수 있고, 단어를 고를 수 있는 문자 메시지가 적당했다. 뭐라고 쓸까. 한참을 고민하다가 그동안 엄마와 주고받은 메시지가 들어 있는 대화 창을 열었다. 휴대전화 화면을 보고 있자니 앞가슴뼈가 사르르 떨렸다. 마지막 메시지는 내가 보낸 '내일 추석인데 동생네 가는지?'였다. 답은 못 듣고, 결국 엄마와 나 사이를 끊어 버린 메시지였다. 가슴이 찌르르 저렸다. 지나간 시간을 좀 더 끌고 와 봤다. 내가 보낸 어버이날 축하 메시지도 있고, 호야꽃 사진도 있고, 엄마가 보낸 유럽 사진들, 지인들과 마셨다는 라테 사진, 징코빌로바와 프로폴리스를 보내 달라는 메시지도 있었다. 엄마가 보낸 메시지들은 대체로 사진이었다. 가끔 보내온 장문의 문자 메시지는 한결같이 감성적이었다.

'엄마는 영원히 열여섯이구나.'

메시지들을 슬슬 올려 보다 사진 하나에 눈길과 손길이 멈추었다. 감꽃 목걸이였다.

주야

하늘 이쁜 날

새벽 운동 가는 길에

하얗게 떨어진 감꽃 보다

숙이

한참을 흥분했겠지

뱀산 감꽃 다 주워

여태 졸면서 꿰다 보니

금방 유년의 뜨락

늘 사랑하는 너에게

감꽃 목걸이 선물

'주야'도 보이고, '숙이'도 보이고, '뱀산'도 보이고, '유년'도 보이는데, '늘 사랑하는 너'에 이르러선 글자가 하나도 보이지 않았다. 눈물이 왈칵 쏟아졌다. 가슴이 무너져 내렸다. 내가 그동안 뭘하고 있었나, 정신이 번쩍 들었다. 엄마는 이미 나한테 말했는데, 늘 사랑한다고 했는데, 난 대체 무슨 짓을 한 건가. 날 사랑하는 엄마를 못 믿고, 날 사랑하는 엄마를 못 보다니, 너무 미안했다. 죽고 싶을 만큼 미안했다. 버르장머리 없고 못돼먹은 내가 너무나 한심했다. 날 사랑하는 엄마가 바로 저기 있는데, 그걸 보지 못한 나 자신이 너무나 원망스러웠다. 뭐에 단단히 씌었던 것 같다. 그렇지 않다면 눈앞에 있는 것을 못 봤을 리 없다. 봐 놓고도 안 믿는다고 뻔뻔하게 우겨댔을 리 없다. 다시 수화기를 들어야 했던 사람은 엄마가 아니라 나였다. 너무 수치스러워서, 너무 미안해서, 바닥에 머리를 쿵쿵 찧으며 울었다. 다시 되돌리기에 너무 늦은 건 아닌가, 내가 저지른 잘못이 너무 큰 건 아닌가, 어떻게 용서를 구해야 하나, 용서를 구할 수 있을까.

주야, 잘 지내? 연락한다고 해 놓고는 사는 게 황망해서 늘 때를 놓친다. 교통사고 후유증은 어떤지? 재활 치료는 잘하고 있는지? 사고 소식에 가슴 쓸어내린 게 엊그제 같은데 벌써 일 년이 지났구나. 시간이 흘러도 교통사고 후유증은 몸에 남는 경우가 많으니 알뜰하게 치료받길 바란다. 많이 보고 싶구나. 한국엔 언제 올는지? 몸이 좀 나아지면 언제 한번 와야지? 어머님은 잘 계시고? 지난 추석엔 어쩌다 보니 연락도 못 드렸어. 어머님이 언젠가 감꽃 목걸이 사진이랑 한 편의 시 같은 문자를 보내 주셨는데, 난 아직 새해 인사도 못 드렸네. 설날에 대구 내려가면 찾아뵐게. 아버님이 챙겨 주셨던 고구마랑 밤은 아직도 못 잊고 있다. 시차 맞춰서 언제 통화하자꾸나. 얼른 회복하길 바라고, 나도 아직 용납이 잘 안 되는 자세지만 어지간하면, 무조건, 낮에도 틈만 나면, 꼭 누워 있기! 로야랑 사이러스 님에게 안부 전해 줘. 새해 복 많이 받아!

반전(反轉): 1) 반대 방향으로 구르거나 돎. 2) 위치, 방향, 순서 따위가 반대로 됨. 3) 일의 형세가 뒤바뀜. 반전이란 단어가 가진 세 가지 정의는 각기 다른 뜻으로 쓰일 텐데, 어찌 된 영문인지 내 경우엔 이 세 가지 정의가 다 들어맞는다. 이런 경우엔 운이 좋다고 해야 하나, 운이 나쁘다고 해야 하나. 눈물이 쏙 들어갔으니 운이 좋은 거고, 눈물이 멈춘 대신 머리가 떵해졌으니 운이 나쁜 거겠지. 엉엉 울다가 친구의 문자를 받고 내가 느끼는 감정이 뭔지 파악해 보려 했지만, 멍한 상태여서 제대로 생각할 수 없었다. 조금 전까지 머리를 바닥에 찧으며 울었던 것 같은데, 왜 울었는지 순식간에 잊어버렸다. 내 상태는 주의하라는 신호가 있었음에도 아무 생각 없이 걷다가 뚜껑이 열려 있던 맨홀에 쏙 빠져 버린 것 같기도 하고, 메마른 사막에서 호수를 발견하고 정신없이 뛰어갔더니 한낱 신기루에 도착한 것 같기도 하고, 내 것인 줄 알고 애지중지 길렀던 황금 사과나무를 진짜 땅 주인이 와서 쓱싹 베어 가져가 버리는 걸 속수무책으로 바라보고 있는 것 같기도 했다. 맨홀과 신기루와 황금 사과나무는 감꽃 목걸이였을까. 나의 다정한 친구가 일깨워 준 것은 주의 신호였을까, 메마른 사막이었을까, 진짜 땅 주인이었을까. 나 자신이 반대 방향으로 구르거나 돌지 않았고, 위치나 방향이나 순서를 반대로 해 놓지도 않았고, 일의 형세를 뒤바꾸지도 않았는데 이런 반전이 생겼다면, 나는 반전의 주인공일까 구경꾼일까.

삶의 진행 방향은 바뀌지 않는다.

맞는 방향으로 진행됐을 뿐이다. 내가 잠시 착각했다. 반전이 아니라 원래 진행되던 방향이었다. 엄마는 진즉부터 그랬다. 엄마에겐 굳이 내가 아니더라도 관심과 애정을 보내 줄 사람들이 늘 있었다. 엄마는 각본도 잘 쓰고, 연출도 잘하고, 연기에도 능했다. 당연히 구경꾼이 모였다. 처음부터 외부인에게 공개된 무대는 아니었다. 처음엔 자신의 남편과 아들과 딸이 구경꾼이었다. 그녀의 남편은 연출가의 기질을 가졌지만, 그녀는 이를 무시하고 구경꾼이 되길 강요했다. 그랬더니 남편은 난동꾼이 되었다. 실감 나는 연기를 펼쳤다. 그녀의 아들은 진득한 구경꾼이었다. 극적인 장면이든 지루한 장면이든 까탈스럽지 않게 봐 줬다. 한편 그녀의 딸은 완벽한 구경꾼이었을 뿐만 아니라 엉성하게 쓴 각본도 멋지게 각색해 내는 재주를 가지고 있어 그녀에게 없어선 안 되는 존재였다. 적시 적소에 효과음을 넣을 줄 알고, 무대가 부실해지면 보기 좋게 꾸밀 줄도 알았다. 딸만 있으면 다른 관객이 필요 없을 정도였다. 보장된 흥행이었다.

난동꾼 남편과 구경꾼 아들은 그녀의 각본과 연출과 연기에 걸맞은 반응을 보여 줬지만, 완벽한 구경꾼이자 조역꾼이었던 딸은 언젠가부터 그녀의 무대를 의심하기 시작했다. 그녀가 극적인 장면을 만들어 내는데도 딸은 무대 위를 보지 않고 무대 뒤를 힐끗거렸다. 비극적인 요소를 부과할수록 딸은 눈물을 흘리는 대신 눈을 옆으로 가늘게 뜨고 턱을 손으로 괬다. 연출된 상황이 딱하거나 가소롭다는 표정이다. 빌어먹을, 이것이 무대라는 걸 아는 딸이다. 각본과 연출과 연기를 믿지 않는다. 좀 더 강한 자극을 주려고 치명상을 입은 주인공을 내세워 혼신의 힘을 다해 연기했더니, 딸은 "혼자 있는 게 대수야?"라고 악평하는 것도 모자라 "사람은 누구나 혼자"라며 저주를 퍼부었다. 괘씸하다. 독백극을 하더라도 관객이 필요한데, 혼자라면 아무것도 성사되지 않는다. 관객이 사라지면 주인공도 사라져야 하니 두 손 놓고 있을 수 없다. 뭐라도 해야 한다. 딸이 무대를 믿지 않는다고 해서 공연을 그만둘 순 없다. 그래, 새로운 관객이 필요하다. 솔깃한 각본과 그럴싸한 연출과 리얼한 연기를 믿는 관객을 불러 모으면 된다. 호객 행위는 어렵지 않다. 냉정한 평가를 하는 딸이 관객석에 없으면 오히려 연기하는 게 수월하다. 딸의 친구를 회유하여 관객석에 앉힌다. 그들은 착한 딸 역할을 한다. 무대를 의심하지도 않고, 평가하지도 않는다. 또다시 막은 오르고 조명은 켜지고 박수갈채는 쏟아진다. 주인공은 사라지지 않는다.

엄마가 감꽃 목걸이뿐만 아니라 유럽 여행 사진이나 라테 사진도 내 친구들에게 죄다 보내 준 것을 알고 있다. 엄마는 늘 그랬으니까, 내가 캐내지 않아도 친구들이 알려 주니까, 나는 알고 있다. 알면서도 모른 척해 왔다. 내 친구들을 챙기는 엄마가 고마워서가 아니라 엄마를 봐주는 친구들이 고마워서였다. 엄마에겐 누구와도 사진을 공유할 수 있는 자유가 있다. 특히 '뱀산'에서 작은 '감꽃'을 일일이 '다 주워' '여태 졸면서' '목걸이'로 꿰었으니 여러 사람에게 자랑할 만도 했다. 그래도, 정말 그래도, '늘 사랑하는 너에게 감꽃 목걸이 선물'이라는 메시지는 보내지 말았어야 했다. 감꽃 목걸이는 오직 나만을 위한 것인 줄 알았다. 문자 그대로 날 향한 사랑인 줄 알았고, 날 위한 선물인 줄 알았다. 내내 목에 걸고 있었다. 주인이 원하는 대로 꼬리를 살랑거리지 않아서 내팽개쳐졌어도, 난 영영 버림받은 강아지가 아니었다. 내 목엔 감꽃 목걸이라는 확실한 징표가 있었다. 주인 없는 강아지처럼 홀쩍대도 이토록 예쁜 꽃목걸이를 걸고 있으니, 누가 봐도 주인이 애타게 찾고 있을 법한, 틀림없이 사랑받았음 직한 강아지였다. 땅에 떨어진 작고 하얀 감꽃으로 만든 수수한 목걸이는 누군가에겐 소소하거나 시시할 수도 있겠지만, 엄마로부터 받은 것이 별로 없는 딸에겐, 받았다고 해도 죄책감이나 비난이 대부분인 자식에겐, 그 자식이 아무리 다 컸어도, 심지어 한 아이의 엄마가 됐어도, 누구와도 나누고 싶지 않은 소중한 선물이었다. 엄마가 날 떠난 적 없고 끊은 적 없다고 믿고 싶게 한 원인이었고, 내가 엄마를 떠나지 않고 끊지 않게 한 이유였다.

연기라고 생각했지 속임수라고 생각하지 않았다. 진심을 분명하게 드러내기 위해서 과장되게 표현한다고 생각했다. 통속적인 드라마를 자꾸 반복해야 할 정도로 엄마의 한이 크고, 모든 현실을 극적으로 대해야 할 정도로 엄마의 감성이 충만하다고 생각했을 뿐, 가족으로부터 받을 수 있는 사랑에 목말라하는 엄마의 진심을 의심해 본 적 없었다. 엄마의 과장된 표현은 가족의 소중함을 반영하는 거로 생각했다. 내가 그토록 힘들어하면서도 엄마를 저버리지 않은 건 이런 마음을 믿었기 때문이었다. 무엇보다, 인간이기에 가질 수 있는 선의, 공존과 공생의 원리, 참혹한 과거가 있다 해도 현재가 있고 미래는 현재로부터 비롯된다는 믿음 때문이었다. 아무리 엄마가 막무가내로 굴어도 나도 막무가내로 굴지 않고, 아무리 엄마가 실리만 따져도 나는 명분을 따르고, 아무리 엄마가 불공평하게 세상을 대해도 나 또한 그러지 않았던 이유는 바로 이 공존과 공생에 대한 믿음 때문이었다. 엄마가 과장된 표현을 하는 이유도 공존과 공생에 대한 애착이 강해서인 줄 알았다.

그러나 내가 목격한 엄마의 진심은 엄마 자신의 삶만 중요할 뿐 타인과의 공존이나 공생은 안중에도 없었다. 타인은 그저 당신을 위해 존재했다. 동정심은 타인을 조종하기 위한 도구였고, 죄책감은 가족을 조종하기 위한 도구였다. 감정의 도구화는 인간관계에서 흔히 발견되는 양상이긴 하나 엄마의 경우엔 동정심과 죄책감을 자기 입맛대로 쓰면서도 타인에 대한 공감 능력이 결여된 바람에 자신과 타인에 대한 학대로 이어졌다. 자신은 불쌍하다는 믿음과 타인은 그런 자신을 불쌍하게 여겨야 한다는 믿음에서 엄마는 단 한 걸음도 움직이려 하지 않았다. 자신 안의 결여는 과거에서 비롯됐고, 채워지지 않은 현재의 허기는 미래에 죄다 바쳤기 때문이었다. 그러니 과거와 현재와 미래에 걸쳐 있는 자식이 책임을 지는 게 당연했다. 현재에 발목 잡힌 건 과거 때문이고, 과거 때문에 미래도 삼키는 꼴이었다. 허기의 원인이 뭔지 깨닫는 것은 중요하지 않다. 원인을 안다면 허기를 없앨 수 있겠지만, 엄마의 허기는 자기 자신이 채워지지 않는 한 아무도 채워 줄 수 없다. 끝없이 먹어도 끝없이 굶주려 있다. 당신의 정체는 무엇인가. 가이아인 줄 알았던 당신은 크로노스였던가. 나는 다시 다가갈 뻔했다. 큰일 날 뻔했다. 하마터면 잡아먹힐 뻔했다.

반전이 아니라 극적 해결이었다.

멍했던 정신이 선명해졌다. 바닥에 엎드려 있던 난 천천히 일어나 바로 앉았다. 휴대전화를 집어 들었다. 화면을 켰다. 친구에겐 나중에 안부를 전하기로 하고, 내가 풍덩 빠져 있던 대화 창을 열었다. 엄마와 주고받은 메시지들이 뒤엉켜 있다.

대화창을 닫으시겠습니까?

잘 가, 감꽃 목걸이.

대화방에서 나가시겠습니까?

날 묶었던 사슬아, 잘 가.

연락처를 지우시겠습니까?

이제 떠나 줘.

연락처가 지워졌습니다.

엄마가 내 전화번호를 외워 둘 리 없고 내 주소를 기억할 리 없으니까, 내가 엄마를 지우면 엄마도 날 지운 거야. 지운다고 진짜 지워졌겠냐마는, 떠나보낸다고 진짜 떠났겠냐마는, 그래도 안녕. 이쯤에서 안녕. 엄마가 먼저 떠났다는 걸 알지만, 어쩌면 이미 아주 오래전에 떠났다는 걸 알지만, 이젠 나도 안녕. 부모 자식 사이도 일종의 관계라는 걸 나보다 먼저 알고 있던 엄마, 엄마가 간 길을 나도 갈게. 하지만, 엄마처럼 중단해도 나는 대체하지 않을 거야. 세상엔 대체할 수 없는 게 있고, 그게 바로 저마다 존재하는 이유니까. 엄마, 여기선 헤어져도 다음 생에선 내 딸로 태어나 줘. 내 딸로 태어나서 내 사랑을 받아 줘. 알고 보면 세상에서 제일 즐거운 게 삶이라는 걸 꼭 경험하게 해 줄 테니, 부디 내 딸로 태어나 줘. 그땐 진짜 엄마가 되어 줄게.

안녕, 엄마.

당신을 사랑했던 딸로부터.

16. Variatio 29

개기월식이 시작됐다. 로야와 나와 남편은 담요를 두르고 파티오에서 달을 봤다. 샤디네에 있는 마마준도 달을 볼 수 있기를 바랐다. 지구 그림자가 달에 나타났다. 세상에, 우리가 지금 달을 가리고 있어, 세상에, 달이 움직이고 있어, 세상에, 지구 그림자가 완전히 달에 들어갔어, 세상에, 붉은 달이 되었어, 세상에, 저게 태양이지, 세상에, 우리가 나란히 있다니. 개기월식은 생각보다 너무 빨리 진행됐다. 지구가 이토록 빨리 돌고 달이 이토록 빨리 움직였다니, 체감하지 못했던 속도를 눈으로 봤더니 슬쩍 어지러워졌다.

다음 날, 샤디네에서 돌아온 마마준은 어지럼증을 호소했다. 이곳에 와서 처음으로 딸네에서 자고 온 바로 다음 날이었는데, 마마준은 자리에서 일어나지도 못할 정도로 어지러워했다. 다행히 구토나 두통이나 발한이나 감각 이상 등의 증세는 없었다. 다만 특정 자세로 있어야 어지럽지 않아서 마마준은 온종일 침대에 누워 있어야 했다. 병원에 가 보려고 했지만, 자리에서 일어서면 어지럼증이 심해져서 일단 기다리기로 했다. 약사 지인에게 조언을 구한 남편은 멀미약을 사 와 마마준에게 권했다.

"괜찮아. 안 먹어도 돼."

"드셔야 해요. 그래야 괜찮아져요."

마마준은 못 이기는 척하며 알약 하나를 받아 삼켰다.

"이게 아니라 아스피린을 먹어야 해. 베이비 아스피린."

마마준은 자리에 도로 누우며 이마에 손을 올렸다. 저용량 아스피린은 바바준이 복용하던 약이었다. 바바준은 경미한 심장마비 증세로 응급실을 다녀온 후부터 매일 수면제와 함께 저용량 아스피린을 먹었다. 약이 떨어지면 약을 사서 인편을 통해 바바준에게 보냈다. 뭐든 캐나다에서 보낸 것은 현지 것보다 싸고 좋다던 바바준이었다. 이는 마마준도, 엄마도 마찬가지였다. 나와 남편은 이의를 제기하지 않았다.

이날로부터 일주일 후는 마마준이 이란으로 돌아가는 날이었다. 마마준의 증세가 호전되지 않으면 출국 날짜를 늦춰야겠다고 생각하고 있는데 남편은 나와 생각이 전혀 달랐다.

"저러다 제날짜에 안 떠나겠다고 하시면 어떡하지?"

남편의 마음엔 가변성을 감당할 여유가 없는 모양이었다.

"그렇게 되면 안 떠나는 게 아니라 못 떠나시는 거지."

"이해 안 되는 게 너무 많아."

"마음이 복잡해?"

"복잡한 정도가 아니라 너무 화가 나."

이다음에 내가 할 말을 잘 골라야 했다. 남편 안의 화를 터뜨리게 할지, 조금씩 새어 나오게 할지, 아니면 늘 그랬던 것처럼 누르게 할지, 잘 결정해야 했다.

"왜?"

남편 스스로 결정하게 했다.

"나는 정말 할 만큼 했어. 나한텐 유년 시절이 없어. 가족을 위해 난 뭐든지 했어. 자지도 못하고 먹지도 못하면서 돈을 벌었어. 일곱 살 때부터 거리에서 물건을 팔고 다녔던 나야. 전쟁 때문에 이런 경우가 흔했다고 생각하지 마. 내가 유일했어. 내 친구 중 누구도 길바닥에서 일하지 않았다고. 오토바이 뒤에 짐을 산더미처럼 싣고 다니다가 죽을 뻔한 게 셀 수도 없어. 그렇게 고생해서 번 돈은 모두 가족에게 썼어. 후회는 없어. 난 할 수 있는 걸 했고, 할 수 있어서 기뻤으니까. 그런데 이번 일을 겪으면서 모든 정황이 나에게 불공평하게 돌아간다는 걸 알았어. 내 유년 시절을 모조리 바치면서 가족을 위해 고생할 때도 샤디는 늘 고생에서 제외됐어. 걔는 늘 받는 쪽이고 나는 늘 주는 쪽이야. 난 샤디에게도 부모에게도 충분히 줬다고 생각해. 내가 칭찬을 듣자고 한 일은 아니지만, 샤디랑 마마준이 내 수고를 너무나 당연하게 취급하는 건 정말 이해가 안 돼. 마마준 오고 나서 당신이 얼마나 수고를 많이

해? 입안의 혀처럼 마마준을 보살피잖아. 샤디나 마마준은 당신 수고도 당연하게 생각해. 뭐든 당연해. 마치 세상이 그들한테 큰 빚을 진 것처럼, 당신이 그들에게 빚진 것처럼, 내가 그들에게 빚진 것처럼. 너무 당당해서 뻔뻔해."

터뜨리고 말았다. 그가 터뜨린 건 분명 샴페인이 아니다. 샴페인이었다면 누군가와 나눴을 때 그 누군가는 즐거워했을 것이다. 지금 남편이 터뜨린 것을 누군가와 나눈다면, 그 누군가는 결코 즐거워하지 못할 것이다.

그가 꾹꾹 눌러 온 것은 그의 진심이었다. 어떤 상황에 부닥쳤을 때마다 느낀 정직한 감정들이었다. 적합한 대상에게 전해야 했던 진심과 솔직하게 드러내야 했던 감정들이 출구가 막혀 안으로만 쌓였다. 눈앞에 있는 대상에게 메시지가 전해지지 않는 경우는 두 가지다. 첫째는 대상이 보지 못하거나 듣지 못할 때고, 둘째는 대상에게 메시지를 보여 주지 못하고 들려주지 못할 때다. 소통의 수단은 언어만이 아니다. 언어가 소통의 유일한 수단이라면 지구상의 모든 생명체는 진즉에 사라졌을 것이다. 바위와 이끼 사이의 소통, 고사리와 개미 사이의 소통, 엄마 곰과 아기 곰 사이의 소통, 달과 바다 사이의 소통이 가능한 이유는 공존과 공생의 원리를 따르기 때문이다.

로야가 태어나서 제일 처음 한 표현은 울음이었다. 자지러지게 우는 아이를 보며 나와 남편은 웃었다. 아이는 오줌을 싸도 울고, 똥을 싸도 울었다. 기저귀를 갈 때도 울고, 젖을 찾을 때도 울었다.

졸릴 때도 울고, 자다가도 울고, 깰 때도 울었다. 아이의 웃는 모습을 보려고 아이를 간지럽히면 아이는 왜 이런 행동을 하냐는 듯 심각한 표정으로 우릴 빤히 쳐다봤다. 우리는 머쓱했다. 아이는 대부분 시간을 울거나 골똘히 생각하며 보내서 아이를 이 세상에 나오게 한 우리는 머쓱하다 못해 미안할 지경이었다. 아이의 울음과 골똘함을 언짢음으로 해석했다. 아이를 웃게 해 주고 싶었다. 그러면 우리도 웃을 수 있을 것 같았다. 모든 신경을 아이에게 집중했다. 아이를 돌보는 일에 온 힘을 쏟느라 나의 수면이나 식사는 부차적인 것으로 취급했다. 헌신이라는 단어의 사전적 정의를 매일 행동으로 실천했다. 그러자 아이는 차츰차츰 미소 짓기 시작했다. 아이가 울고불고 찾던 나의 가슴은 어느새 방긋방긋 웃으며 찾는 대상으로, '이 사람이 누구지?' 의아해하던 표정은 '이 사람이라서 다행이다!'라는 표정으로 바뀌었다. 아이는 미소 짓고, 웃고, 급기야 '아빠바바 엄마마마'라며 말과 비슷한 것을 하기 시작했다.

옹알이를 말로 이해한 건 성급한 일반화일 수도 있었다. '아빠바바'라고 하니 '아빠'로 알아듣고, '엄마마마'라고 하니 '엄마'로 알아들었다. 우리는 아이의 옹알이를 따라 했고, 아이는 우리의 말을 따라 했다. 그랬더니 아이는 옹알이 정도가 아닌, 좀 더 구체적인 신호 체계를 사용하기 시작했다. 밤낮으로 젖을 물린 덕분에 아이가 처음으로 습득한 신호 체계는 나의 모국어인 한국어였다. 하지만 이 체계는 남편에겐 미지의 영역에 있었으므로 남편은 여전히 아이의 말을 알아듣지 못했다. 내가 남편과 아이와 함께 있을 수 있는 영역의 언어를 사용할 수도 있었지만, 남편은 아이의 첫 단어인 '아빠바바'를 무슨 계시처럼 여겨서 아이가 반드시 한국어를 사용하길 바랐다. 로야가 영어를 말할 수 있게 된 두 살 때까지, 나는 로야와 남편 사이에서 통역관 역할을 했다. 이제 막 배우기 시작한 말이더라도, 한번 걸러져 전달된 말이더라도, 소통에 문제는 없었다. 소통은 서로를 이어 주는 통로이지 때에 따라 여닫히는 출입구가 아니었다. 통로는 통로로서의 기능을 잘 수행했다. 통행이 불편하다면 개선했고, 원활하다면 그 상태를 유지했다.

그런데 남편과 부모와의 소통엔 통로가 아닌 출입구가 놓여 있다. 이는 남편뿐만 아니라 나와 내 부모 사이에서도 마찬가지다. 힘든 삶을 살았거나 힘들게 삶을 대했던 우리 부모는 우리가 표현하는 것을 받아 줄 여력이 없었다. 우리가 만들어 내는 작은 몸짓과 작은 소리는 그들에게 보이지도 들리지도 않았다. 반면, 모든 감각을 그들에게 집중했던 우리는 그들이 힘든 내색을 하면 도와 달라는 메시지로 알아듣고, 내색을 안 하면 숨긴 것을 찾으라는 메시지로 알아들었다. 우리의 감각은 그들의 요구에 민첩하게 반응하고, 그들의 감정을 세심하게 살피도록 길들었다. 그러다 보니 정작 우리 자신을 살피는 감각은 둔해질 수밖에 없었다.

남편과 내가 부부가 되지 않았더라면 혹은 아이를 가지지 않았더라면, 한쪽으로만 지나치게 예민하거나 지나치게 둔한 감각은 지금까지도 같은 상태였을 것이다. 태생부터 그렇게 쓰이는 감각인 줄로만 알았을 것이다. 나와 남편이 가족으로서 함께해 온 여정은 불균형했던 감각에 균형을 찾아주는 과정과 같다. 호들갑 부리지 않아도 되고, 주눅 들지 않아도 되고, 그저 자연스럽게 살아가는 과정이다. 우리가 떠나온 원 가족은 여전히 우리의 호들갑과 주눅을 원하지만, 더는 예민하지도 않고 둔하지도 않은 감각을 갖게 된 우리는 원 가족이 원하는 대로 반응할 수 없게 됐다. 원하는 것만 통과시키려 통로에 출입구를 단 건 우리 부모였지만, 결국 수혜를 입은 건 우리였다. 계속해서 예민할 수 없고, 계속해서 둔할 수 없어서, 우린 그 문을 사용하기로 했다. 그래도 꽉 닫아 놓으면 문밖의 이들이 서운해할까 봐 빼꼼히 열어 놨다. 이 틈으로 우리의 부모는 예전처럼 자신들의 힘든 감정을 쿡쿡 밀어 넣었는데, 이에 대해 남편은 자신을 셧다운 함으로써 보지 않으려 했고, 나는 속으로는 닫고 겉으로만 열어 둠으로써 보여도 안 보이는 척했다. 그들이 우리를 외면할까 봐 혹은 우리가 그들을 외면할까 봐 두려워 빼꼼히 열어 둔 문은 그렇게 계속 열려 있을 줄 알았다. 저편에서 분 바람에 문이 쾅 닫힐 줄은, 이편에서 분 바람에 문뿐만 아니라 문이 있던 벽까지 부서질 줄은 정말 몰랐다.

"마마준은 일주일 후에 반드시 떠나야 해. 더는 있을 수 없어."

남편의 말투는 마치 반항기 소년 같았다. 그러고 보니 유년 시절이 없다는 남편은 이제야 사춘기를 경험하는지도 모르겠다. 호르몬 덕을 보며 자랐어야 했던 시기, 호르몬 탓을 하며 터뜨렸어야 했던 시기를 지금 경험하나 보다. 남편이 언젠가 로야에게 "넌

290

질풍노도의 시기를 겪지 않을 거야. 아빠가 십 대였을 땐 일하느라 바빠서 부모에게 반항하거나 나쁜 친구들이랑 어울린 적이 없어. 그런 건 게으르고 어리석은 철부지들이나 하는 짓이야. 넌 그런 행동을 해선 안 돼."라고 했을 때, 난 속으로 뜨끔했다. 나 또한 남편과 비슷했다. 사춘기 시절, 치기를 핑계 대며 할 수 있는 행동들을 단 하나도 하지 않았다. 일찌감치 철든 아이는 어른보다 더 엄격한 잣대로 자신을 평가하고 그것에 맞게 처신하도록 스스로를 통제한다. 자기 나이에 맞게 행동하는 아이들을 한심하다고 여기고, 어른스러운 자신을 자랑스럽게 여긴다. 인제 와서 보니 한심하고 딱한 건 남편이나 나다. 다른 아이들보다 성장 속도가 빠른 줄 알았는데, 우린 경험했어야 할 성장 단계를 자의와 타의로 건너뛰었을 뿐이다. 그때 못 큰 걸 인제 와서 따라잡으려니 호르몬 덕도 못 보고, 호르몬 탓도 못 해서 실로 힘들다. 힘들지만, 어디든 먼저 닿는 뱃머리 정령이라 남편보다 조금씩 먼저 경험해 본 나는 까칠한 반항아를 챙기는 힙한 동반자가 되고 싶어서 스왜그 있게 일어서며 그의 등을 두드려 줬다.

"힘내. 아스피린 사 올게."

남편은 해죽 웃었다.

마마준의 어지럼증은 차츰 나아졌다. 거의 매일 쇼핑몰을 찾던 마마준은 출국을 며칠 앞두곤 어지럼증 때문에 집에만 있어야 했다. 마마준이 행여라도 지루해할까 봐 나는 여러 가지 음식을 만들어 마마준의 입을 심심치 않게 했다. 하루는 제철도 아닌데 싱싱해

뫼는 옥수수를 만나서 반가운 마음에 사 들고 와 옥수수 수프를 끓였다. 김이 모락모락 나는 고소한 냄새의 수프가 먹음직스러워 보였다. 본차이나 수프 볼에 담아 아래층으로 가지고 갔다.

"드셔 보세요. 초세필 수프예요."

침대 머리맡에 비스듬히 기댄 채 유튜브를 보던 마마준은 내 말을 듣곤 배꼽을 잡고 웃었다.

"하하하하하⋯⋯. 초세필이라니, 초세필. 하하하하하. 아이고 웃겨라. 하하하!"

마마준은 내가 옥수수를 본 순간부터 마마준의 웃음을 상상했다는 사실을, 깔깔 웃는 마마준을 보고 싶어서 옥수수를 사 왔다는 사실을, 귀해서 잘 쓰지 않는 본차이나 수프 볼을 조심스레 꺼내 콧노래를 부르며 옥수수 수프를 담았다는 사실을 몰랐다.

"아이고, 웃겨라. 초세필(فيل چوس: 페르시아어로 팝콘을 뜻하지만, 직역하면 '코끼리 방귀'다. 여기선 '코끼리 방귀'로 쓰였다.)이 아니라 조랏(ذرت: 옥수수를 뜻하는 페르시아어)이라고 하는 거야. 하하하."

내가 모를 리 없다. 물론, 일부러 그랬다. 덕분에 마마준은 깔깔깔 웃었고, 나도 따라 웃을 수 있었다. 마마준은 그날 저녁 식사를 아래층이 아닌 위층에서 우리와 함께할 수 있었다. 어떤 연유로 불균형했던 마마준의 평형감각은 다시 균형을 찾은 듯했다. 앞으로 사흘 뒤면 마마준은 떠난다.

다음 날부터 마마준은 본격적으로 짐을 싸기 시작했다. 마마준의 몸 상태가 염려스러워 도와 드리겠다고 했지만, 한사코 나의 도움을 거절하고 당신 혼자서 짐을 쌌다. 하긴, 마마준은 비닐봉지도 단정하게 개는 사람이라 손끝이 야무지지 못한 내가 도와 드리면 오히려 걸리적거릴 수 있었다. 열심히 짐을 싸는 시어머니를 놔두고 제 할 일만 하긴 뭣해서 컴퓨터 앞에 앉아 있다가도 뭐라도 챙겨 드리고픈 마음에 벌떡 일어나 약국에도 다녀오고 백화점에도 다녀오며 마마준의 마지막 삼 일을 동행했다.

마마준이 이란으로 가지고 가고자 하는 건 옷가지와 침구류, 주방용품과 세면용품이었다. 감을 먹고 남은 씨도 아파트 정원에 심는다고 작은 용기에 넣어 챙겼다. 불현듯 엄마가 떠올랐다. 마마준처럼 이곳에서 석 달을 지내고 짐을 싸는데, 엄마는 손가락 하나 까딱 안 했다. 손목 인대 파열로 특수 보호대를 끼고 있던 내가 엄마 짐을 쌌다. 짐을 싸던 내 옆에서 엄마는 집에 가면 먹을 게 없다고 불평하기 시작했다. 난 짐을 싸다 말고 벌떡 일어나 엄마가 가져갈 수 있는 찬거리를 만들었다. 쇠고기 고추장 볶음과 쇠고기 육포를 넉넉하게 만들어 가방에 넣어 주었다. 한국으로 돌아간 엄마는 내가 만든 것들을 죄다 동생네로 보냈다고 전해 왔다. 이유는 "니 동생이 그런 거 좋아하잖아."였다.

그러고 보면 시어머니와 엄마는 정반대면서도 참 닮았다. 두 사람 모두 이곳에서 생일을 맞아 외식했더니 시어머니는 안 먹겠다고 완강히 거부하다 결국 어린이 메뉴를 먹었고, 엄마는 바닷가재 요리를 먹고도 짜고 형편없다는 평을 늘어놓았다. 한 사람은 자신의 존재를 최소화하는 데 전념하고, 한 사람은 자신의 존재를 최

대화하는 데 전념한다. 어느 쪽이든 중도가 없다. 각자의 방식대로 극과 극을 향하니, 그들에게 맞추기 위해선 우리의 보폭을 줄이거나 늘려야 한다. 보폭을 맞추지 않았다간 한 사람은 저 뒤에 처져 보이지도 않을 테고, 다른 한 사람은 저만치 앞서가서 보이지 않을 테다. 보폭을 맞춰야 함께 갈 수 있지만, 두 사람은 그럴 생각이 전혀 없다. 맞춰야 하는 건 자식이다.

시어머니의 출국을 하루 앞둔 날이었다. 로야가 며칠 전에 했던 질문과 똑같은 질문을 했다.

"엄마, 엄마는 마마니 가고 나면 마마니 보고 싶을 것 같아?"

며칠 전에 이 질문을 받았을 때, 과연 나는 시어머니를 보고 싶어 할 것인가 그렇지 않을 것인가를 생각하느라 바로 대답을 못했다. 바로 대답하지 못하는 내가 부끄러워서 민망한 목소리로,

"그럼. 보고 싶겠지."

했었다. 어쨌든 난 질문에 이미 대답했는데, 로야는 같은 질문을 또 한다. 질문의 되풀이는 확인을 위해서거나 원하는 대답이 있어서다. 이제 내가 로야에게 물을 차례였다. 내가 물어 주지 않는다면 로야는 나와의 소통이 통로가 아니라 출입구라고 생각할 수도 있는 순간이었다.

"우리 로야는 어때? 마마니가 보고 싶을 것 같아?"

본심을 드러낼지 어떨지 궁금했다.

"아니. 난 안 보고 싶을 거야."

헉, 이렇게 솔직하다니.

"어떻게 보고 싶겠어? 마마니는 우리랑 같이 안 살았고, 같이 살았다고 해도 우리한테 별로 관심이 없었을 거야. 유튜브만 봤을 거야. 같이 있어도 같이 있는 게 아니야."

세상에, 이렇게나 솔직할 수도 있구나.

"내가 보고 싶어서 왔다고 해 놓고는 항상 밑에 있었잖아. 마마니는 여기에 유튜브랑 쇼핑 때문에 온 것 같아. 나 때문이 아니고, 아빠 때문이 아니고. 그런데 일은 엄마가 다 하고. 가족으로 안 느껴져."

난 깜짝 놀랐다. 별말 없던 로야가 마치 이 순간을 기다려 온 것처럼 마마니 떠나기 바로 전날에 이런 말을 한다. 모든 것을 끝까지 경험한 후에 내린 결론이라는 뜻이다. 아이는 나와 남편이 알면서도 모른 척했던 부분을 고스란히 보고 있었다. 그러곤 우리처럼 못 본 척하지 않고 본 것을 봤다고 분명하고 차분하게 말한다. 아이의 말을 듣고 보니 아이는 내 감정이 궁금해서 질문한 게 아니었다. 자신이 느끼고 있는 게 맞나 틀리나 궁금해서도 아니었다. 아이가 질문한 것은 더욱 근본적인 문제였다. 가족이란 무엇인가, 아이는 이걸 묻고 있었다.

남편의 어머니나 나의 엄마가 생각하는 가족은 구성원 개개인의 특성과는 상관없이 관습적으로 정해진 역할에 따라 운영되는 조직이다. 역할에 따른 의무는 선택 사항이 아니기 때문에 당위성을 의심해선 안 된다. 자신이 제대로 역할을 하는지에 대한 평가 또한 쓸데없다. 역할을 맡았다는 사실 하나만으로 이미 소임을 다

했기 때문이다. 이건 소명과도 같아서 사회 구성원으로 태어났으면 누구나 가족을 만들어야 하고, 역할을 맡아야 한다. 역할을 맡으면 지위가 부여되고, 지위가 부여되면 권리가 주어진다. 특히 양육하던 자식이 부모를 부양하는 시기가 오면 부모의 권리는 더욱더 확고해진다. 어떤 방식으로 양육했는가는 중요하지 않다. 양육의 의무는 부양의 의무를 위한 초석 작업이다. 어떤 면에선 부양을 위해서 양육이 필요하다. 개인의 출생은 집단을 위함이고, 자식의 안녕은 부모를 위함이요, 자손의 존립은 조상을 위함이다.

개인의 특성이나 자율성을 고려하지 않는 가치관을 규범의 잣대로 삼는 집단은 독단적인 성격을 지닌다. 규범이 개별화를 배척하고 개인의 비판적 사고를 억제한다면 그건 규범이 아니라 두려움을 동력으로 삼는 교조(敎條)다. 교조에 의해 동기 부여 되는 구성원은 낙오될까 봐, 외면당할까 봐, 비난받을까 봐 집단 규율을 따르긴 하나 이는 한계가 있기 마련이다. 두려움은 사람의 마음을 가둔다. 일정 선에 다다라야 한다고, 혹은 일정 선을 넘지 말라고 끊임없이 지적한다. 두려움이 인간 생명을 보존하고 연장하는 데 큰 역할을 했지만, 규범이라는 명목하에, 관습이라는 명목하에, 윤리나 도리나 교육이나 심지어 상업적 광고나 헤드라인 뉴스라는 명목하에 조장된다면 개인은 집단을 위한 수단으로 쓰인다고 볼 수밖에 없다. 그러니 여기서 로야의 질문을 다시 살펴봐야겠다. 아이의 질문은 가족이란 무엇인가에 관한 질문일 뿐만 아니라 주체와 객체에 관한 질문이기도 했다. 당신은 삶의 주인인가,

손님인가? 능동적인 삶을 사는가, 수동적인 삶을 사는가? 깨어 있는가, 자고 있는가? 아이는 이걸 물었다. 어떻게 답하든 금세 다른 질문이 생겨서, 어쩌면 삶 자체가 질문이어서, 삶을 살아가고 있는 나는 영영 명쾌히 답할 수 없을지도 모르겠다.

마마준과의 마지막 저녁 식사 메뉴로 잡채를 만들었다. 마마준은 재료 손질부터 요리 완성까지 전 과정을 내 옆에서 지켜봤다. 마마준은 세세하게 질문했고, 나는 세세하게 답하며 마마준을 흥겹게 했다. 내가 아무리 설명해도 마마준이 이란으로 돌아가서 잡채를 만들 일은 없고, 만들 생각도 없다는 것을 안다. 알아도 해야 하는 일이다. 이건 내가 남편과 함께 티브이를 시청하는 일과 비슷하다. 마음은 안 하고 싶은데 머리는 해야 한다고 하는 일이 아니다. 머리는 안 해도 된다는데 마음이 하고 싶다는 일이다.

"정말 맛있구나."

시어머니는 젓가락을 포크처럼 이용하여 잡채를 들어 올리며 말했다.

"많이 드세요. 가방 무게가 괜찮으면 간장 한 병 가지고 가실래요? 잡채든 불고기든 간장이 필요하거든요."

"아휴, 자리가 없어. 일 그램도 더 못 넣어. 못 싼 짐도 많아. 못 챙긴 건 옷장에 넣어 놨으니 다음에 오면 가지고 가마."

그래, 마마준에겐 다음이 필요하다.

"다음엔 여름에 오세요. 날씨가 좋아서 뭘 해도 뭘 안 해도 무척 즐거울 거예요."

"그러마. 샤디 생일이 유월 말이니까, 그때 맞춰서 너희가 날 불러 주면 되겠네."

남편 얼굴을 슬쩍 봤다. 낯빛이 순식간에 변했다가 원래보다 한 톤 어두워진 색으로 굳어지는 걸, 나는 봤다. 식사 후 늘 그랬던 것처럼 남편은 설거지하고, 로야와 마마준과 나는 식탁을 치우는데, 주방에선 수돗물 흐르는 소리와 접시가 부딪치는 소리, 로야와 마마준이 아이스크림을 먹기로 했다는 소리와 내가 아이스크림 볼을 꺼내는 소리만 들릴 뿐, 남편의 목소리는 들리지 않았다. 남편은 셧다운 됐다.

남편의 셧다운은 들어오는 것과 나가는 것을 막는 행위다. 유입을 막는 건 자기방어로 볼 수 있고, 유출을 막는 건 타인을 공격하지 않기 위함으로 볼 수 있다. 독감이 유행할 때 독감에 걸리지 않기 위해 마스크를 쓰거나, 반대로 자신이 독감에 걸렸을 때 타인에게 바이러스를 옮기지 않기 위해 마스크를 쓰는 것과 비슷하다. 이렇듯 셧다운은 유입과 유출을 통제해야 할 상황이라면 효과적일 수 있으나 원활한 교류를 추구하는 상황이라면 지양해야 하는 행위다. 남편이 단단한 벽을 끼고 살던 땐 위험 요소를 차단하기 위해 습관적으로 셧다운이라는 방법을 썼지만, 며칠 전 자기 안의 것을 터뜨리며 벽을 부숴 버렸기에 이제 셧다운을 통한 완전 차단은 불가능해졌다. 남편은 차차 다른 방법을 찾아야 할 것이다. 부순 곳에 통로를 놓을지, 징검다리를 놓을지, 아니면 부서진 대로 그냥 놔둘지, 남편은 자연스레 알게 될 것이다.

밤, 마마준과 남편과 나는 소파에 나란히 앉아 〈소프라노스〉 마지막 회를 시청했다. 마마준은 처음엔 화면을 응시하다가 주제곡이 끝나자마자 당신의 휴대전화로 유튜브 영상을 봤다. 여전히 이어폰을 사용하지 않았다. 〈소프라노스〉 마지막 회가 마마준이 보는 영상의 배경음악인 터키 가요와 함께 시작됐다.

마지막 회에 이르기까지 실로 많은 사람이 죽었다. 마지막 시즌인 시즌 식스는 주인공 토니가 치매에 걸린 삼촌 코라도의 총에 맞아 사경을 헤매는 것으로 시작한다. 그 후 마피아 조직 내 주요인물들뿐만 아니라 토니의 후계자였던 조카 크리스토퍼마저 교통사고 및 토니 손에 죽음을 맞는다. 도저히 조직이 유지되지 못할 것처럼 많은 이들이 죽어 나간 시즌 식스의 마지막 회는 〈돈 스톱 빌리빙(Don't Stop Believin')〉이 들리는 와중에 카메라를 정면으로 응시하는 토니의 모습 뒤 갑작스럽게 이어지는 암전으로 끝난다. 암전은 휴대전화 화면만 응시하던 마마준이 고개를 들어 티브이 화면을 봤을 정도로 오랫동안 이어졌다. 마지막 장면은 예상하지 못했지만, 결말은 예상했다. 시즌 식스 포스터엔 주요 인물들이 토니의 집 밖에 서 있고, 토니는 그들을 등진 채 집 안에 앉아 있다. 그들과 토니 사이엔 프렌치 도어가 있고, 문은 안으로 활짝 열려 있다. 문밖 사람 중 그 누구도 토니를 보지 않는다. 문밖의 사람들과 문 안의 사람, 분명히 다른 기로에 놓여 있다.

더 많이 소유하기 위해 소유자의 수를 줄이는 마피아 조직원들은 조직의 유지를 위해서라면 약혼자나 형제로 부르던 이들도 가

차 없이 죽인다. 누구든 조직 내부의 비밀을 외부에 새어 나가게 한다면 혈연이라도 죽어 마땅하다. 허기를 채우기 위해서라면 어머니 리비아가 아들 토니를 죽이는 계획을 세우는 것도, 삼촌 코라도가 조카 토니에게 총을 쏴 버리는 것도 가능한 일이다. 혈연을 중요시하는 집단에서 혈연의 보편적 기능에 반하는 행동을 서슴없이 한다. 사실 첫 회부터 토니의 가족과 조직은 이미 붕괴 조짐을 보였다. 집단을 부수려는 외부의 힘이 있었다기보다 역설적으로 들리겠지만, 토니 스스로 파멸하기 위해, 다시 말해 〈소프라노스〉 제작자 데이비드 체이스 스스로 전통적 서사를 끝내기 위해 이 모든 것을 탄생시킨 것 같다. 부수기 위해 지은 것, 끝내기 위해 시작한 것. 이것이 바로 내가 본 〈소프라노스〉였다.

"이것 좀 봐. 이 사람이 뺨을 이렇게 때리네. 세상에."

암전이 끝나고 엔드 크레디트가 올라갈 때 이런저런 생각을 하던 나에게 마마준이 영상 하나를 보여 주었다. 분장실 거울 조명들로 키치스럽게 꾸며진 무대 위에서 현재 미국 대통령처럼 보이는 사람이 어떤 이의 뺨을 때리는 장면이었다. 화질이 선명치 않아 옛날 슬랩스틱 코미디를 떠올리게 하는 영상이었다. 대통령처럼 보이는 사람은 뺨을 때려 놓고도 해야 할 일을 했다는 듯 뻔뻔한 표정을 지었다.

"그거 가짜 뉴스예요."

남편이 말했다.

"아니야. 자세히 봐 봐. 그 사람이 맞아. 이러고도 남을 사람이야."

자신이 틀릴 수도 있음을 전제하는 이들은 모르는 것을 만나면 알고자 하지만, 자신은 틀리면 안 된다고 전제하는 이들은 모르는 것을 만나면 알지 않으려 한다. 무지는 모르는 걸 알고자 하는 이에겐 배움의 기회지만, 모르는 걸 알고 싶지 않은 자에겐 배척의 빌미다.

"어머님, 제가 보기에도 진짜로 일어난 일은 아닌 것 같아요. 이런 일이 일어났다면 전 세계 언론이 가만히 있지 않았을 거예요."

마마준은 아무래도 못 믿겠다는 얼굴이었다. 영상을 다시 보며 자신의 믿음을 확인하려 했다.

"주무세요. 내일 긴 여행을 해야 하니."

남편이 일어서니 마마준도 일어섰다.

"오냐."

마마준은 짧은 한숨을 내쉬며 우리에게 뽀뽀로 인사한 뒤 당신 방으로 향했고, 우리는 뒷정리를 한 뒤 침실로 올라갔다.

"드디어 내일이네."

긴 한숨을 내쉬며 남편이 말했다.

"샤디랑 같은 차로는 못 가겠지? 가방 싣고, 우리 식구 모두 타면 자리가 없잖아. 샤디한테 몇 시에 출발할지 물어봐. 공항에 도착하는 시각 맞추게."

마우스 가드를 낀 탓에 나의 발음은 어설펐다.

"공항에 오지 마."

"뭐? 왜?"

"같이 갈 필요 없어. 배웅하는 게 무슨 대수라고. 짐 부치고 게이트 안으로 들어가면 끝인데."

"아니, 그래도. 언제 다시 볼지도 모르는데."

"다음에 또 오라는 말도 하지 마."

여기서 내가 어떤 말을 한다면 남편이 부쉈던 벽을 다시 세우게 할지도 모를 일이었다. 잠자코 있기로 했다.

"저녁에 어머니가 한 말 들었지? 샤디 생일에 맞춰 불러 달래. 기가 차. 끝까지 샤디야. 뒤치다꺼리하는 건 언제나 우리고."

화가 났다고 이야기하면서도 그의 말투는 침착했다. 감정에 휩싸이지 않았다는 뜻이다.

"당신한테 아직 얘기 못 했는데, 며칠 전에 샤디가 그러는 거야. 어머니 영주권 신청했으면 좋겠다고. 영주권 받으면 여기서 의료보험 혜택도 보고, 연금도 받을 수 있다고."

샤디와 마마준은 다른 세상에 살고 있음이 분명하다.

"샤디나 메헤란이 신청할 자격이 안 돼서 나한테 부탁하더라고."

샤디는 캐나다에서도 이란에서도 수입이 없다. 수입이 없는 샤디는 일할 생각도 없다. 샤디와 마마준은 이란에 아파트를 한 채씩 가지고 있지만, 아파트를 판다고 해도 이란 토만을 캐나다 달러로 환산하면 일 년 생활비도 안 되는 금액이다.

"신청 안 해 준다고는 못 했어. 신청해 주긴 하는데 어머니가 여기서 살게 되면 네가 모든 걸 알아서 해야 한다고 분명히 해 뒀어."

자꾸 난처한 처지에 처하게 하는 이들이 있다. 선을 그어도 자꾸만 넘어오는 이들이 있다. 대체로 자기 객관화보다 자기 미화에 익숙한 이들이다. 미화된 자신은 실제보다 더 멋지거나 더 가엾고, 실제가 아니기에 스스로 확인할 수 없으니 반드시 타인의 칭찬과 연민이 필요한 이들이다. 다시 말해, 자신의 존재 가치를 결정하는 건 자신이 아니라 타인이기에 어떻게든 타인과 엮여야만 한다. 실제보다 과장된 자신은 가질 수 있는 것들도 과장해야 한다. 선 너머라도 자신이 넘고 싶으면 넘을 수 있고, 선 너머의 것이라도 자신이 가지고 싶으면 가질 수 있다고 믿는다. 이런 이유로 타인이 무언가를 누리면 자신도 누려야 한다고 생각한다. 피아 (彼我) 구분 선을 작위적으로 없애는 것이다. 피아 구분 선을 의식하지 않으니 타인을 간섭하기도 하고, 쉽사리 시기와 질투를 느끼기도 한다. 특히 자신과 친한 사람이 그어 놓은 선은 없애기가 더 쉽고, 혈연관계라면 선 자체가 무의미하다. 혹시라도 이들에게 선이 보이지 않느냐고 조심스레 말하면 아예 모르고 있거나 사뿐히 무시하고, 또렷하게 말하면 슬퍼하거나 화내고, 강경하게 말하면 적의에 차서 철천지원수 대하듯 한다. 자신들이 당연히 있어야 할 곳에 있지 못하게 하고, 당연히 가져야 할 것을 가지지 못하게 한다고 생각하기 때문이다. 남편이 샤디에게 분명히 해 뒀다고 하지만, 샤디가 남편의 말에 화를 냈다거나 엉엉 울었다거나 남편을 두 번 다시 안 볼 것처럼 매몰차게 전화를 끊었다고는 하지 않았다. 그렇다면 샤디는 남편의 말뜻을 아예 알아차리지 못했거나 사뿐히 무시했을 수도 있다.

"샤디와 마마준이 영주(永住)에 대해서 잘 아는지 모르겠네. 의료보험이나 연금 때문에 영주권을 신청한다니, 권리는 아는데 의무는 모른다는 느낌인데."

얼마 전, 내 친구 보니의 영국인 시부모님은 오랜 기다림 끝에 캐나다 영주권을 받았는데 실질적인 생계비를 구체적으로 계산해 보고는 영주권을 포기하기로 했다. 영국에 있는 집을 팔고 이곳에서 생활한다면 기본 생계비는 감당할 수 있지만, 걱정 없을 정도로 노후 혜택을 누리기엔 캐나다라는 나라에 자신들이 기여한 정도가 턱없이 부족함을 깨달았기 때문이었다. 행한 의무가 부족하니 구할 권리도 부족하다는 뜻이었다.

"당연히 모르지. 뭘 안다면 이런 말을 꺼내지도 않았을 거야. 샤디는 마마준을 우리 집에 데려다 놓고는 들여다보지도 않았어. 영주권도 샤디가 임신하게 되면 마마준이 옆에 있어야 해서 신청하는 거라잖아. 진짜 이해가 안 돼."

나도 이해가 안 된다. 임신하는데 엄마가 필요하다니.

"이번 일로 오만 정이 다 떨어졌어."

이 말을 한 후 남편은 잠깐 뜸을 들였다.

"며칠 전에 로야를 학교에 데려다주는데 나한테 묻더라고. 마마니 떠나고 나면 보고 싶을 것 같냐고."

과연, 로야는 신중한 아이다.

"그 질문, 나한테도 했어. 뭐라고 답했어?"

"어머니니까 당연히 보고 싶을 거라고 했지. 그리고 그런 질문은 무례할 수 있다고 했고."

로야가 나한테 재차 물은 이유도 알겠다.

"어머니가 이렇게 갑작스레 오신 건 미처 예상치 못한 사고와 같았어. 마음의 준비가 안 됐기에 더욱 혼란스럽고 당황스러웠지. 이해할 수 없는 게 너무 많았어. 그런데 지금 와서 보니까, 이렇게 사고처럼 일어난 게 오히려 고마워."

"무슨 뜻이야?"

"만약에 초청 편지에 쓴 것처럼 어머니가 여름에 오셨다면 우린 어머니를 초청한 호스트로서 최선을 다했을 거야. 체류 기간의 시작과 끝이 분명했을 테니 호스트와 게스트로서 예의를 차리며 서로에게 진짜 모습을 안 보여 줬을 거야. 그런데 이번에 보니까 어머니는 자신을 게스트로 생각 안 해. 갑자기 온 것도, 체류 기간을 따로 정하지 않은 것도, 당신을 게스트로 생각하지 않기 때문이었어. 게스트가 아니라면 호스트가 되어야 하는데, 그런 면에서 어머닌 철저히 게스트였어. 그 덕에 난 어머니의 진짜 모습을 볼 수 있게 됐고."

남편은 잠시 쉬었다가 말을 이어 나갔다.

"처음엔 우연히 발생한 사고처럼 생각했지만, 이건 우연이 아니야. 꼭 이때, 꼭 이렇게, 일어나야만 했어. 그렇지 않았다면 평생 깨닫지 못했을 거야. 앞으론 예전과 같지 않을 거야."

남편의 얘기를 들으며 중년의 위기라는 표현이 슬며시 떠올랐다. 얼마 전까지만 해도 중년의 위기는 위험에 초점을 맞춘 개념인 줄 알았다. 영화나 책에서 흔히 봐 온 위태로운 중년의 탈선을 경험하지 않으려면 어떻게든 위험 요소를 피해야 한다고 생각했다. 그런데 중년에 막 접어든 지금, 위기는 위험이 아니라 기회에 초점을 맞춰야 하고, 기회는 탈선을 통해서 만날 수 있다는 생각이 든다.

탈선은 아무 이유 없이 일어나지 않는다. 이상이 생겨야 탈선은 발생한다. 탈선하여 저만치 나가떨어진 곳에서 상황을 바라본다. 자신에게 이상이 생긴 걸까, 궤도에 이상이 생긴 걸까. 자신에게서 이상이 발견되지 않으면 궤도를 정비해 다시 오르면 될 테고, 궤도에서 이상이 발견되지 않으면 자신을 추스른 후 다시 궤도에 오르면 될 테다. 하지만 어떤 궤도는 다시 오를 수 없을 정도로 심각하게 훼손되기도 한다. 혹은 저만치 떨어져서 보니 자신이 달리던 궤도가 잘못된 곳을 향하고 있거나, 거꾸로 가고 있거나, 아니면 같은 곳을 돌고 있다는 걸 깨닫기도 한다. 복구가 안 될 정도로 훼손된 궤도나 자신이 원하는 곳으로 가지 않는 궤도엔 다시 오를 수 없다. 이땐 새로운 궤도가 필요하다. 기존 운행 경험을 바탕으로 자신이 원하는 궤도를 만들기로 한다. 운행 방식도 스스로 정한다. 향하는 곳이 어딘 줄도 모르고 정신없이 달리느라 보지 못했던 것을 본다. 아름다운 풍경이 나타나면 멈추기도 하고, 가빴던 호흡을 바꿔 콧노래를 부르기도 한다. 탈선하지 않았다면 경험하지 못했을 여정이다. 인생의 한중간에서 이런 일이 일어난 건 우연이 아닌 듯하다. 이상이 생기지 않았다면, 사고가 아니었다면, 나머지 인생은 지나온 인생의 데칼코마니였을 것이다. 내일은 오늘이고, 오늘은 어제였을 것이다. 하루하루가 죽음에 가까워질 뿐이라고 생각했을 것이다.

마마준과의 동거를 남편은 사고라고 표현했다. 사고라면, 후유증이 있을 것이다. 남편뿐만 아니라 사고 관련자 모두가 후유증을 앓을 것이다. 사고는 사고다. 한번 일어났다고 해서 또다시 일어나지 않을 거라고 장담할 수 없다. 절대적으로 안전한 궤도는 없다. 모든 궤도는 충돌 가능성을 가지고 있다.

마마준이 떠나는 날 아침, 밤새 내린 눈으로 온 세상이 새하얘졌다. 줄곧 눈을 기다렸지만, 한 송이의 눈도 볼 수 없던 겨울이었다. 하얀 눈으로 뒤덮인 숲은 이루 말할 수 없이 아름다웠다. 드디어 아름다운 풍경을 마마준에게 보여 줄 수 있어서 무척 기쁜 동시에 왜 하필 떠나는 날에 이토록 아름다운 장면이 나타났나 싶어 야속했다. 십 분 정도 눈 덮인 정경을 눈에 담은 후 마마준은 공항으로 떠났다. 나와 로야는 집에 남았다. 눈은 그 후로도 사흘 내내 내렸고, 눈이 그친 날엔 정전이 됐다.

17. Variatio 30

깜깜했다. 아무 소리도 들리지 않았다. 공사장에서 날 법한 소리가 들릴 거라고 해서 귀를 쫑긋하여 소리를 찾았지만, 정적의 소리조차 들리지 않았다. 마이너스 이십 데시벨. 소리가 죽으러 간다는 무반향실이 생각났다.

지이잉.

소리다. 소리가 들린다.

위이잉.

다시 정적이다. 소리가 들어왔다가 죽어 나간다.

슈슈슉.

암흑이 된 내 머릿속에서 칼이 날아오는 소리가 들렸다. 간밤 꿈에서 들은 소리였다. 그것은 사다리 위 칸에 있는 엄마가 사다리 아래 칸에 있는 날 향해 수십 개의 칼을 던지는 소리였다. 어떤 칼은 내 귓가를 바로 스쳐서 꿈이라도 생생했다. 칼 꿈은 길몽이던가. 정적을 가르는 칼 소리에 안정감을 느꼈다.

"뒤로 움직이겠습니다."

귀마개로 귀를 막고 있었는데 목소리가 또렷하게 들렸다. 반가웠다. 소리도 빛도 없는 곳에 버려진 줄 알았다. 영원히 우주를 떠돌아다녀야 하는 줄 알았다. 잠시 뒤, 목소리가 알려 준 대로 뒤로 움직였다. 터널 안쪽으로 깊숙이 들어갔다. 그만 움직였으면 좋겠는데 자꾸만 들어갔다. 다른 차원으로 들어갔다.

깜깜한 겨울밤이다. 난 눈 덮인 논둑길을 걷고 있다. 아무것도 보이지 않고 눈밭만 끝없이 펼쳐져 있다. 난 세 살이고, 외할머니 집에 가는 길이다. 겨울바람이 매섭다. 볼이 얼얼하다. 얼마나 걸었는지 발에 감각이 없다. 길은 끝나지 않을 것처럼 계속 이어져 있다. 나는 혼자서 눈을 밟으며 걷는다. 다시 생각해 보니 외할머니집에 가는 길이 아니라 외할머니집에서 나온 길 같기도 하다. 잘 모르겠지만, 암흑 속에서 눈을 밟으며 끝없이 걸어야 하는 것만큼은 확실하다. 크기를 가늠할 수 없는 곳에서 나는 아주아주 작은 발자국을 남기며 한없이 걷고 있다.

두두두두두두두.

아, 이 소리가 그 소리였구나. 공사장에서 나는 소리와 비슷한가 싶어 열심히 공사장을 떠올려 봤으나 내 머릿속엔 로야가 떠올랐다. 팔랑팔랑 나비처럼 나풀나풀 치마를 입고 사뿐사뿐 발레를 하고 있다. 비발디의 〈사계〉 중 '겨울' 2악장에 맞춰 춤을 추고 있다. 환한 빛 같고 따스한 햇살 같고 부드러운 손길 같아서 나는 행복해진다. 로야의 나긋나긋한 몸짓 위로 로야의 글씨가 살랑살랑 나타난다. 동글동글한 라면 부스러기 같은 글씨체다. 로야 방을 치울 때 나이트 스탠드 위에서 봤던 주황색 메모 용지에 쓰인 글귀다.

모든 게 정해졌다지만, 빼도 박도 못하는 운명이라지만, 난 다른 결말이 있다는 걸 알아, 스스로 길을 찾아야 한다는 걸 알아, 삶은 오픈 북, 반대의 버스(verse), 새로운 훅(hook), 잊어야 할 저주, 내가 필요한 건 작은 불꽃뿐, 잘 가 '옛날 옛적에', 잘 가 식상한 시구들, 잘 가 반복되는 라임, 잘 가 함부로 찍는 낙인, 앞으로 가도 되고, 뒤로 가도 돼, 이건 내 삶이니까, 내 시간이니까, 아름다움(beauty)이 겉보기와 다를 때, 꿈꿔야 할 건 야성(beast)의 것, 내가 필요한 건 작은 불꽃뿐, 다시 써, 불을 붙여, 다시 시작해, 힘차게 전진해, 에버 애프터 하이!

"앞으로 움직이겠습니다."

목소리가 들린 후에 또다시 정적이 찾아왔다. 소리는 현실에서 계속 죽어 나가지만, 내 머릿속에선 계속 생성된다. 마마준이 밤새 틀어 놨던 영상 소리와 엄마가 밤새 틀어 놨던 티브이 소리가 들린다. 무음을 무서워하는 이들이다. 정적을 두려워하는 이들이다. 고독을 고립으로 여기고, 고요를 공포로 여기는 이들이다. 자극 없는 세상에선 불안을 느끼는 이들이다. 웬만한 자극에도 무감각해진 이들이다. 어떻게든 타인과 연결돼야 하고, 끝내 자신과 연결되지 못하는 이들이다. 가엾고 어여쁜 이들이다. 나의 어머니들이다.

"마지막 사진을 찍겠습니다."

사진으로 보니 더욱 처참했다. 살짝 박았을 뿐인데 이 정도로 움푹 들어갔을 줄 몰랐다. 이 차를 사 주기 위해 남편이 얼마나 비굴한 얼굴을 하며 돈을 벌었는지 알기에 찌그러진 범퍼를 보자 마음이 아팠다. 이에 반해 상대 차의 흠집은 잘 보이지 않았다. 아주 자세히 봐야 혼다 로고 옆쪽에 아주 가느다란 선이 보였다. 값으로 따지자면 내 차가 상대 차보다 두 배는 비쌀 텐데, 피해 정도는 내 차가 상대 차보다 두 배는 돼 보이니 기가 막혔다. 내 차는 포르셰 카이엔이었다. 이재에 어두운 기계치인 내가 차종을 알고, 바라보는 것만으로도 은근히 자부심을 느낄 정도로 아름다운 차였다. 워낙에 아름다워서 애지중지하며 타고 다녔는데, 이토록 어이없이 찌그러질 줄 몰랐다. 면허를 딴 지 이십오 년 만에 처음으로 낸 접촉 사고였다. 앞차가 움직일 거로 생각해서 가속 페달을 밟은 내 실수였다. 나도 상대도 멈춰 있다가 난 사고라 피해는 크지 않았다. 하지만 상대는 차에서 내릴 때부터 목덜미를 잡았고, 사고 수습 후 나에게 보낸 문자 메시지에서도 무척 화가 나 있었다.

같은 한국 사람끼리, 그것도 안면 있는 사람한테서 이렇게 사고를 당하니 몹시 유감스럽네요. 블랙박스 영상을 보고 정말 무서웠어요. 그쪽이 뒤에서 박을 때 내가 얼마나 비명을 질렀는지 몰라요. 놀란 가슴이 아직도 진정이 안 되네요. 응급실 가서 의사 만나고 왔어요. 추후 경과를 알려 드릴 테니 그렇게 아세요.

사과 메시지를 보내자 돌아온 메시지였다. 이후에도 몇 번 더 사과와 안부 메시지를 보냈는데 상대는 그때마다 내가 고의로 사고를 낸 것처럼 대응해서 난 무척 미안하면서도 잘 이해되지 않았다. 내가 이미 과실을 인정했고, 상대와 상대 차의 피해 정도가 보험 처리를 하기에도 무색할 정도로 미미했고, 경미한 접촉 사고는 자동차 등록증과 면허증 정보, 연락처를 교환한 후 ICBC(Insurance Corporation of British Columbia: 브리티시컬럼비아 주립 자동차 보험공사)에 사고 경위를 설명하면 ICBC가 알아서 사후처리를 해 주는데, 왜 자꾸만 나에게 화를 내는지 알 수 없었다. 차 범퍼를 찌그러뜨려서 미안하다는 내 말에 남편은, "미안하긴. 다행한 일이지. 범퍼가 충격을 그만큼 흡수했다는 뜻이야."라고 하고, 상대에게 미안해서 사죄하는 마음으로 통화했던 ICBC 직원도, "그렇게 미안해하지 않아도 돼요. 그러니까 사고라고 부르는 거죠. 사건이 아니라."라고 했는데, 상대는 나를 계속 대역죄인 취급했다. ICBC나 변호사를 통해야지 사고 당사자끼리 소통하는 건 권장 사항이 아니라는 걸 알면서도 상대의 몸 상태가 걱정돼 개인적인 메시지를 보낸 걸 후회했을 정도였다. 사고 관련자의 책임 정도를 따져 과실 비율을 측정하는 한국과 달리 이곳에서는 사회적 합의와 법적 탄력성만을 사후처리 기준으로 삼아 사고 관련자끼리의 분쟁을 원천 봉쇄하는지라 끝없이 날 책망하는 상대를 더욱 이해할 수 없었다. 그러던 어느 날, 엄마한테 지나가는 말로 사고에 대해 전했더니 엄마는 괜찮냐고 묻는 대신 대번에 "누구 잘못이고?"라며 잘잘못을 따졌다. 나의 안위를 묻지 않는 엄마가 의아하기도 했지만, 잘잘못을 따지는 엄마 말을 듣자 아무리 실수라도 가해자와 피해자의 이분법이 분명해야 한다는 사고방식이 있음을 알게 되었다. 찌그러진 범퍼는 얼마 안 가서 예전 모습을 되찾았고, 나는 좀 더 조심하며 운전했다. 이 일이 있고 나서 바로 몇 달 후에 우리 가족은 고속도로 교통사고를 당하게 됐다.

만약에 나도 반드시 잘잘못을 따져야 하는 이분법적 사고방식을 가졌다면 비록 블랙 아이스 때문에 사고가 났다 해도 교통사고 가해자를 용서하지 못했을 것이다. 하지만 우리가 당한 건 사고였지 사건이 아니었다. 난 오히려 사고 낸 사람이 걱정된다. 가해자 차량만 받은 우리도 이렇게 후유증이 큰데, 가해자는 우리 차를 포함해서 총 세 대를, 그것도 고속도로상에서 들이받았으니 그가 겪을 후유증은 이만저만이 아닐 테다. 사고가 난 지 일 년 반이 지난 지금, MRI 기계 안에서 차원을 달리하며 온갖 잡념에 빠져드는 나를 생각해 보면 가해자가 겪을 후유증은 내 것과는 비교도 안 되게 심할 것이다. 아무리 재활 치료를 잘해도 사고 후의 상태는 사고 전과 같지 않겠지만, 부디 그가 그럭저럭 정상 생활을 할 수 있기를 바란다. 어쩌면 그는 여전히 고속도로 운전을 못 할 수도 있고, 한 시간 동안 똑바로 앉아 있는 게 힘들 수도 있겠지만, 사고 전처럼 멋지게 수염을 가꿀 수 있으면 좋겠고, 예쁜 야구 모자를 모을 수 있으면 좋겠고, 담뱃값도 수월히 벌 수 있으면 좋겠다. 사고는 사고다. 예상할 수 있거나 고의성이 있다면 사고가 아닌 사건이다.

내가 부모를 만난 것도 사고였다. 예전엔 사고인 줄 모르고 인과율이나 연관성으로 부모와 자식 간의 관계를 이해하려 했다. 엄마는 지금도 잘잘못을 따지며 책임을 물으려 하지만, 자식이 부모를 만나는 것도 부모가 자식을 만나는 것도 예상할 수 없는 일이다. 유전자를 논하며 예측 가능한 시나리오를 기대하는 사람도 있긴 한데, 글쎄, 삶은 생각보다 자명하지 않다. 그래서 수백만 년에 걸쳐 인류는 이어져 오고 있고, 그중 단 한 명도 같은 사람이 없는 것이다.

"다 끝났습니다."

인류까지 이르렀더니 MRI 스캔이 끝났다. 생각보다 수월했고 생각보다 유익했다. 가정의 닥터 로스는 MRI 촬영을 해도 아무것도 볼 수 없을 거라며 회의적이었지만, 신경과 전문의 닥터 차할은 R5 교감신경 이상을 의심하며 나를 MRI 기계에 넣었다. 왼쪽 등에서 시작하여 엉덩이, 무릎, 뒤꿈치에 이르는 통증은 이제 만성이 됐다. MRI 스캔이 통증의 원인을 찾아낼지 어떨지 모르지만, 무언가를 알아낼 가능성을 배제할 필요는 없어서 새벽 일찍 일어나 병원에 오게 됐다.

"수고하셨어요. 폐소 공포는 없었나요?"

환한 미소가 아름다운 촬영 기사였다. 그녀 뒤로 실테 안경을 쓰고 어깨 길이 단발머리에 단아한 이마가 보이게끔 앞머리를 내린 인턴이 온화한 미소를 지으며 서 있었다.

"괜찮았어요. 터널 안에 있는 내내 음악이나 소리를 떠올렸거든요. 그 덕에 다른 곳으로 여행 다녀왔어요."

"다행이에요. 사실 이 기계에 음악을 틀어 주는 기능이 있긴 한데, 환자분마다 선호하는 게 달라서 안 틀고 있죠."

"아, 그런가요? 그나저나 이른 시간에 와야 해서 화장실을 못 갔어요. 내 안에 있는 게 사진에 다 나올까 봐 걱정돼요."

"하하하, 걱정하지 말아요. 상관없어요."

나온다는 뜻인지, 안 나온다는 뜻인지, 나와도 신경 안 쓰겠다는 뜻인지, 촬영기사와 나는 깔깔대다가 서로에게 좋은 하루를 기원하며 헤어졌다.

일찍 하루를 시작한 덕분에 집으로 돌아왔을 때도 여전히 아침이었다. 태양이 막 떠서 숲과 강을 찬란하게 비추고 있었다. 파티오로 나가 눈부신 햇빛에 온몸을 풍덩 담갔다. 숲은 새들의 노랫소리로 가득 찼다. 종달새와 지빠귀가 서로에게 기회를 줘 가며 정답게 노래하면 휘파람새가 중간중간 화음을 넣었다. 새소리를 들으며 눈을 감았다. 눈꺼풀을 뚫고 들어온 햇살이 분홍 솜사탕이 됐다가 주황색 별로 점점이 사라졌다. 따스하고 아늑하고 재밌어서 한참 동안 눈을 감았다 떴다 하며 놀았다.

딱따그르르.

담장 바로 뒤, 그린벨트에 있는 삼나무에서 나는 소리였다. 빨간 머리가 먼저 보였다.

딱따그르르.

이 집에 산 지 십 년째다. 강을 낀 산자락에 있어서인지 올빼미도 봤고, 벌새도 봤고, 곰이나 너구리, 사슴이나 코요테, 심지어 쿠거도 봤는데, 붉은 머리 딱따구리는 처음이다. 선원 모자처럼 생긴 머리는 빨갛고, 얼굴에 흰 줄과 까만 줄이 있고, 몸통은 까맣다. 쪼던 삼나무가 마음에 안 들었는지 몇 미터 떨어진 참나무로 휙 날아가서 몇 번 쪼다가 그것도 마음에 안 들었는지 바로 옆 느릅나무로 날아가 제대로 쪼기 시작한다. 딱따구리는 비실비실 다 죽어 가는 느릅나무 안에서 개미집이라도 찾은 모양이었다. 아침 내내 느릅나무를 딱따그르르 쪼아댔다.

"아버지날 축하해."

커피를 들고 나온 남편에게 축하 인사를 건넸다.

"고마워. 금어초가 한창이네."

어느 해부턴가 뒤뜰 정원에 저절로 피기 시작한 금어초는 해가 갈수록 수가 늘어나더니 이젠 군락을 이뤘다. 야생화가 정원화로 정착하다니 참 신기하다. 금어초뿐만 아니라 어디서 날아온 보스턴 고사리 씨도 적절한 곳에 뿌리를 내려 마치 세심하게 조경한 것처럼 자라니 참 신기하다.

"로야가 심은 삼나무 좀 봐. 밑동이 실해. 큰 나무로 자라겠어."

로야 유치원 선생님에게 선물 받은 삼나무 묘목이 다섯 해 만에 튼튼한 나무로 자랐다. 땅의 기운이나 대기의 기운이 달라진다 해도 죽지 않을 만큼 어엿한 나무로 자랐다. 작년 이맘때, 물에 꽂아 놨더니 희멀건 뿌리가 나왔던 자두나무 가지를 삼나무 옆 빈터에 심었는데 뿌리가 약했던지 토질이 맞지 않았던지 일주일도 못 가서 죽고 말았다. 마른 가지를 뽑아내며 아빠였다면 왠지 살렸을 것 같다는 생각과 옆집 자두나무가 잘리지 않았다면 지금쯤 미친 듯이 꽃 피워서 밤과 이른 새벽을 환하게 밝혔을 거라는 생각을 했다. 신경 쓰지 않아도 저절로 뿌리내리는 것이 있는가 하면 정성을 쏟아도 뿌리내리지 못하는 것이 있다. 아무리 애를 써도 맞지 않는 것을 맞게 할 순 없는 모양이다.

저녁에 있는 음악회까지 시간이 남아 우리는 강으로 내려갔다. 인자한 해를 덥석 믿고 남편과 로야는 강물로 뛰어들었다. 힘찬 물살을 거스르며 두 사람은 수영했다. 하얀 물거품 속에서 두 사람의 머리가 보였다 안 보였다 했다. 반대편 강가에서 어미 오리 한 마리와 새끼 오리 네 마리가 헤엄쳐 지나갔다. 강 아래쪽은 햇살을 받아 온통 은빛이었다. 은빛은 잠시도 쉬지 않고 반짝였는데 산만하지 않고 평온했다.

수영을 마친 남편과 아이와 함께 지천으로 열린 새먼베리를 따서 먹었다. 새먼베리 덤불은 달콤한 열매를 주렁주렁 달고 있으면서도 가시 하나 없이 유순하다. 갓 태어난 새끼 새도, 한창 먹성 오른 새끼 곰도, 새먼베리가 익는 유월부턴 포동포동해지기 시작한다. 녹음이 짙어질수록 이들의 뼈대도 굵어진다.

"요건 아기 곰한테 남겨 줘야지. 이제 돌탑 쌓을래."

이십삼 도를 웃도는 기온이라도 눈 녹은 물이 흘러내리는 강물은 여전히 차가운데, 아이는 아랑곳하지 않고 강으로 다시 들어가 납작한 돌들을 찾아낸다. 밴쿠버에서 이십 년째 살지만, 비와 추위에 적응이 안 되는 나로선 이런 로야가 참 신기하다. 아이는 틀림없이 이곳 태생이다. 나는 강으로부터 두어 걸음 떨어진 곳에서 돌을 찾았다.

"참 좋다. 이런 아버지날."

햇살을 받아 따뜻해진 바위 위에 누워 있던 남편이었다. 바위는 검은색 점이 찍힌 흰색 화강암이었다. 바위가 내는 에너지와 남편이 내는 에너지가 비슷했다. 만약에 아버지를 고를 수 있다면 남편 같은 아버지를 고를 거라는 생각이 문득 들었다.

"그러게. 참 좋다."

"무지개송어가 정말 많이 컸어. 내 팔뚝만 해."

"많아?"

"응, 정말 많아."

무지개송어가 정말 많아서 수영하고 나온 로야 몸에서도 물고기 냄새가 나는 모양이었다. 비릿한 내음을 풍기며 아이는 열심히 돌탑을 쌓고 있다.

"엄마, 이거보다 조금 더 작은 돌로 찾아줄 수 있을까? 이 위에 올릴 게 필요해."

'작은 돌'이라고 말하는 볼과 입술이 너무 귀여워서 로야를 꼭 안았다. 유월은 아이도 포동포동하게 하는 시간인가 보다. 함께 돌 탑을 쌓으며 아이의 옆모습을 넋 나간 듯 바라봤다. 오동통한 볼이 너무나 귀엽다. 그 볼에 있는 꿰맨 흉터마저도 너무나 귀엽다.

로야가 다섯 살이었을 때 스키 사고를 당해서 오른쪽 볼을 급히 꿰매야 했다. 응급실 의사가 하도 급하게 꿰매는 바람에 스테이플러로 꾹꾹 집은 것처럼 흉터가 남았다. 몇 해가 지나도 흉터가 지워지지 않고 뚜렷하게 남아서 성형 전문의와 상담했더니 아이가 신경 쓰는 흉터라면 언제든 재수술을 하자고 했다. 의사의 제안에 로야는 이렇게 대답했다.

"저는 괜찮아요. 어떻게 다쳤는지 누가 궁금해하면 얘기해 줄 거리가 될 거예요."

하긴, 사고 난 바로 다음 날에도 언제 다시 스키를 타러 가냐고 묻던 아이다. 상처를 자신의 일부로, 억지로 감출 필요 없는 것으로, 누군가 궁금해하면 얘기해 줄 수 있는 사연쯤으로 취급하는 아이에게 나는 많은 것을 배웠다. 황급히 꿰맨 자국이 선명히 남은 아이의 볼을 볼 때마다 아이의 볼을 이렇게 만든 몰상식한 스노보더를 떠올리기보다 상처는 얘깃거리에 불과하다고 취급해 버릴 수 있는 태도를 떠올렸다. 항상 높은 곳에 자신의 영혼을 두는, 어지간한 상황에서도 저조한 법 없는, 그리하여 암울한 것은 발끝에도 닿지 못하게 하는 로야의 태도다. 로야*다운 로야다.

　만났어도 만나지 못한 아빠와, 만났지만 결국 헤어지게 된 엄마를 둔 나는, 누군가가 봤을 때 상처가 선연한 사람일지도 모른다. 선연한들 희미한들 숨긴다고 해서 숨겨지는 게 아님을, 드러내지 않으면 볼 수 없음을, 중년에 접어들어서야 알았다. 다른 사람이 볼 수 없어도 나는 볼 수 있는 것은 적어도 나에게 숨기지 말아야 한다는 것도 이제 겨우 알았다. 드러낸다고 떳떳하지 않고, 보여준다고 당당하지 않은 건 내가 감내해야 할 스테이플러 자국이다. 상처가 아무리 영광스러워도, 아무리 잘 아물어도, 상처는 상처다. 아픔의 흔적이다. 그래서 'recover'인지도 모르겠다. 'recover'를 예전 상태로 돌아간다는 회복(回復)으로 이해한다면 완전한 회복이란 다치기 전 시점으로의 회귀인 줄로 알겠지만, 지나간 시간을 되돌릴 순 없다. 감쪽같이 사라지는 상처는 없다. 어떤 상처라도 흉터를 남긴다. 그러니 일부러 숨기지 않고 필요 시에 얘깃거리로 취급하는 것이 치유고, 다친 데가 새살로 다시(re) 덮이는 (cover) 것이 회복이다.

　어쩌다 끊기고 끊어 낸 지금, 달콤한데 씁쓸하고, 나은 것 같은데 아프고, 성공한 것 같은데 실패한 것 같은 마음이 든다. 미래의 나는 이 순간을 달콤함으로 기억할까, 아픔으로 기억할까, 성공으로 기억할까. 사고 같은 인연에 대해 보다 빨리 알았더라면 내 삶은 더 평화로웠을까. 사고는 사고다. 사건처럼 분명한 가해자가

---

* '꿈'이나 '이상'을 뜻하는 페르시아어.

있지 않고, 연루된 모든 이들이 피해자일 수 있는 게 사고다. 사고 가해자라고 칭해진 사람을 탓하면 내 마음은 편하겠지만, 그 사람 입장에선 억울할 수 있다. 그 옛날, 하수도 구정물에 버려진 것은 흐물흐물 사라지는 계피맛 종이 과자일 수도 있고, 좀처럼 녹지 않는 돌사탕일 수도 있다. 뭘 버렸는지, 어디서 훔쳤는지, 왜 숨겼는지, 누굴 상처 줬는지, 누가 상처 받았는지, 한 치도 안 보이는 시꺼먼 구정물은 알 길이 없고, 꾹 닫긴 입 안에만 있다가 갑자기 열린 입 밖으로 어리둥절 빠져나온 세 치 혀도 알 길이 없다. 분명한 건 미련 없이 버려서 잠시라도 후련했고, 그들이 아프다고 말하는 것처럼 나도 아프다고 말할 수 있어서 잠시라도 후련해졌다는 점이다.

한 번이면 발생(incidence), 두 번이면 우연(coincidence), 세 번이면 유형(pattern)이라지만, 고의적 사건(incident)이 아닌 우연한 사고(accident)로 인해 유형의 연결(connection) 고리가 끊길 수 있고, 끊어진 유형은 변형(metamorphosis)을 통해 위로(comfort)가 될 수 있다는 거다. 끊긴 것이 형벌이 아닌 위로가 됐다는 점은 무척 흥미로웠는데, 이는 연결됐어야 할 지점에 드디어 연결됐기 때문이었다. 나 자신이 무지(nescience)했던 건 불가지(不可知)해서였고, 무지를 깨달은 덕분에 공동의(con-) 지각(science), 즉 양심(conscience)에 닿을 수 있었다. 혼자지만 혼자가 아니고, 끊겼지만 연결된 현상을 경험했다. 이건 인과(causality)일 수도 있고, 인과와는 전혀 상관없을 수도 있다. 굳이 원인과 결과를 따져야겠다면, 심신이 버겁다고 느낀 원인이었던 무거운 짐을 내려놓으니 착각(delusion)일지 모르겠으나 한결 가벼워져 위로(up) 올라간 느낌이 들고, 더불어 수면을 방해(obstacle)하던 것이 없어져 수면제 없이도 잘 자게 된 결과를 얻은 것 정도다. 그 외에 변한 건 없다. 예전처럼 보이는 것이 다가 아닌, 꼭 봐야 할 것을 보며 사는, 그런 삶을 산다.

돌탑을 쌓은 후 깨끗하게 샤워하고 단정한 옷으로 갈아입었다. 생일날에도 그랬고, 부활절에도 그랬고, 어머니날에도 그랬던 것처럼, 아버지날에도 음악회에 참석한다. 우리가 몰래 빈 소원을 누군가 엿들은 것처럼 이날은 안드라스 쉬프가 바흐의 골드베르크 변주곡을 연주하는 날이었다. 바흐를 만나러 가는 발걸음이 설렜다. 집 주차장을 빠져나오는 우리 차도 콩닥콩닥 두근댔다. 석양을 닮은 색의 담장 안에서 밤하늘을 닮은 색의 우리 집이 떠나는 우리를 지긋이 바라봤다. 로도덴드론 꽃이 우수수 떨어진 곳에서 집이 팔렸다는 사인이 우릴 향해 흔들흔들 작별 인사를 했다. 우리는 석양이 지는 쪽으로 천천히 나아갔다.

작가의 말

현실에 산재한 주인공들에게 관심을 주기만 했지 단 한 번도 주인공이 되려 한 적 없던 구경꾼이 있었다. 구경꾼은 관심을 받는 것엔 익숙지 않아 늘 화면 밖에, 늘 이야기 바깥에 있었다. 태생 전부터 구경꾼으로 정해진 건 아니었다. 구경꾼이 세상에 나오자마자 첫눈에 반해 버린 주인공들이 정해 준 역할이었다.

주인공들도 처음부터 주인공은 아니었다. 그들도 구경꾼이었다. 그들의 주인공이 펼쳐 내는 장면을 구경하다 보니 자신들도 그 안에 들어가고 싶어졌다. 옹알이를 하며 두 팔을 벌려 안아 달라 했다. 하지만 목소리가 작았던지 몸짓이 약했던지 그들의 주인공은 알아차리지 못했다. 바닥에서 구르거나 소리를 지르거나 악을 쓰며 울어야 시선을 끌 수 있었다. 시간은 흘렀고, 그들 자신이 장면을 만들어 낼 나이에 이르렀다. 사실 그들은 장면을 만들어 낼 역량이 있는지, 만약에 있다면 어떤 장면을 만들어 낼지 전혀 몰랐다. 그저 정해진 상영 시간을 맞추느라 화면 안으로 들어왔을 뿐이었다. 화면 안에서 아무것도 안 하기는 머쓱해서 어깨너머로 본 것을 흉내 냈다. 그랬더니 그들만의 작은 구경꾼이 생겼고, 장면은 다른 이들의 것과 비슷해졌다. 무언가를 하는 것처럼 보였다. 어떻게 하는지는 중요하지 않았다.

어떻게 하는지를 알았다면 장면 전환은 순조로웠을 것이다. 세월이 흘렀어도 여전히 그들은 제대로 표현하는 법을 몰랐다. 배울 기회가 있었지만, 배우지 않았다. 입만 열면 나오는 게 말이고, 움직이기만 하면 나오는 게 몸짓이었다. 배울 필요가 없었다. 무엇보다 그들은 시선 끄는 방법을 알고 있으니 장면을 만들어 내기에 충분하다고 생각했다. 자신을 이해시키기 위해선 고함을 지르면 되고, 상대를 이해시키기 위해선 바닥에 구르면 됐다. 이렇게 해도 못 알아들으면 잘못은 상대에게 있었다. 고함도 지르고 바닥에서 구르며 애쓴 자신은 오히려 몰이해와 불통의 피해자였다. 계속된 불통은 잦은 암전을 초래했다. 하지만 이 또한 그들 잘못이 아니었다. 잘못한 게 없으니 암전의 원인을 찾아낼 리 없었다. 잘못과 원인이 부재한 곳을 비난이 빽빽하게 채웠다. 작은 구경꾼은 암전 속에서 더듬대고 헤맸다. 안 보이고 안 들려 무섭고 당황스러운데 주인공들은 태연했다. 잠도 잘 자고 밥도 잘 먹는 주인공들을 보며 아무래도 잘못은 구경꾼 자신의 시원찮은 감각 때문이라고 생각했다. 감각이 제대로 된 기능을 할 수 있도록 훈련해야 했다. 안 보이는 것을 봐야 했고, 안 들리는 것을 들어야 했다.

구경꾼이 훈련한 감각은 주인공들의 심기를 살피는 데 쓰였다. 한눈팔고 딴청 부리면 주인공들은 즉시 화를 냈다. 주인공들의 화를 돋우지 않으려면 그들이 움직이기 전에 먼저 움직이고, 그들이 소리내기 전에 미리 들어야 했다. 항상 긴장해야 했다. 주인공들은 중요한 자리에 있어서인지, 중요한 역할을 맡으면 원래 그런 건지, 무척이나 예민했다. 매번 성질을 부리고, 인상을 찌푸리고, 뭘 집어던지기도 하고, 부수기도 했다. 그들의 신경을 건드리고 싶지 않은 구경꾼은 그들처럼 예민해져야 했지만, 그들처럼 화를 낼 순 없었다. 구경꾼이 주인공들보다 훨씬 더 어리더라도, 체구보다 훨씬 더 큰 짐을 지더라도, 주인공들이 부여한 구경꾼 역할이 그러하기에 힘든 내색을 해선 안 됐다. 화면 밖의 일이 화면 안의 일보다 과중한 건 당연했다. 구경꾼은 짐을 나르고, 무대를 꾸미고, 각색하고, 편집하고, 청소하고, 손뼉을 치고, 눈물을 흘리고, 웃음소리를 내고, 발수건이 되고, 자금을 댔다.

일이 과중해도 쉴 수 있었다면 구경꾼은 첫사랑의 대상을 쉬지 않고 사랑했을 것이다. 구경꾼에겐 쉴 시간이 없었다. 주인공들에서 주인공으로 수가 줄어들었을 때 구경꾼은 한숨 돌릴 수 있을 거로 생각했지만, 착각이었다. 공동 주연만 하다가 단독 주연을 맡은 주인공은 마치 이 순간을 손꼽아 기다려 온 것처럼 굴었다. 언제 어디서나 주인공이어야 했다. 구경꾼은 차라리 공동 주연이었을 때가 나았다는 생각마저 들었다. 그래도 그땐 부족하더라도 잠을 잘 수 있었는데, 이젠 아예 잘 수조차 없게 됐다. 주인공에게서 눈을 떼선 안 됐다. 잠시라도 딴 데를 보면 주인공은 무대 아래로 뛰어내릴 자세를 취했다. 주인공을 어르고 달래고 북돋아 주느라 하루가, 일주일이, 일 년이, 십 년이 지나갔다.

그동안 구경꾼도 자신만의 장면을 만들게 됐지만, 주인공은 구경꾼을 놓아줄 생각을 하지 않았다. 구경꾼이 없어지면 주인공도 없어지니 주인공은 구경꾼이 필요했다. 주인공은 구경꾼을 잡아두기 위해 예전보다 더욱 극적인 드라마를 펼쳤다. 그러나 주인공이 뛰어내릴 시늉만 할 뿐 진짜 뛰어내릴 의도가 없다는 걸 알아차린 구경꾼은 극적인 장면에서도 심드렁했다. 주인공은 그런 구경꾼을 모질게 비난하고, 큰일이 날 것처럼 협박했다. 그러던 어느 날, 화면 밖에 있던 구경꾼이 화면 안으로 들어오더니 주인공에게 또박또박 말하는 장면이 생기고야 말았다. 대사를 하기는커녕 화면 안으로 들어와선 안 되는 역할이 주인공 행세를 했다. 단독 주연은 분노가 치밀었다. 또박또박 말하는 구경꾼의 모습을 줌인한 카메라가 제 발로 떠나는 구경꾼의 뒷모습까지 잡는다면 구경꾼은 정말로 주인공으로 남을지도 몰랐다. 상황이 역전되는 것을 막아야 했다. 구경꾼은 구경꾼으로 남아야지 주인공이 돼선 안 됐다. 구경꾼이 등을 돌리기 전에 주인공은 구경꾼을 내쫓기로 했다.

주인공의 계획은 이랬다. 주인공이 벼락같이 고함치면 카메라는 냉큼 주인공을 비출 것이다. 노발대발하여 구경꾼을 내쫓으면 상황은 주인공 잘못이 아니라 야단맞은 구경꾼 잘못처럼 보일 것이다. 주인공은 여전히 당당한 주인공으로 남고, 현실은 여전히 극적인 드라마일 것이다. 구경꾼은 자기가 유일한 구경꾼인 양 주인공에게 대들었지만, 사실 구경꾼은 널렸다. 극적인 이야기에 반응할 이들은 너무나 많다. 호기심과 동정심과 영웅심은 구경꾼을 주인공에 동화시킬 수 있는 유용한 도구다. 솔깃한 이야기에 의해 총명해지고 뿌듯해지고 정의로워진 구경꾼은 주인공이 된 줄로만 알 것이다. 주인공이 될 법한 이들만을 주인공으로 삼는 현실은, 시선을 끌 법한 것만을 화제로 삼는 현실은 이렇게 이어진다. 통속의 보편성이요, 보편에 대한 안도요, 확신의 눈속임이자 흥행 보장법이다.

※

『주야』는 『로야』에 이어지는 이야기지만, 실제로는 『로야』 이전에 『주야』가 있었다. 『로야』를 세상에 보이게 됐을 때 『주야』는 이미 끝난 이야기였고, 이런 이유로 『로야』는 전체가 아니라 부분임을 처음부터 밝혔다. 『로야』의 후속작인 『주야』는 집필 시간상으로는 시퀄(sequel), 집필 의도상으로는 프리퀄(prequel)인 셈이다. 『로야』를 주의해서 읽었다면 작품은 '들어가며'로 시작해서 '갇히며'로 끝나는 닫힌 형태임을 눈치챘을 것이다. 닫힌 형태로서의 『로야』는 『주야』가 품은 액자 속 이야기였다. 혹시라도 『로야』

를 읽고 답답함을 느꼈다면 바로 이 때문일 수 있다. 닫힌 형태라고 해도 결론은 열려 있으니 읽고 나서도 덜 읽은 듯한 찝찝함을 느꼈을 수도 있다. 『로야』를 쓴 작가로서 답답하고 찝찝하게 읽은 당신에게, 떠나지 않고 다시 돌아와 이 글을 읽고 있는 당신에게, 미안함과 고마움을 전한다. 당신은 오랫동안 답답하고 찝찝했던 어떤 이의 마음을 읽었고, 그 마음이 되어 주었다.

나는 『주야』와 『로야』를 작품 밖에서도 의도적으로 짝지었고, 작품 안에서도 주인공/구경꾼, 부모/자식, 엄마/아빠, 사건/사고, 가해자/피해자, 단절/연결, 길 잃기/길 찾기, 이편/저편, 오른쪽/왼쪽, 다수/소수, 집단/개인, 관습/본성, 과거/현재, 현실/꿈, 가짜/진짜, 불균형/균형, 표면/심층, 전쟁/평화, 죽음/삶, 어둠/빛, 의식/무의식 등을 고의로 짝지었다. 대칭적 구조의 문장들도 일부러 많이 썼다. 통상적 의미에서 반대 개념인 위의 단어들은 대조하여 읽을 수도 있고, 한데 버무려 읽을 수도 있으며, 교차로 읽을 수도 있다. 다시 말해 이분법적 사고를 적용할 수도 있고, 와해할 수도 있으며, 이 사이에서 왕래할 수도 있다. 적용했다면 불편했을 것이고, 와해했다면 집중했을 것이며, 왕래했다면 긴장되거나 아팠을 것이다. 당신은, 불편해도 참았을 것이다.

불편한 건 실망스럽거나 의심스러운 것을 봐야 했기 때문일 테다. 예를 들어 피해자라고 단정 짓고 싶은 이가 가해자 역할을 하는 것을 목격해야 했을 테다. 가정폭력의 피해자인 '엄마'는 '나'에게 감정적 가해자가 되고, 부모와의 관계에서 피해자라고 여겨지는 '나'는 자기 자신에게 감정적 가해자가 되며, 폭력 가해자인 '아빠'는 가족으로부터 이해를 거부당한 피해자일 수도 있음이 뒤늦게 보인다. 그뿐만 아니라 사건인 줄 알았던 것이 사고라고 결론지어져 가해자는 온데간데없고 다들 무고한 피해자로 남는 극중 현실도 봐야 한다. 『로야』에서 이상적으로 보였던 '나'와 '남편'의 서로에 대한 태도도 부모와의 경험으로부터 형성된 반복적 습관의 잔재임을 『주야』에서 봐야 하며, 기억하고 싶지 않은 과거가 현실에서 불쑥불쑥 튀어나오거나 무언가를 알리는 꿈이 어김없이 현실로 재현되는 것도 봐야 한다. 전진해야 하는 곳에서 도로 후퇴하고, 무언가가 일어날 줄 알았는데 결국 일어나지 않는다. 가난이 '나'의 현재에 대물림되지 않는 것을 보면서 '나'의 가정이 제삼국에서 이룬 경제적 위치에 대해 비밀스럽게 의심했을 수도 있다. 일인칭 시점을 따라가며 화자에게 동화할지 말지 부담스러워했을 수도 있고, 작가의 이력을 들춰 보며 작가와 화자를 어디까지 동일시할지 고민했을 수도 있다. 어쩌면 지금쯤 어떻게든 결론을 내려 부담되고 고민되는 불편함을 참지 않을 수도 있다. 이와 반대로 이분법적 시각을 적용하지 않고 작품을 읽었다면 인물의 역할이 고정되지 않고, 과거와 현재가 교차하며, 이곳과 저곳이 병존하는 이야기는 지극히 일상적이지만 주의해야 보이는 것들이기에 저절로 집중했을 것이다. 한편 긴장하고 아팠던 이는 곧 편함을 느낄 것이다. 왕래 후, 자신에게 맞는 궤도에 오를 것이기 때문이다.

『주야』와 『로야』는 문자 그대로 소설(小說), 작은 이야기다. 일상을 살아 내느라 끊길 수밖에 없던 이야기, 끊기더라도 멈출 수 없는 이야기, 대놓고 못 했던 이야기, 몰라서 못 한 게 아니라 아니까 안 했던 이야기, 정작 들어야 할 사람은 듣지 않는 이야기, 소리도 작고 몸짓도 작아 한눈팔거나 딴청 부리면 따라가지 못하는 이야기, 작은 소리와 작은 몸짓 안에 많은 것을 숨긴 이야기, 익숙한 듯한데 저마다 경험치가 달라서 사실 친숙하지 않은 이야기, 경험하지 않은 이는 심판하고 경험한 이는 판단하지 못하는 이야기, 분명한 줄 알았는데 들여다볼수록 헷갈리는 이야기, 소위 위대하거나 잔인하거나 참혹하거나 거룩한 이야기의 씨앗이 되는 이야기, 그 씨앗을 현미경으로 들여다본 이야기, 무심코 지나쳤거나 일부러 건너뛴 장면의 이야기, 극적인 드라마는 뉴스만으로 충분하다고 생각하는 이의 이야기, 큰 소리로 떠드는 사람들을 지켜보던 조용한 이의 이야기, 주인공이 된 구경꾼의 이야기, 작가가 된 독자의 이야기, 나의 이야기다.

이야기를 쓴 건 작가로서의 나지만, 쓰는 도중에도 나는 내 삶과 타인의 삶을 읽는 독자였다. 작가와 독자의 역할을 교차적으로 한 게 아니라 동시에 했다는 뜻이다. 주인공인 동시에 구경꾼이었고, 주체인 동시에 객체였고, 나인 동시에 당신이었다.

『로야』와 『주야』는 써야 했던 글이다. 그러니 읽어야 하는 이들이 있을 것이다. 이후엔 쓰고 싶은 글을 쓰겠다. 읽어야 하는 글이 아니라 읽고 싶은 글이 되길 희망한다.

『로야』를 탈고했을 때 단 하나의 점이 나의 마지막 작품이라면 참 좋겠다고 생각했다. 『주야』를 끝내고 나니 그것도 과하다는 생각이 든다. 나의 마지막 작품은 침묵이면 좋겠다.

　쓰지 않아도 될 그 날을 위해 2019년 11월 캐나다 밴쿠버에서 이 글을 썼다. 침묵으로 헤어질 수 있을 때까지 만날 수 있길 바란다.

다이앤 리

D.S.

주야

초판 1쇄 인쇄 2019년 12월 13일
초판 1쇄 발행 2019년 12월 20일

지은이 다이앤 리
펴낸이 이수철
본부장 신승철
주   간 하지순
디자인 권석중
마케팅 안치환
관   리 전수연

펴낸곳 나무옆의자
출판등록 제396-2013-000037호
주소 (03970) 서울시 마포구 성미산로1길 67 다산빌딩 3층
전화 02) 790-6630 팩스 02) 718-5752

페이스북 www.facebook.com/namubench9
인쇄 제본 현문자현

ISBN 979-11-6157-083-9 03810